AF194809

Fritz Manfred Geppert

Rainald von Dassel
Es könnte doch sein!

*Versuch einer Annäherung
Eine gewagte Geschichte*

Bibliografische Information der Deutschen Nationalbibliothek:
Die Deutsche Nationalbibliothek verzeichnet diese Publikation in der Deutschen Nationalbibliografie; detaillierte bibliografische Daten sind im Internet über http://dnb.d-nb.de abrufbar

© 2017 Fritz Manfred Geppert
Herstellung und Verlag:
BoD - Books on Demand, Norderstedt
ISBN 9783754348017

Fritz Manfred Geppert

Rainald von Dassel
Es könnte doch sein!

Versuch einer Annäherung
Eine gewagte Geschichte

Ein historischer Roman
aus der Stauferzeit

Die Handlung des Romans erzählt die distanzierte Vater-Sohn Beziehung eines psychopatischen und gefährlichen illegitimen direkten Nachkommens von Rainald von Dassel im Dunstkreis des Hofes von König und Kaiser Friedrich I. „Barbarossa".

Bei der Einbettung fiktiver Teile im Roman sind Fakten, Daten, Personen und Örtlichkeiten in überwiegenden Fällen belegt oder Stand der Historienforschung.

Aber wer garantiert bei einem Mangel an Überlieferung von Informationen aus dem frühen Mittelalter, ob Fiktion nicht auch Wahrheit sein könnte. Fiktion und Wahrheit sind auch austauschbar, wenn die Realität aus früheren Zeiten nicht mehr zu ergründen ist. Eine Tatsache, die die Fantasie eines jeden Autors anregt und weniger Grenzen setzt.

Über den Autor:

Fritz Manfred Geppert ist in Wünsdorf, 40 km südlich Berlin in der Mark Brandenburg 1937 geboren. Das Schreiben in jeder Form und Variante hat ihm seit Schülerzeiten Freude bereitet, sei es als biografische Replik, als einen historisch fantasievollen Exkurs oder die Aufarbeitung eines Themas aus dem Bereich des Sports.

Seit 1955 lebt er mit seiner Familie, Kindern und Enkeln in der Wetterau zwischen den sanften Höhenzügen von Taunus und dem Vogelsberg.

Personenregister

Kunrad von Hachen, *fiktiv*	*Illegitimer Sohn Rainalds von Dassel*
Wibald von Stablo	*Abt des Benediktinerklosters Corvey*
Heinrich von Boyneburg	*Vorgänger von Abt Wibald von Stablo*
Hunold von Rötgen, *fiktiv*	*Klosterbruder von Bursfelde und Corvey*
Graf Reinald von Dassel	*Kanzler und Erzbischof von Köln*
Graf Reinold I. von Dassel	*Vater des Kanzlers und Erzbischofs*
Mathilde von Schauenburg *(?)*	*Mutter des Kanzlers und Erzbischofs*
Staufer Friedrich I. Barbarossa	*Römisch-deutscher Kaiser 1155 -1190*
Graf Albert von Sponheim	*Notar in der kaiserlichen Kanzlei*
Kuno von Münzenberg	*Ritter aus der Wetterau und Taunus*
Vollrad von Rheinstein, *fiktiv*	*Kaiserlicher Offizier, Hauptmann*
Beatrix von Burgund	*2. Gemahlin Kaiser Friedrichs I.*
Adela von Vohburg	*1. Gemahlin des Königs Friedrich*
Dietho von Ravensburg	*Ministerialer, Gatte Adelas von Vohburg*
Ludolf von Kreiensen, *fiktiv*	*Leiter der Kanzlei in der Kaiserpfalz*
Papst Hadrian IV.	*Papst, Engländer 1154 – 1159*
Ritter Gotfried von Lutra	*Verwalter der Kaiserpfalz ab 1162*
Diethelm von Baruth, *fiktiv*	*Stellvertretener Leiter der Kanzlei*
Burkhard von Kästenburg	*Ministerialer des Reiches*
Werner II. von Bolanden	*Ministerialer des Reiches*
Pfalzgraf Otto v. Wittelsbach	*Diplomat, Berater Friedrich I.*
Pfalzgraf Konrad v. Staufen bei Rhein	*Halbbruder, Anhänger Friedrich I.*
Herzog Berthold IV. v. Zähringen	*Gefolgsmann, Diplomat Friedrich I.*

Markward II. von Grumbach	*Ministerialer, Berater Friedrich I.*
Graf Rudolf von Pfullendorf	*Ministerialer, Berater Friedrich I.*
Hermann von Behr	*Bischof von Verden, Berater Friedrichs I.*
Anselm von Havelberg	*Erzbischof von Ravenna 1155 – 1158*
Katharina, fiktiv	*Magd auf Gut Hachen, Mutter Kunrads*
Papst Eugen III.	*Papst, Italiener 1145 – 1153*
Marie von Gunthard, fiktiv	*Zofe bei Kaiserin Beatrix*
Hermann III. v. Bacharach	*Pfalzgraf bei Rhein, Vorgänger Konrads*
Herzog Heinrich der Löwe	*Lange Jahre Widersacher Friedrich I.*
Eckehard v. Breitebner, fiktiv	*Fähnrich, Geliebter Marie von Gunthard*
Graf Guido III. di Biandrate	*Mailänder, Anhänger Friedrichs I.*
Hubert von Pirovano	*Erzbischof von Mailand*
Guiseppe Valdano, fiktiv	*Sekretär des Hubert von Pirovano*
Herzog Boleslaw v. Polen	*Herzog von Polen, Bruder von Wladislaw*
Herzog Wladislaw II. v. Schlesien	*Vertriebener Piastenherzog aus Polen*
Kunz von Edelsheim, fiktiv	*Oberst des Wachkommandos Lutra*
Agathe von Oberlothringen	*Mutter der Kaiserin Beatrix*
Herzog Rainald III. v. Burgund	*Vater der Kaiserin Beatrix*
Herzog Matthäus I. v. Lothringen	*Onkel der Kaiserin Beatrix*
Herzog Simon I. v. Lothringen	*Vater der Mutter von Kaiserin Beatrix*
Herzog Friedrich. v. Schwaben	*Friedrich der Einäugige, Staufer*
Agnes v. Schreckenstein, fiktiv	*Hofdame der Kaiserin Beatrix*
Roland Bandinelli v. San Marco	*Kardinal von San Marco, später Papst*
Bernhard von San Clemente	*Kardinalpriester von San Clemente Rom*
Omnebono Veronensi	*Bischof von Verona*

Estridsson Waldemar I.	*König von Dänemark, Herzog Schleswigs*
Eduardo Della Torre, *fiktiv*	*alias Handelskaufmann aus Oberitalien*
Hildegard von Bingen	*Äbtissin von Rupertsberg, Heilkundlerin*
Hildebrecht von Bermersheim	*Vater Hildegards von Bingen*
Mechthild von Merxheim	*Mutter Hildegards von Bingen*
Bernhard von Oesede	*Bischof von Paderborn*
Friedrich II. von Berg	*Erzbischof von Köln 1156 – 1158*
Salier Konrad II.	*Römisch-deutscher Kaiser 1027 – 1039*
Salier Heinrich III.	*Römisch-deutscher Kaiser 1039 – 1056*
Enzio Della Torre, *fiktiv*	*Sohn von Eduardo Della Torre*
Gabriella Della Torre, *fiktiv*	*Tochter von Eduardo Della Torre*
Gräfin Leonore von Ornavasso, *fiktiv*	*Gemahlin von Eduardo Della Torro*
Fulco II. Della Este, *fiktiv*	*Kommandant der Burg von Rivoli*
Premyslide Vladislav II.	*König von Böhmen*
Herzog Konrad von Dalmatien	*Graf Konrad II. von Scheyern-Dachau*
Graf Eckbert von Butene	*auch Eckbert III. von Pitten*
Herzog Heinrich II. v. Österreich	*vorher Herzog von Bayern*
Berta, *fiktiv*	*Wagenhure*
Hubert von Orto	*Ein Konsul Mailands*
Alberico de la Turre	*Capitanei der Konsuln von Mailand*
Markgraf Wilhelm V. v. Montferrat	*Gefolgsmann, Diplomat, Berater Friedrichs*
Mathilde von Canossa-Tuszien	*Erblasserin der Mathildischen Güter*
Goswin II. von Heinsberg	*Gefolgsmann, Diplomat, Berater Friedrichs*
Probst von Bonn Gerhard v. Are	*Dassels Konkurrent ums Erzbistum Köln*
Konrad de Maze **(Konrad Colbo v. Oberschüpf)**	*Reiichsministeriale, Mundschenk*

Markgraf Garnher von Ancona	*Ritter der kaisertreuen Stadt Cremona*
Graf Ullrich IV. von Lenzburg	*Gefolgsmann, Diplomat Friedrich I.*
Konrad von Hirscheck	*Bischof von Augsburg*
Comte Antonius v. Buccellati, *fiktiv*	*Herr auf Gut Buccellati bei Cremona*
Papst Alexander III. (Bandinelli)	*Papst, Italiener 1159 – 1181*
Papst Victor IV. (de Monticelli)	*Gegenpapst, Italiener 1159 – 1164*
Berthold von Urach	*Schwäbischer Ritter vor Crema*
Patriarch Pellegrin von Aquileia	*Bischof Pilgrim I. von Spanheim*
Graf Adolf von Schauenburg	*Legat und Verwandter von Dassels*
Kapetinger Ludwig VII.	*König von Frankreich*
Plantagenet Heinrich II.	*König von England*
Herzog Dietbold von Böhmen	*Bruder König Vladislav II. v. Böhmen*
Herzog Friedrich von Böhmen	*Sohn König Vladislav II. v. Böhmen*
Landgraf Ludwig II. von Thüringen	*Gefolgsmann Friedrich I.*
Herzog Friedrich IV. v. Schwaben	*Friedrich v. Rothenburg*
Landgraf Gebhard v. Leuchtenberg	*Anhänger, Gefolgsmann Friedrich I.*
Walter von Bechtholtsheim, *fiktiv*	*Hauptmann und Adjutant von Dassels*
Gernot von Kreiensen, *fiktiv*	*Vater Ludolfs von Kreiensen*
Freiin Sybilla v. Bingenheim, *fiktiv*	*Mutter Ludolfs von Kreiensen*
Leberecht von Kreiensen, *fiktiv*	*Bruder Ludolfs von Kreiensen*
Heinrich von Kemnaten	*Abt des Klosters Fulda 1127 – 1132*
Bertho von Schlitz	*Abt des Klosters Fulda 1132 – 1134*
Konrad I.	*Abt des Kosters Fulda 1134 – 1140*
Hartmann von Siebeneich	*Ritter und Kämmerer am Kaiserhof*
Markgraf Dietrich von Sachsen	*Gefolgsmann Kaiser Friedrichs I.*

Markgraf Otto von Meißen	*Bruder des Markgrafen Dietrich v. Sachsen*
Graf Dedo von Groitzsch	*Bruder des Markgrafen Dietrich v. Sachsen*
Graf Wido IV. v. Biandrate	*Erzbischof von Ravenna 1159 – 1169*
Heinrich II. von der Leyen	*Bischof von Lüttich*
Hauteville Wilhelm I.	*König von Sizilien*
Randolf und Herwarth, *fiktiv*	*Landser-Henkersknechte*
Siegfried v. Morle-Peilstein	*Graf und Zeuge einer Hinrichtung*
Christian von Buch	*Erzbischof von Mainz*
Alexander II. von Orle	*Bischof von Lüttich*
Philipp I. von Heinsberg	*Erzbischof von Köln 1167 – 1191*
Papst Paschalis III.	*Gegenpapst, Italiener 1164 – 1168*
Graf Ludolf von Dassel	*Bruder des Kanzlers und Erzbischofs*

Kapitel

Vorwort

Die Handlung des vorliegenden erzählt Buches erzählt eine komplizierte, sehr distanzierte Vater-Sohn Beziehung im Dunstkreis des Hofes von Kaiser Friedrich Barbarossa, in der Mitte des 12. Jahrhunderts.

Das angesprochene Thema und auch der Stauferkönig und spätere Kaiser Friedrich I. „Barbarossa" selbst sind nicht die gravierenden Mittelpunkte des Romans, vielmehr ist es die Person des Kanzlers im Heiligen Römisch-deutschen Reich, die mein gesondertes Interesse für die Entstehung meines Buches weckte.

Von Rainald von Dassel ist trotz seines so nachhaltigen Wirkens im Reich der Deutschen wenig überliefert. Bekannt sind nur die Stationen seiner öffentlichen politischen Arbeit als engster Ratgeber Kaiser Friedrichs I.

Das Mittelalter an sich und noch mehr das Frühmittelalter ist nicht all zu üppig mit Übermittlungen von detaillierten Informationen an die Umwelt oder Nachwelt umgegangen.

Das Privatleben öffentlicher Personen bekannt zu machen, wie es heute durch Medien gang und gebe ist, gab es zu jener Zeit verständlicher Weise noch nicht nicht. Menschen des Mittelalters erfuhren von großen Ereignissen oder Taten erst lange nach deren tatsächlichem Geschehen. Und auch nur dann, wenn Bänkelsänger, seltener Minnesänger, die sich nur auf Burgen und Schlössern blicken ließen, oder umherziehende Bänkelsänger und Gaukler mit Neuigkeiten zufällig durch ihren Weiler zogen.

Meine Geschichte von einem illegitimen Sohn des Kanzlers im Heiligen Römischen Reich Deutscher Nation, Erzkanzler von Italien und Erzbischofs von Köln ist nicht fundiert, eher eine Fiktion. Illegitime Kinder aus höheren Schichten in der Öffentlichkeit, auch in Kreisen der Geistlichkeit, war in den

Zeiten des Hochmittelalters aber auch nichts Auffälliges. Aber wer garantiert bei einem Mangel an Überlieferungen im Hochmittelalter von Informationen aus dem Privatleben Rainalds von Dassel, die in der Regel allein schon wegen des gesellschaftlichen Rufs und Ansehens unter der Decke gehalten wurden, dass diese Fiktion nicht auch Realität oder sogar die Wahrheit sein könnte?

Bei der Einbettung der fiktiven Teile der Handlung habe ich darauf geachtet, sie mit tatsächlich belegten Ereignissen, gelebten Personen, Örtlichkeiten und Daten zu verknüpfen. Personen eigener Fantasie habe ich beim Personenregister im Eingangsteil des Buches mit „fiktiv" gekennzeichnet.

Auch sein Liebesverhältnis zur Italienerin Gabriella Della Torre ist erfunden. Mit in die Handlung habe ich auch die nicht ganz geklärten Umstände beim Tod des Erzbischofs von Ravenna, Anselm von Havelberg vor Mailand 1158 aufgenommen, die bis auf das Datum und den Ort weiter im Dunkel der Geschichte ruhen.

Aber Fiktion und Wahrheit sind austauschbar, wenn die Realität nicht mehr zu ergründen und aufzuklären ist.

Und wenn ich eventuellen Nachkommen oder Verteidigern der Ehre Rainalds von Dassel irritiere, auch weil ich ihn in einigen Passagen meines Buches als rücksichtslos und auch grausam geschildert habe, so möge man bedenken: Er war ein Machtmensch und Kind einer unaufgeklärten Zeit.

Und letztendlich im Buch der Versuch des Autors und Laien seine Sichtweise, im Glauben der Person Rainalds von Dassel näher gekommen zu sein, die Psyche eines uns allen schon zu weit entfernten Machtmenschen in einigen wenigen Passagen zu analysieren.

Der Autor

14

Hinter Klostermauern

Der eisige Winter im Jahr 1155 auf 1156 hatte das fast 350 Jahre alte Benediktinerkloster Corvey und den in der Nähe liegenden kleinen Weiler Huxori (Höxter) in eine hohe Schneelandschaft getaucht. Hinzu kam ein kalter Ostwind, der heulend um die Klostermauern pfiff, und die Holzläden vor den mit Tierblasen verschlossenen Fensteröffnungen boten nur wenig Schutz vor Kälte und Wind im großen Raum des Skriptoriums mit einem Feuer unter dem Kamin, nur notdürftig erwärmt.

Die vier in warmen Mönchskutten, der Jahreszeit angepasst, und mit dem Kopieren und Übersetzen von alten Schriften beschäftigten Mönche störte weniger die Kälte, als vielmehr der leidige Luftzug, der trotz der geschlossenen vier großen Fenster ins Skriptorium drang und die nur wenig Helligkeit verbreitend, schwer entzündbaren Tiertalglichter immer wieder ausblies. Wiederholt wütend, unbeherrscht wegen des ständig neuen umständlichen Anzündens seines vor ihm stehenden Lichts, schiebt Kunrad von Hachen seine vor ihm liegenden Schriften des Cicero beiseite, die ihm der Abt des Klosters Wibald von Stablo persönlich als seinem besten Kopierer übereignet hat. Überhaupt war Kunrad von Hachen heute nicht sonderlich auf seine Arbeit konzentriert. Immer öfter ertappte er sich jetzt bei den Gedanken, die ihn vorher in all den 19 Jahren seines Klosteraufenthalts nicht gekommen waren.

Es sind die seiner ihm unbekannten Herkunft. Dazu kam das Getuschel und die Hinterfragungen seiner Mitbrüder, vor allem aber die Einflüsterungen des Mitbruders Hunold von Rötgen. Vor vielen Jahren, noch ein Knabe, hatte ihm der sich dem Jungen angenommene Abt Wibald von Stablo erzählt, dass man ihn, im Frühjahr des Jahres 1137 morgens als Balg, mehrfach in Tüchern gewickelt vor dem Westwerk

15

an der Pforte von Corvey gefunden habe. Die Unterrichtung damals durch den Abt hatte ihn wenig berührt. Lange Jahre hatte sich Kunrad damit zufriedengegeben, und hatte auch nie mehr nachgefragt. Abt Wibald von Stablo und schon Abt Heinrich von Bömeneburg unterstützten und förderten ihn, bei Studium und seinem Talent exakten Malens und Schreibens beim Kopieren, solange er sich erinnern konnte. Kunrads Heimat und Erinnerung waren das Kloster, in dem er aufgewachsen ist und gelernt hat, zu lesen, zu schreiben und zu malen.

Kunrad war jetzt 18, und natürlich konnte er eins und zwei zusammenzählen, und er fragte sich nun doch, ob es nur seiner Begabung für das schnelle und exakte Kopieren zu verdanken war, das ihn gleich zwei Äbte bevorzugten, oder ob vielleicht noch jemand anderer dahinter als Unterstützer verborgen sein könnte. Weiterhin die Arbeit des Kopierens unterbrechend, sinniert er weiter, wer sein Erzeuger und wer seine Mutter sein könnte und dass zu erfahren, und ihm zu enthüllen, Hunold von Rötgen schon so oft versprochen hat. Kunrad erschrak fast, als Hunold von Rötgen Kunrad aus den ihn jetzt so bedrängenden Fragen riss: „Nun Kunrad, an was denkst du, der du so inniglich in Gedanken versunken bist? Bestimmt an heute Nacht. Lass deine Zelle wieder offen, nicht das man uns hört, wenn du die Tür aufschließen müsstest." Jetzt unterbrach auch Hunold von Rötgen seine Abschrift an der >Liber vital von Helmarshausen< und schaut Kunrad verschwörerisch und augenzwinkernd an, um sein Einverständnis zu erhaschen. „Ja die Tür wird für dich unverschlossen sein. Aber nur, wenn du mir dann endlich sagst, was du von mir weist", wagt Kunrad mit äußerster Beherrschung einzuwenden. „Ja, ja, ich muss selbst noch einige Nachforschungen anstellen", vertröstete Hunold Kunrad wiederholtl, wie schon des öfteren in den zurück liegenden Jahren. Hunold von Rötgen selbst ist erst vor knapp fünf Jahren, wohl um 1150 ins Kloster von Corvey

16

gekommen. Zuvor war er Insasse im Kloster Bursfelde bei der kleinen Marktgemeinde Northeim. Aber von dort hat ihn Nithard, Abt des Klosters wegen entdeckten Fälschens verschiedener Urkunden weg empfohlen, denkt Kunrad von Hachen oft mit einer Spur Schadenfreude. In Stunden von Schwäche nach einem Liebesakt hatte Hunold Kunrad von Hachen dieses Vorkommnis in Bursfelde gestanden.

Hunold von Rötgen sah vom Äusseren eher einnehmend aus, wenn nicht zeitweise um den Mund dieser zynische, zu weilen bis ins brutale sich verzerrende Ausdruck stören würde. Kunrads Äusserem dagegen konnte man kein so gutes Zeugnis bescheinigen. Von untersetzter Statur, fielen bei ihm die bezwingenden kalt blickenden Augen auf, wenn er nicht gerade diese Mimik durch ein Lächeln kaschierte. Zum Entzug des weiblichen Geschlechts im Kloster von Corvey verdammt, hatte Kunrad den Verführungskünsten des Hunold von Rötgen nicht lange widerstehen können.

In den letzten und Monaten Wochen waren Kunrad die heimlichen Treffen in seiner oder Hunolds Zelle immer mehr lästig geworden, zumal die sexuelle Gier des fast 50-jährigen von Rötgen immer unerträglicher wurde. Der junge Kunrad fühlte sich von ihm benutzt, hatte er doch bisher keine wirklichen Gegenleistungen in Bezug Informationen über seine Herkunft von ihm erhalten. Überhaupt wusste Kunrad sehr wenig über dessen Leben vor dem Eintritt in ein Kloster. Nur einmal, als beide in der Zelle Hunolds vor dem Akt zu viel Wein getrunken hatten, plauderte er dabei sich selbst bedauernd, seine bescheidene Herkunft aus. Er käme aus der Nähe der alten Reichsstadt Friedberg in der Wetterau, und wäre der dritte Sohn seines Vaters, der in einem nahen Salzgrund einen Fronhof bewirtschafte.

Als Hunold spät am Abend heimlich in Kunrads Zelle schlüpfte, stand für von Hachen fest: Nur, wenn von Rötgen alles Wissen über seine Herkunft preisgeben würde, würde er sich dessen abartigen Wünschen noch einmal beugen.

17

Die sexuelle Abhängigkeit Hunolds, und die Hartnäckigkeit von Kunrad sich sonst zu verweigern, waren schließlich der Schlüssel, der Hunold von Rötgen zum Reden brachte. Und was Kunrad jetzt aus Hunolds Mund hörte, machte ihn sprachlos: „Schon seit über zehn Jahren gibt es ein Gerücht, das im Kloster von Bursfelde schon lange keins mehr war. Der junge Rainald von Dassel, war geboren auf der Burg Hunnesrück, zweiter Sohn des Grafen Reinold I. und seiner Mutter, einer geborenen Gräfin von Schauenburg, Mathilde mit Rufnamen soll mit 16 oder 17 Jahren auf der Vogtei Hachen seines Vaters eine leichtsinnige Magd geschwängert haben. Der Vater Rainalds ließ dem Mädchen das Kind nach ihrer Stillzeit gegen einen Dukatenlohn wegnehmen und verheiratete sie mit einem Knecht des Gutes Hachen. Der junge Rainald musste auf Geheiß seines Vaters die skandalöse Beziehung zu der jungen, wie leichtsinnigen Magd abbrechen.

Der junge von Dassel besuchte zu jener Zeit schon die Domschule von Hildesheim und sollte in Paris sein Studium für eine kirchliche Laufbahn fortführen. Der kleine Junge der Magd wurde auf den Namen Kunrad getauft und der Vater Rainalds soll den Knaben bei dem ihm bekannten Abt Heinrich von Bömeneburg des Klosters hier in Corvey hat abliefern lassen. Dort soll der Knabe die ganzen Jahre et großzügig von der gräflichen Familie unterstützt worden sein. Genauso, wie ich dir jetzt alles erzählt habe, hörte ich davon in Bursfelde. Jetzt kannst du dir deinen eigenen Reim daraus machen", beendete Hunold von Rötgen mit schierer Selbstgefälligkeit seine Wissensarie. „Ich hoffe, du weißt meine Offenbarung zu schätzen", hob Hunold noch einmal ironisch und verschwörerisch lächelnd an. Aber von Hachen registrierte Hunolds letzten Satz nicht mehr und gab vor, sich nach diesem nicht so schnell zu verarbeitenden ihn betreffendem Wissen seine ganze Ruhe zu brauchen und verabschiedete Hunold von Rötgen hastig, ja fast feindselig.

Selbst der doch abgebrühte Hunold von Rötgen hatte für den quasi Rauswurf aus Kunrads Schlafzelle diesmal ein Einsehen, das seine sexuellen Bedürfnissein in dieser Nacht nicht erfüllt wurden. An ein Einschlafen für den Rest der Nacht war bei Kunrad von Hachen selbstverständlich nicht zu denken. So sehr ungeheuerlich war das alles, was er hier erfahren hatte. Sollte er das wirklich alles glauben, was ihn der windige Hunold von Rötgen erzählt hatte. Sicher, er führte den Namen von Hachen, der eventuell ein Hinweis sein könnte. Aber viel besser wäre es, Indizien oder gar eine Bestätigung von seiner Herkunft zu erhalten.

Eins stand für ihn jetzt fest. Keiner sollte davon erfahren. Nicht einmal seinem feinen Erzeuger, wenn er es tatsächlich wäre, würde er sich offenbaren. Vorteile, die sich aus dieser neuen Situation für ihn ergeben konnten, wird er künftig allein für sich zu nutzen trachten. Klar wurde ihm aber auch, dass er Hunold von Rötgen gegenüber erpressbarer geworden war. Nicht nur weitere Nächte wird dieser mit ihm teilen wollen, jetzt auch für sich an Vorteile anderer Art denken. Er wird sich eine Lösung des Problems einfallen lassen müssen.

Schon am nächsten Morgen in der Bibliothek verhielt er sich Hunold gegenüber sehr reserviert, um ihm von vorn herein Wind aus den Segeln zu nehmen. Kunrad tat so, als hätte Hunold ihm in der vergangenen Nacht einen Bären aufgebunden. Vermehrt pflegte er nun den Umgang mit Kuno und auch Rainfried, den zwei anderen Kopisten in der Bibliothek, und vertiefte sich wieder in die Abschrift der Werke des Cicero, die gestern, was den Fortschritt seiner Arbeit anbelangt, gelitten hatte. Auch beim Kopieren ließen Kunrad die Gedanken nicht los, wie er Hunold von Rötgen loswerden könnte, der ihm zu einer dauerhaften Gefahr werden würde. Für ihn stand fest, solange er diesen in seiner Nähe im Kloster wusste, war er seiner sicher. Aber sollte sich eine andere Situation ergeben, hätte er keine Skrupel

Hunold aus dem Weg zu räumen. Und dieser Tag würde kommen, da war Kunrad von Hachen sich äußerst sicher.

Kunrad, der viel intelligenter als Hunold von Hachen war, hatte von dessen Bauernschläue und Rücksichtslosigkeit im Laufe der Jahre viel gelernt. Nach dem Wissen von seiner Identität, auch wenn er ihrer immer noch nicht ganz sicher war, informierte sich Kunrad unauffällig und verfolgte die Laufbahn seines inzwischen im Reich bekannten Vaters in der katholischen Geistlichkeit. So weiß er auch von dessen Erhebung zum Dompropst in Hildesheim im Jahre 1148. Weitere Propsteien hatte Rainald von Dassel in Goslar 1153 und Münster 1154 verliehen bekommen.

Einen weiteren Aufstieg, der ihm das Amt des Bischofs von Hildesheim eingebracht hätte, soll er sogar abgelehnt haben, wie Kunrad inzwischen erfahren hat. Als ihm der geführte Depeschenwechsel, den Rainald von Dassel mit seinem Abt Wibald von Stablo plötzlich einfällt, der dessen Nähe zum Königshaus des Staufers Friedrich I. aufzeigt, schwindelt es ihn fast. Als Kunrad dann auch noch erfährt, dass ihn der 1155 gekrönte Kaiser Friedrich zum Kanzler des Reiches berufen will, hätte Kunrad von Hachen ob der Machtfülle, die dieser Mann besitzt und der sein Vater sein soll, laut aufschreien mögen. Erneut zweifelt er zwischendurch an der Wahrhaftigkeit der Mitteilungen Hunolds von Rötgen seine Herkunft betreffend

Mitte des Monats im März 1156 empfängt der Abt Wibald von Stablo den ihm von Rainald von Dassel angekündigten Grafen Albert von Sponheim. Albert von Sponheim ist als Rechtexperte und Notar in der kaiserlichen Kanzlei tätig, und besitzt auch das Vertrauen von Kaiser Friedrich. Genau wie mit Rainald von Dassel, steht Abt Wibald auch mit von Sponheim in regem Depeschenwechsel, insbesondere, wenn es um. kirchliche Rechtsfragen geht. Aber auch viele sehr kluge politische Ratschläge an König Friedrich durch von Sponheim hatte Abt Wibald von Stablo oftmals übermitteln

20

lassen. Der Austausch zwischen Friedrich und ihm ist noch intensiver nach Friedrichs Krönung zum Kaiser geworden.

„Nun verehrter Graf, was verschafft mir diesmal die Ehre Ihrer Ankunft", begrüßt ihn Abt Wibald freundlich „Ich komme mit besonderen Grüßen, die Ihnen unser baldiger Kanzler im Reich, Rainald von Dassel übermittel lässt. In der Sache eines Sekretärs, von der Ihr bereits wisst, den Rainald in der kaiserlichen Kanzlei benötigt, und bei der Sie verehrter Abt das Vertrauen des zukünftigen Kanzlers im Reich besitzen, soll ich mir die Person ansehen, im Übrigen mich aber auf Ihr Urteil verlassen".

Abt Wibald von Stablo kannte die delikate Angelegenheit der Grafenfamilie von Dassel. Einmal war er von seinem Vorgänger, zum anderen aber auch durch von Dassel selbst unterrichtet worden, zwischen denen sich schon in der Zeit des Studiums in Hildesheim und Paris, wie bei Anlässen der gemeinsamen politisch-diplomatischen Arbeit bis heute ein besonderes Vertrauensverhältnis, sogar eine Freundschaft entwickelt hat. Graf Albert Sponheim aus dem Hunsrück war in dieser Angelegenheit nur ein Bote.

„Mein lieber Graf, ich lasse den Kandidaten, Bruder Kunrad von Hachen sofort holen. Vorweg er besitzt eine sehr hohe Intelligenz, und für mein Dafürhalten ist er für den Posten des Sekretärs bei Rainald durchaus geeignet. Alles Weitere werde ich Rainald schriftlich durch schnelle Boten senden", überbrückt Wibald von Stablo die Zeit bis zum Eintritt von Hachens in die Prälatur.

Wirklich überrascht und neugierig erwartet Kunrad von Hachen, dabei abwechselnd auf Wibald und den Grafen schauend, was man von ihm wolle. „Kunrad", eröffnet der Abt das Gespräch. „Man hat von deinen Fähigkeiten hier bei uns in Corvey gehört. Man wünscht deine Erprobung als Sekretär am Hofe des Kaisers oder vielmehr in dessen Kanzlei". Einen Moment lang war Kunrad wirklich völlig ohne Worte. Aber nicht sprachlos über das Angebot an sich,

21

sondern darüber, dass dies eine Bestätigung der Vaterschaft Rainalds von Dassel ihm gegenüber bedeuten könnte.

Den völlig Ahnungslosen und Überraschten spielend, zeigte er sich überaus dankbar und bescheiden, in dem er sich artig vor seinem Abt und dem Grafen verneigte.

Innerlich jubelte und triumphierte er. Endlich den beengten Verhältnissen des Klosters zu entkommen, war schon länger zum Wunsch geworden, nachdem er die Pubertät hinter sich gelassen hatte. Alles war jetzt möglich, vielleicht sogar Reichtum, Einfluss und Macht mit einem Vater, den er für seine Zwecke und Vorhaben benutzen kann; und der ihn, so seine Annahme, immer decken und schützen wird.

So verstieg er sich zu den schmeichlerischen Worten: „Ich danke Eurer Eminenz und dem Grafen von Sponheim. Aber Eminenz Wibald, wollt Ihr mich den wirklich fortlassen"?

„Es soll deinem Fortkommen dienen, und bedenke, es ist erst eine längere Probezeit zu absolvieren. Jederzeit wärst du uns hier im Kloster von Corvey wieder willkommen, wenn du möchtest", sagt Wibald noch, um ihm ein Zeichen zu geben, das er sich nun wieder entfernen kann.

Höflich und sich abermals verneigend verabschiedete sich Kunrad von Abt und Graf, um auf dem Weg zurück in die Bibliothek in hektische Überlegungen zu verfallen. Sollte Hunold von Rötgen von dieser für mich so vorteilhaften Veränderung in den Dunstkreis des Kaiserhofes erfahren, was nicht zu vermeiden sein wird, werden Erpressung und Drohungen von Hunold gegen mich nicht ausbleiben. So seine Schlussfolgerung. Diesem belastenden Umstand zu begegnen, hat sich Kunrad rechtzeitig vorbereitet.

Schon vor Wochen hatte er sich unter dem Vorwand einer Erkältung in der Klosterapotheke des alten Bruders Florian genauer umgesehen. Das Eisen- und Fingerhutextrakt für die Bekämpfung der alljährlichen Rattenplage im Kloster war in einem mit dem Wort Gift sehr kenntlich gemachten Kupfergefäss beinhaltet. Nicht verschlossen war der alte

22

Schrank, in dem der Alte immer den Schlüssel stecken ließ, wie Kunrad bei seinen mehrfachen Inspektionen feststellte. Da kam es immer wieder vor, dass Bruder Florian gar nicht anwesend war, um bestimmt wieder ein Schwätzchen mit einem Altersgenossen in dessen Zelle zu führen. Somit für eine solche Gelegenheit vorbereitend, hatte Kunrad sich ein kleineres Papierbehältnis gefertigt, und ohne von Jemanden bemerkt zu werden, hatte er sich des Mittags eine Prise von dem Rattengift abfüllen können. Er war sich sehr sicher, dass die Menge genügen wird, zwei oder drei Menschen zu töten.

Etwa eine Woche später rief Abt Wibald die Mönche ins Refektorium, um allen Insassen noch vor Beginn der Vesper mitzuteilen, welche Ehre dem Kloster Corvey zugefallen wäre, und das einer unserer Bruderschaft, Bruder Kunrad von Hachen das Kloster verlassen wird, um in die Kanzlei unseres vom Papst kürzlich gekrönten Kaisers einzutreten. Und so kam eher, wie es Kunrad lieb sein konnte, Hunold von Rötgens Reaktion prompt, als beide wieder an ihrem Platz in der Bibliothek am Kopiepult stehen. Aufgebracht durch die seit Wochen erlebte Zurücksetzung vonseiten von Hachens flüstert er: „Holt dich dein Erzeuger jetzt unter seine Fittiche! Ich hoffe du weißt, was du mir noch schuldig bist, wie ich auch hoffe, dass du dich meiner auch später dankbar erinnern wirst." Und mit einem gemeinen Grinsen fügte er hinzu: „Bevor du von hier weggehst, machen wir uns doch noch einmal eine schöne Nacht, nicht wahr"? Scheinheilig und freundlich zu Hunold aufblickend sagt Kunrad: „Ja es ist wirklich ein Grund zum Feiern und zu genießen. Heute Nacht komme ich zu dir, und bringe einen Krug besten Rotweins mit, den mir Abt Wibald aus diesem Anlass geschenkt hat".

Auf die Arbeit des restlichen Tages konnte sich Kunrad nun nicht mehr konzentrieren. Nach dem Komplet am Abend zwinkerte er Hunold von Rötgen als Zeichen von Vorfreude in der kommenden Nacht nochmals zu und verschwand in seine Zelle, um den Weinkrug mit dem Gift zu präparieren. Bedenken oder gar Skrupel empfand Kunrad nicht, umso weniger, da er eine so mächtige Person wie die von seinem wahrscheinlichen Vater hinter sich wusste.

In den Weinkrug mischte Kunrad das ganze aus Florians Apotheke entwendete Rattengiftextrakt, um Hunolds Tod garantiert herbeiführen zu können und damit restliches Gift nicht mit ihm in Zusammenhang gebracht wird.

Um Mitternacht verließ er um sich spähend auf Strümpfen, den bauchigen Weinkrug unter der Kutte versteckt, seine Zelle, um den ca. 50 Fuß von ihm entfernten Schlafraum Hunolds auf dem langen Zellenflur zu erreichen. Noch nicht auf halbem Weg des nur mit einem kargen Licht erhellten Dunkels im Flur, in Gedanken, dass ihn gerade heute Nacht niemand sehen dürfe, hörte er vor sich eine der Zellentüren schließen. Blitzschnell suchte er Deckung in der nächsten Türnische der zum Glück sehr dicken Mauern im Kloster. Es war nur der alte Bruder Florian, der wohl wegen seines Stuhls den Abort auf der Zwischenetage des Klosterbaus aufsuchen musste. Hunolds unverschlossene Zellentür im nu öffnend, ging dann alles sehr schnell. Hunold, der ihn kaum erwarten konnte, zog Kunrad in sein Domizil, riss ihm fast den Wein aus den Händen, um sich einen Becher abzufüllen, den er gierig mit einem Zug leerte. Natürlich hatte Kunrad auf diese haltlose Verhaltensweise Hunolds von Rötgen spekuliert, der sich damit immer in die rechte Stimmung für das anschließende sexuelle Erlebnis bringen wollte. Ohne Kunrads eigenes aktives Zutun hatte Hunold sein Todesurteil gefällt. Gefühlskalt ungerührt beobachtet er dessen bald einsetzenden Todeskampf. Nicht einmal ein Kopfkissen, das er wohlweißlich schon beim Eintritt in von Rötgens Zelle entdeckt hatte, um den eventuell zu lauten Todeskampf zu ersticken, benötigte er.

Nur das nicht fassbare Erstaunen und ein ebenso furchtbares

24

Erschrecken Hunolds in dessen Augen, ehe sie brachen, blieben im Gedächtnis von Kunrad haften. Verräterische Spuren tilgte er, in dem er den Rest des Weines in einen Ablauftrichter des Zellenbodens schüttete, der mittels eines dünnen Rohres aus Blei durch die dicke Außenmauer des Klosters führte. Den Weinkrug, wie den nur von Hunold benutzten Becher mit Wasser ausspülen, reinigen und das heimliche Verlassen von Hunolds Zelle; dies alles spielte sich im Zeitraum von wenigen Minuten ab. Vom Verlassen seiner Unterkunft bis Kunrad wieder auf seiner Pritsche lag, ist nicht mal eine Stunde vergangen.

Als Hunold von Rötgen morgens nicht zur gemeinsamen Laude erschien, sah man nach seiner Zelle, und fand ihn tot auf dem Boden liegen. Die Nachricht von Hunolds Tod war zwar ein Gesprächsthema für die Klosterinsassen, aber ein Aufhebens wurde deswegen nicht gemacht, zumal Hunold fast 50 Jahre alt war. Für einen Mann ein normales Alter, um zu sterben. Einen Grund, in anderer Richtung zu gehen oder zu ermitteln, fand man nicht und so ordnete der Abt Wibald Hunolds Bestattung innerhalb von drei Tagen an.

Für Kunrad von Hachen und den zwei Verbliebenen Kuno und Reinfried in der Bibliothek änderte sich vorerst nichts. Aber das Abschreiben von Texten empfand Kunrad nicht mehr sehr interessant und nun sogar langweilig. Mit der Zeit verrichtete er die Kopierarbeit immer lustloser, umso viel mehr, das er weder von seinem Abt, noch von der Kanzlei oder von seinem Vater Rainald von Dassel mehr hörte. Drei Monate waren inzwischen vergangen und der Sommer hatte gerade Einzug gehalten. Kunrad wurde immer reizbarer und ungeduldiger und. Seine Arbeit widerstrebte ihm zusehends und die intimen Annäherungen Bruder Reinfrieds, die er selbst provoziert und veranlasst hatte, um seinerzeit Hunold los zu werden, wurden ihm zur Last. Da war ihm der so zurückhaltende und wortkarge Kuno viel angenehmer.

Langsam glaubte Kunrad nun, dass Graf von Sponheim, der

25

ihn seinerzeit als Kandidat für die Stelle als Sekretär in die Kaiserliche Kanzlei begutachtet hatte, zu keinem für ihn positiven Urteil gekommen sei, und man die Anforderung für einen Sekretär vom Kloster Corvey zurückziehen werde. Nach der gemeinsamen Vesper an einem der letzten Tage des Mai rief Abt Wibald von Stablo Kunald zu sich, ihm in sein Büro zu folgen. Dort eröffnet er ihm: „Kunrad, so oft ich bisher mit deiner Arbeit bei uns in Corvey zufrieden war, so sind mir jetzt Fahrigkeit und Desinteresse an den von dir erledigten Aufgaben aufgefallen. Ich hoffe für dich und auch unser Kloster, das du dich für künftige Aufgaben gewappnet hast. Gestern habe ich Kurierpost erhalten, dass in den nächsten Tagen ein Fuhrwagengespann unter der Führung eines Hauptmanns und militärischer Begleitung aus Lutra, der neuen Kaiserpfalz bei uns eintreffen wird. Du wirst dann mit nach Lutra reisen, zusammen mit einigem Inventar und auch Schriften aus unserer Klosterbibliothek, die wir hier entbehren können. Mach dich also bereit und packe so langsam deine Sachen und Habseeligkeiten.
Du wirst bald zu gegebener Zeit von mir hören, wenn dein Abreisetag bevorsteht", beendete Abt Wibald seine doch so ungewohnt lange Rede. „Du darfst jetzt wieder gehen"!

Auf dem Weg zu seiner Zelle war er freudig erregt, aber auch sehr beherrscht. Nach der Vesper am Tage des 6. Juni sah Kunrad seinen Abt das letzte Mal. Mit den Worten: „Mach dem Kloster von Corvey und auch mir in Zukunft Ehre. Morgen in der Frühe wirst du Corvey verlassen", so verabschiedet Abt Wibald von Stablo auch mit gemischten Gefühlen den knapp 20-jährigen Kunrad von Hachen, den illegitimen Sohn des engsten Vertrauten und Mitarbeiter von Kaiser Friedrich I., genannt „Barbarossa", Rainald von Dassel, seines Zeichens Reichskanzler ab 1156, Erzkanzler Italiens und Erzbischof von Köln ab 1159.

Begegnung im Taunus

Erleichtert, befreit und bester Dinge packte Kunrad vor der Nacht seiner Abreise sein Bündel. Dabei auch ein großes Messer, das er zur eigenen Sicherheit aus der Klosterküche entwendet hatte, um es in einem Gürtel unter seiner Mönchskutte immer parat zu haben.

So stieg er am Morgen des 07. Juni auf eines der zwei voll bepackten Pferdefuhrwerke, die von vier mit Schwertern und Lanzen bewaffneten Soldaten und einem Hauptmann begleitet werden sollen. Der Abschied vom Kloster Corvey fiel ihm trotz seines hier ganzen verbrachten Lebens nicht schwer. Ohne große Gefühlsaufwallungen winkte er den Brüdern zu, den Klosterhof verlassend, durch das erst vor wenigen Jahren neu entstandene Westwerk fahrend, um einem anderen Abschnitt seines Lebens entgegen zu sehen.

Eine lange und gefährliche Reise würde ihm bevorstehen, malte Kunrad sich aus. In der ganzen Länge seines Lebens und das nur wenige Male, war er nie weiter als die 3 Meilen nach dem kleinen Weiler Huxori (Höxter) gekommen, der vom Kloster aus immer gut zu sehen und dabei so nahe scheinend zu erreichen gewesen war.

Durch Wälder und über die Höhen der Mittelgebirge in den Süden und Westen des Reiches, bei den doch recht wenigen Handelswegen, abhängig von Wind und Wetter musste man selbst bei zügigem Fortkommen mit vier Wochen Reisezeit rechnen. Zwei Mägde und Knechte, zwei Paare, gehören noch zur Reisegruppe, die in Huxori zusteigen werden. Sie wollten auf Höfen in Calden und Fritzlar Arbeit annehmen.

Die Jahreszeit des beginnenden Sommers war der Reise zuträglich und so ist man nicht immer auf ein Gasthaus für die Übernachtung angewiesen. Nach dem die Reisegruppe den zwei Arbeit suchenden Paare nach 5 Reisetagen spät am Nachmittag in der Nähe Fritzlars Adieu und viel Erfolg bei der Suche nach gutem Lohn wünschte, suchte der Führer der Reisekolonne einen geeigneten Platz zur Übernachtung in der Nähe einer größeren Ansiedlung mit dem Namen Chassella (Kassel) aus. Die nach der Hitze des Tages müden Zugpferde wurden ausgespannt und zusammen mit den Reittieren der Soldaten auf der Wiese angepflockt, wo sie grasen und ruhen können. Genächtigt wurde auf den beiden Gespannen, dort wo Platz war, oder auch im Freien, wie jeder Lust verspürte. Die Weiterfahrt am nächsten Tag ins Hessische gestaltete sich problemlos, wie in der ganzen vergangenen Woche auch. Am späten Nachmittag aber gab es bei schlechtem Wetter, es regnete schon seit Stunden, den ersten Zwischenfall. Ein Streit vor einem Wirtshaus direkt an der Lahn um Logis für die Nacht. Ein Ritter mit seinem Knecht, ebenfalls das noch letzte zur Verfügung stehende Zimmer fordernd, wie die vier Landser des Kaisers und der Offizier, tritt aber von seiner Forderung bei der Übermacht der fünf Landser zurück.

Drohungen ausstoßend, die die vier Landser und ihr Offizier lachend quittierten, stiegen der Ritter und sein Knecht auf ihre Pferde. Von weitem noch wild und gestikulierend, suchten sie in Richtung Taunusgebirge das Weite.

Drei Tage später auf dem Weg durch den mit dichtem Wald von Eichen, Buchen und Nadelbäumen bestandenen Taunus gerieten die zwei beladenen Fuhrwerke mit Kunrad und den fünf Soldaten in einen Hinterhalt. Kunrad entdeckte von seinem Sitz auf dem vorderen Gespann als erster die Räuber in einem Waldstück zwischen den Bäumen sich nähernd. Sein Ruf: „Überfall, Raubgesindel" kam zu spät. Sehr schnell waren die beiden Fuhrwerke von den bereits auf sie wartenden bewaffneten Räubern auf Pferden umzingelt. Ihr Anführer im ritterlichen Gewande, wurde von den sechs Reisenden als der streitende Ritter von vor drei Tagen beim Wirtshaus am Fluss Lahn erkannt. Dieser stellte sich jetzt großspurig vor: „Vor euch steht Kuno von Münzenberg und

Nüringen. Auf meinem Hoheitsgebiet verlange ich an meine Untertanen die sofortige Herausgabe eures Diebesgutes". Die Antwort des kaiserlichen Offiziers ignorierend, der sich dem Ritter als Vollrad von Rheinstein von der kaiserlichen Pfalz Lutra vorgestellt hatte, drangen der Münzenberger und seine drei Komplizen auf die Kaiserlichen ein. Schon vorher aber hatten auch die Soldaten und der Hauptmann die Schwerter gezogen, um den Räubern Paroli zu bieten. Gleich beim ersten Aufeinandertreffen forderte der Kampf einen Toten bei den Kaiserlichen. Wütend und gereizt über den Tod des Kameraden jagten die anderen vier den Ritter und dessen Helfer vor sich her. Beim davon galoppieren wurde einer der Räuber von einem starken niedrigen Ast eines Baumes vom Pferde gestreift, stürzte zu Boden und blieb schmerzvoll nach seinem Bein greifend liegen. Diesen geeigneten Augenblick der Wehrlosigkeit eines Mannes nutzend, sprang der bisher nur als Beobachter des Händels fungierende Mönch Kunrad vom Fuhrwerk. Schnell auf den Verletzten zu springend, zog Kunrad von Hachen dass unter seiner Kutte versteckte Messer hervor, und stach es dem völlig Wehrlosen zwischen Helm und Koller in die Kehle. Kuno von Münzenberg und seinen Gefolgsleuten gelang die Flucht vor den nachstürmenden Soldaten auf Grund ihrer besseren Pferde. Offensichtlich waren sie mit der Region des Taunus sehr gut vertraut. So kehrten der Hauptmann und die drei Untergebenen an den Ort des Überfalls zurück. Die Stirn runzelnd betrachtete Vollrad von Rheinstein den toten Gefolgsmann des Ritters Kuno. „Es war Notwehr", erklärte Kunrad von Hachen, ohne das von Rheinstein das Wort an ihn gerichtet hatte. Was den Hauptmann so irritiert hat, war die Brutalität der Tat des jungen Gottesmannes, die er bei der Verfolgung des Ritters Kuno noch aus dem Blickwinkel hatte sehen können. Vollrad von Rheinstein gab sich mit Kunrads Argument vorerst zufrieden, nahm ich aber vor, dem Vorgesetzten seine Sicht der Dinge schriftlich

29

zu melden. Auf Befehl von Rheinsteins graben die drei Landsknechte in die steinige und lehmige Taunuserde eine genügend tiefe Grube, um Freund und Feind in Sicht von Burg Nüringen und dem Felsensporn des Falkensteins zu beerdigen. Dem Mönch Kunrad überließ man es, ein kurzes Gebet für die beiden Verstorbenen sprechen.

Nach dem man den Toten die Waffen und alles Brauchbare, was noch verwendbar war, abgenommen und auf die zwei Fuhrwerken verstaut hatte, machte man sich jetzt scharf beobachtend weiter auf den Weg, um ein sicheres Lager für die Nacht zu finden. Man kam besser voran wie gedacht, und nach der Rheinüberquerung fand man in der Pfalz von Ingelheim Unterkunft und üppigen Verzehr im Überfluss. Umbauten, die Kaiser Friedrich I. angeordnet und gerade zu dieser Zeit durchgeführt wurden, störten wenig. Ein Dach über dem Kopf war auf jeden Fall einer Übernachtung im Freien vorzuziehen.

Fast noch eine volle Woche dauerte die Reise der schwer bepackten Fuhrwerke auf schlechten Wegen über den Ort Alzey durch den nordwestlichen Teil des Pfälzer Waldes, ehe man die roten Quadersteine aus Sandstein der noch nicht ganz fertig gestellten der Pfalz von Lutra erreichte. Teile der Kaiserpfalz an der Lutra (Fluss Lauter) waren für die Aufnahme des kaiserlichen Hofes, wie auch der Kanzlei bereits abgeschlossen. Im Bau sind noch die mächtigen Mauern, auch aus rotem Sandstein, die einen weitläufigen Park einschließlich einer ausgedehnten Waldfläche und zwei Innenhöfe umfassen werden.

Ein Wachkommando vor dem Eingang der Pfalz prüfte die Befehle des Hauptmanns von Rheinstein, die ihm vom Kanzler Rainald von Dassel aus Würzburg zugestellt waren. Nach dem man passieren konnte, wurden die Fuhrwerke im noch unvollständig gepflasterten Hof abgestellt, die müden Pferde in die bereits fertiggestellten Stallungen geführt und versorgt. Es war nun schon sehr spät geworden und da die augenscheinlich nur wenigen Menschen auf der Burg den Tagesdienst beendet haben mussten, wies man den müden Ankömmlingen einen Schlafplatz im Ruheraum des etwas muffig riechenden Wachkommandos an.

Den nächsten Morgen werde ich mich erst einmal in der Kanzlei melden und dann abwarten, was auf mich Neues zukommen wird, denkt Kunrad von Hachen, und sehr müde von den anstrengenden Reisetagen zuvor, war er auch bald fest eingeschlafen.

Tatort Kaiserpfalz

Lutra, heute bei Kaiserslautern in der Pfalz, war die erste König- bzw. Kaiserpfalz, die Friedrich Barbarossa ab 1152 als > Heim des Königs < neu erbauen ließ. Später folgten auf seine Veranlassung weitere Pfalzgründungen oder auch Ausbauten zu Pfalzen wie Hagenau, Gelnhausen im Jahr 1170 und Bad Wimpfen im Jahre 1182. Sie, wie viele schon bestehende Pfalzen, so in Goslar, Braunschweig, Aachen, Kaiserswerth, Aschaffenburg, Quedlinburg, Ingelheim, Speyer, Worms oder auch Paderborn dienten den Königen und Kaisern als Aufenthaltsorte eines reisenden Hofes zu Pferd.

Das Verweilen des Hofes in den Pfalzen war nie von großer Dauer. Fortlaufend mussten diverse Auseinandersetzungen der autonomen Fürsten und dem hohen Adel im Reich oder aber Kriegszüge zur Sicherung der Grenzen innen wie auch außen geführt, geschlichtet und befriedet werden.

Als Kunrad von Hachen nach seinem Erwachen sich vom Schmutz und dem Staub der Anreise am Vortag an einem Brunnen befreit und erfrischt hat, musste er längere Zeit warten, bis ihm jemand begegnete, den er um Auskünfte bitten konnte. Es leuchtete ihm ein, dass die Burg aufgrund eines noch nicht vollendeten Bauzustands auch nicht den üblichen Personalstand besitzen würde. Und so schaute er sich erst einmal im Burghof interessiert und auch staunend um, denn eine Kaiserpfalz zu sehen, passierte ihm zum aller ersten Mal. So begutachtet Kunrad den prächtig gestalteten Torbogenabschluss über dem Eingang des repräsentativen Saalbaugebäudes, als eine junge Frau mit einem Korb in den Armen aus einem eingeschossigen Nebengebäude tritt, das direkt am Hauptbau der neuen Kaiserpfalz anlehnt. Ein hübsches Ding. Ob die Frauen hier alle so hübsch aussehen?

Offensichtlich eine Zofe oder Hausangestellte, denkt sich Kunrad und sprach sie an: „Junge Dame, mein Name ist Kunrad von Hachen. Leider bin ich fremd hier, da ich auch gestern erst angereist bin. Ich möchte mich in der Kanzlei melden, und würde gern wissen, wo ich dieselbe finde? Für eine Auskunft wäre ich Ihr sehr verbunden", konstatierte Hunold zum Schluss mit einem Blick auf das sehr junge und schöne Mädchen. Einem gottesfürchtigen und noch so höflichen Mönch begegnet man freundlich und so erwidert sie: „Mein Name ist Marie von Gunthard und ich gehöre zum Haushalt der neuen Kaiserin unseres Herrn Friedrich, der mit seinem Hof hier bald eintreffen wird", verkündet sie mit einem Anflug von Stolz. „Zur Kanzlei hier, der hier Herr von Kreiensen vorsteht, brauche er nur hineingehen, woher ich kam. Gehe er nach dem Eintritt gleich links, so sieht er zwei der Türen, die zur Kanzlei gehören. Zwei von den Fenstern der Kanzlei weisen hier auf den Kavaliershof, die zwei anderen auf den großen Park". Gönnerhaft Kunrad: „Besten Dank schöne Dame", Worte, die zu einem Mann Gottes nicht recht passen wollen, denkt Marie, worauf sie sich erstmals vom Blick der Augen Kunrads irritiert, eilig verabschiedet.

Kunrad hatte schon auf der Herfahrt von Corvey nach Lutra von den Landsknechten des Wagenzugs erfahren, dass der vor Jahresfrist in Rom gekrönte Kaiser Friedrich am 17. Juni 1156 in Würzburg seine zweite Gemahlin Beatrix von Burgund geheiratet hat. Von seiner ersten Gemahlin Adela von Vohburg hatte sich Friedrich 1153 wieder scheiden lassen. Offiziell hieß es, aus Gründen der Kinderlosigkeit, aber auch zu enge verwandtschaftliche Beziehungen wären ein Grund gewesen, hörte man. Wahrscheinlicher Anlass für die Trennung aber waren die Tagesgespräche über Wochen vorher, die von einer Untreue Adelas bei einer Beziehung zu einem Ministerialen im Reich, Dietho von Ravensburg, welchen dann die Gerüchte bestätigend, Adela von Vohburg

33

auch kurze Zeit später geheiratet, und von ihm Kinder auf die Welt gebracht hat.

Dann wird wohl auch mein vermeintlicher Vater Rainald, mit dem Hofstaat des Kaisers von den Feierlichkeiten der Hochzeit Friedrichs in Würzburg hier ankommen, reflektiert Kunrad und macht sich auf den Weg in die Kanzlei.

einem sehr großen Saal mit vier Spitzbogenfenstern standen ein halbes Dutzend Schreiber um doppelt so vielen Kisten herum. Mit Respekt erheischenden Worten antwortete von Hachen auf die Frage eines Mannes, der hier wohl als der Leiter der Kanzlei galt, was er wünsche: „Ich bin von Graf Sponheim für die Kanzlei hier in Lutra angefordert worden. Mein Name ist Kunrad von Hachen und ich komme aus dem Benediktinerkloster von Corvey". Ohne im Mindesten vom Ton Kunrads beeindruckt zu sein, blickt der in Mitte seiner Schreiber an einem übergroßen Schreibtisch sitzende Mann Kunrad lange an: „Und Ich bin Ludolf von Kreiensen und führe momentan diese Niederlassung der kaiserlichen Kanzlei hier in Lutra. Meine Anweisung von Kanzler Rainald ist, dem avisierten Kunrad von Hachen die Arbeitsabläufe in einer Kanzlei vertraut zu machen. Eure Schlafstatt befindet sich in einer der Kammern über den Arbeitsräumen, eine Stiege hoch unter dem Dach. Morgens früh um 7 Uhr beginnt das Büro zu arbeiten. Mehr wisse er ihm nicht zu sagen". Der strenge gebieterische und wohl auch arrogante Ton Ludolfs missfiel dem Ankömmling zwar, aber er beherrschte sich mit den Worten mönchischer Demut: „Ich danke für die Weisung. Vergelte es euch Gott", daran aber an viel weniger fromme Ideen im Kopf für den Büroleiter Ludolf von Kreiensen knüpfend. Seine kleine Unterkunft unter dem Dach lag dem Kavaliershof zugewandt, und besaß ein kleines Fenster auf der Giebelseite. An seine Schlafkammer schlossen sich vier weitere Kammern als Unterkunft für die anderen Schreiber in der Kanzlei an. Die Größe erinnerte ihn an seine Zelle im

Kloster. Etwas komfortabler dagegen die Ausstattung mit dem Bett aus Holz, einem passenden Schrank wie einem Tisch und zwei Stühlen.

In Gedanken aus dem kleinen Fenster den Hof und Teile der Pfalz überblickend, stellte er sich vor, das im Palastgebäude neben ihm wohl die Majestäten, Kaiser und die Kaiserin, aber auch sein möglicher Erzeuger, der von Kaiser Friedrich im Mai zum Kanzler im deutsch-römischen Reich ernannte Rainald von Dassel nach seiner Rückkehr von Würzburg wohnen werden. Dort hin wolle er, nicht in einer kleinen Kammer unter dem Dach und über einer Kanzlei in einem Gesindehaus versauern, formten sich jetzt in von Hachen erwartungsvolle Vorstellungen.

Punkt sieben Uhr am nächsten Tag tritt Kunrad von Hachen seinen Dienst an. Die Kanzlei bot noch immer ein großes Durcheinander eines Neueinzuges. In den vielen Kisten und Truhen lagen und stapelten sich auf Tischen, Wandregalen und Schränken eine Unmenge von Schriften, Karteikästen, Urkunden, sowie Rechnungsbüchern. Seine Arbeiten, wie auch die der anderen Kanzleischreiber in den ersten Tagen gilt dem Sortieren und Einordnen des Schriftenmaterials in Mappen, entsprechende Regale, Schubladen und Schränke. Schließlich beauftragte ihn von Kreiensen mit der Aufgabe, die Korrespondenzen des Reiches mit den europäischen und außereuropäischen Ländern in einem neuen System zum besseren Auffinden zu sichten und zu ordnen. Mit ein her könne er sich dabei beim Lesen der Dokumente einen Überblick über die Lage im Reich und dessen Bündnisse zu anderen Ländern verschaffen. Kunrad von Hachen führte die ihm von Ludolf von Kreiensen übertragenen Arbeiten nicht mit Widerwillen aus. Im Gegenteil, Verflechtungen in Politik Gesellschaft und Staaten kennen zu lernen, spielte ihm in die Karten und interessierte ihn sehr, weil sie auch eventuelle Voraussetzungen für einen, d.h. seinen späteren Aufstieg sein könnten. Sehr lesenswert und interessant zum

35

Beispiel fand er die Botschaften, die Kaiser Friedrich I. und Papst Hadrian IV. austauschten, voller Gegensätze in den Motiven ihrer machtpolitischen und den kirchenrechtlichen Ansichten. Oder die Berichte der vom Kaiser eingesetzten deutschen Vögte in den Städten von Oberitalien, Mailand, Ravenna, Tortona, Cremona, Verona, Pavia usw. Überall in Oberitalien Konflikte, Aufstände oder Überfälle auf die deutschen Besatzer. Aus all diesen Umständen Vorteile für sich zu ziehen, war für Kunrad noch nicht vorstellbar, aber doch eine Möglichkeit und ein Ziel. Noch ist alles zu weit entfernt. Und solange er keinen Kontakt zu Rainald von Dassel hat, dieser seine Vaterschaft zu ihm nicht offenbart, musste er schon äußerst vorsichtig mit Karriereträumen von Einfluss, Macht und Reichtum sein.

Jeden Tag voller Ungeduld wartete Kunrad auf die Ankunft des Kaisers, der neben den obligatorischen Aufenthalten in einer Pfalz, den Baufortschritt gerade dieser hier auf seine privaten Bedürfnisse, geplanten neuen Anlage besichtigen wollte.

Kunrad ließ sich aber seine Ungeduld über eine ständig sich verzögernde Ankunft des Hofes nicht groß anmerken. Mit großem Eifer studierte er Korrespondenzen, Bittstellungen, Ernennungen von Ratgebern des Kaisers Friedrich und des neuen Kanzler Rainald von Dassel.

Nur bisher einmal benötigte ihn Ludolf von Kreiensen für eine eilig zu verfassende Botschaft an einen Ritter Gottfried von Lutra, die durch einen Kurier mit Befehlen des Kaisers von Kanzler von Dassel aus Würzburg veranlasst worden war, und in der es um Verwaltungsfragen für die neue Pfalz von Lutra ging. Noch wochenlang herrschte eine idyllische Ruhe auf der neuen Kaiserpfalz, die nur manchmal durch die emsige Fortführung des Baus an der Umfassungsmauer um die Pfalz herum gestört wurde.

Es waren nicht nur die verschwörerischen Blicke, die sich Ludolf von Kreiensen und sein Vertrauter und Stellvertreter

Diethelm von Baruth und der Überbringer von schweren eisenbeschlagenen Kisten, ein grobschlächtiger Mann aus der Reichsstadt Frankfurts am Main, sich nicht beobachtet, glaubend zu warfen. Auch eine zu laute Bemerkung Ludolfs von Kreiensen, welche wohl alle Anwesenden im Büro der Kanzlei hören sollten: „Hier quittiere ich den Empfang der gelieferten vier Geldtruhen", dabei auf seine Buchhaltung und den Überbringer des Münzgoldes für die Hofhaltung der Pfalz von Lutra blickend.

Das von Kunrad von seinem Schreibpult aus unauffällig beobachtete Verhalten der drei Personen hatte ihn äußerst misstrauisch und aufmerksam gemacht. Er ahnte, dass hier etwas nicht stimme. Wohlmöglich ist hier ein riesengroßer Betrug in Form einer Unterschlagung im Gange. Bei der nächsten Lieferung, und sie wird kommen, denn es ist schon die zweite seit seiner Ankunft gewesen, wird er ein noch genauerer Beobachter sein. Was Kunrad von Hachen bereits herausgefunden hatte, betrifft die zweite von der Zofe Marie von Gunthard erwähnte Tür, die sie zur Kanzlei gehörig glaubte. Diese zweite Tür war mit Eisen beschlagen und entsprechend massivem Schloss ausgestattet, führt in einen fensterlosen, nur mit vier schmalen Lichtschlitzen in der Außenmauer versehenen Raum, in dem das gelieferte Gold und Silber aus Frankfurt in Truhen deponiert wird.

Bereits eine Woche später, Freitagnachmittag 15 Uhr hatte sich durch einen berittenen Boten ein weiterer Geldtransport angemeldet. Stark bewacht wie jedes mal. Als das Geräusch des in den grob gepflasterten Pfalzhof fahrenden Fuhrwerks von der Kanzlei aus zu hören war, vermerkte Kunrad, das nur Ludolf von Kreiensen und Diethelm von Baruth den Raum verließen, um den wertvollen Transport vor dem Tor des Kanzleitraktes zu empfangen.

Kunrad mit der Registratur und Beschriftung von Mappen beschäftigt, nutzte einen mehrfachen Gang zu den Regalen und Schränken, um Teilnahmslosigkeit und nur Neugierde vortäuschend, vom Fenster aus alles zu beobachten. Der Überbringer der Münzen war der gleiche Mann wie bei den vergangenen Lieferungen, der sich mit Ludolf und Diethelm gestenreich und aufgeregt auf dem Hof unterhielt.

Währenddessen trugen zwei Knechte die erste Truhe durch das Portal, denen von Kreiensen mit einem Bund Schlüssel in der Hand folgte. Das Schließen der Tür des fensterlosen Raums nebenan war in der Kanzlei zu hören, der wie sonst auch der Aufnahme für die neuen Truhen diente. Vielmehr aber konzentrierte sich Kunrad auf die Anzahl der Truhen, die vom Wagen geladen und nach oben getragen wurden. Es waren am Ende fünf. Jetzt hatte er genug gesehen und wartete nur noch auf das Quittieren des empfangenen Gelds. Das erfolgte wie sonst auch von den vertrauten Dreien am Schreibtisch von Ludolf von Kreiensen. So auch dieses Mal. Offensichtlich hatten sie sich noch etwas zu sagen, was nicht jeder zu hören brauchte. Denn nur einen Moment später verließen sie die Kanzlei.

Das Dokument mit den Unterschriften zur >korrekten< Übergabe der Geldtruhen lag noch auf Ludolfs Schreibtisch, dass dieser sonst immer gleich in die Schublade seines Schreibtisches gelegt und verschlossen hatte. Unauffällig, seine Arbeit fortsetzend, sah Kunrad im Vorbeigehen auf das Papier. Sein Verdacht fand Bestätigung. Deutlich stehen auf dem Dokument die Unterschriften für den Empfang von vier Truhen mit Inhalt, statt den von deren fünf, wie von Kunrad beobachtet. Für Kunrad stand fest. An dem Betrug musste ein ganzes Netz von Leuten beteiligt sein. Noch einmal, um sicher zu sein, ob seine Vermutung nicht ein Hirngespinst oder eine Einbildung von ihm ist, wollte er noch eine weitere Lieferung abwarten. Zehn Tage später war er sich seiner Sache sicher. Alles lief wieder so ab wie beim letzten Mal. Wenn er Ludolf von Kreiensen mit dem gewagten Vorwurf eines Betruges konfrontiert, geht Kunrad durch den Kopf, musste dieser hieb- und stichfest sein.

Sonst bestand für ihn selbst große Gefahr, dass man ihn als nicht erwünschten gefährlichen Mitwisser beseitigt. Nach langem Abwägen nachts in seiner Kammer, kam er zum Schluss: Eine Komplizenschaft wäre doch wohl das größte Maß an Sicherheit. Er selbst konnte an dem riesigen Betrug, dann teilhaben und dass aller Wichtigste, von Kreiensen wäre darauf hin zu jeder ihm passenden Zeit erpressbar. Wer weiß, wofür ich ihn noch brauchen kann, denkt Kunrad weiter. Dann stand sein Entschluss fest. Er wird mit dem Kanzleileiter morgen in der Frühe reden, ohne jede Zeugen. Dreht sich auf die andere Seite und schläft sofort mit großer Genugtuung ein.

Kunrad von Hachen wusste, dass Ludolf von Kreiensen morgens in der Regel als erster in der Kanzlei anzutreffen ist. Erstaunt, Kunrad ebenso früh zu sehen, ein Privileg, das er bisher immer für sich in Anspruch nahm, rang er sich in nicht gerade allerbester Laune zu den Worten durch: „Guten Morgen, was will er schon so früh hier"? So antwortet auch Kunrad aggressiv: „Ich habe mit Euch zu reden", begleitet von einem triumphierenden und gleichzeitig strengen Blick auf von Kreiensen. Höchst erstaunt über den arroganten und herausfordernden Ton des Mönchs: „Ich wüsste wirklich nicht, worüber ich mit ihm zu reden hätte", antwortet von Kreiensen, jetzt eine Spur unsicherer geworden, beeindruckt durch den forschen Ton Kunrads von Hachen.

Dann deckt von Hachen die von ihm beobachtete Gaunerei der drei Beteiligten auf. Zuerst stritt Ludolf mit den Worten, ist er denn wahnsinnig geworden, vehement alles ab. Erst die von Kunrad vorgebrachten Tatsachen, die dem Vorwurf ein dermaßen überzeugendes Gefüge und was für Folgen dieser nach sich ziehen würde, ließen Ludolf von Kreiensen immer kleinlauter werden. Jetzt verzerrte eine große Angst sein Gesicht, Schweiß stand ihm auf der Stirn. Kreidebleich musste er sich auf seinen Stuhl setzen, er der sich bisher alles im Stehen angehört hatte. Ludolf von Kreiensen ahnte, wenn diese Vorwürfe ans Licht kämen, bedeutet das für ihn das Todesurteil, sein Leben würde schimpflich am Galgen enden, wenn nicht sogar noch schlimmer. Kunrad spürte die Angst Ludolfs, aber auch die Gedanken die in diesem wohl arbeiten. Um Ludolf schon jetzt jegliche unredlichen Pläne aus dem Kopf zu bannen, fügte Kunrad von Hachen hinzu: „Ich habe mein Wissen in einer Botschaft versiegelt an den Grafen Albert von Sponheim gesendet, der sie erst öffnen soll, wenn mir etwas unerwartet zustoßen würde".

Kunrad hatte von Kreiensen am Haken, ließ ihn noch eine Weile zappeln, um dann in dem Verzweifelten wieder neue Hoffnungen zu erwecken: „Entledige er sich aller, die von dieser Geschichte wissen", fuhr Kunrad unbeirrt fort. „Wen meint ihr"? entfuhr es Ludolf angstvoll. „Ich denke dabei an Diethelm von Baruth, euren Stellvertreter und den Boten der Truhen voll des Geldes. Wie er es anstellt, ist ganz seine Sache. Über die Summe, die ihr alle unterschlagen habt, unterhalten wir uns später", antwortet Kunrad von Hachen, verstummt aber schnell, als um 7 Uhr die ersten Schreiber die Kanzlei betreten.

Die Arbeit in der Kanzlei ging in den folgenden Tagen wie gewohnt von statten, nur das eines Morgens Diethelm von Baruth nicht an seinem Arbeitsplatz erschien. Einer der Mitarbeiter sah nach seiner Kammer, wo man ihn letztlich auch nicht entdeckte. Vier Tage blieb Diethelm von Baruth verschwunden, dann fand ihn ein älterer Müßiggänger mit durchschnittener Kehle im Flüsschen der Lauter. Der Tote war wohl abgetrieben und von den tief ins Wasser hängen Zweigen der Büsche und Bäume am Uferrand aufgehalten worden. Schon wenige Tage später wurde zum Erstaunen der restlichen Schreiber in der Kanzlei, der Mönch Kunrad von Hachen, der >Neue< zum Stellvertreter und Vertrauten Ludolfs von Kreiensen in der Kanzlei.

Erst waren es Gerüchte, dass sich Kaiser und Kaiserin mit ihrem Hofstaat der neuen Pfalz von Lutra nähern würden.

Aber wieder verstrichen weitere zwei Tage, bis ein Trupp Berittener tatsächlich die Nachricht von der Ankunft des Hofes vor der Pfalz für 11 Uhr am Vormittag überbrachte. Der Monat Juli im Jahre 1156 näherte sich bereits dem Ende zu, als der prächtige Zug von vielen Menschen im kleinen Ort Lautern umjubelt, die neue Pfalzburg Friedrichs, die hier dicht gedrängten Menschenreihen erreichte. Mit Glück und vielem Ellbogeneinsatz in drei- und vierfachen Reihen stehend, erhaschten einige des freudetrunkenen Volkes die Almosen, die von dem vorbeireitenden Gefolge reichlich gespendet wurden. Kaiser Friedrich auf einem hohen Ross imponierend, mit strenger Respekt einflößender Miene, dem rötlichen Bart und gelockten Haar im gleichen Farbton. Lieblich anzusehen dagegen seine erst 15 Jahre alt zählende junge Gemahlin Beatrix von Burgund, zierlich von sehr schlanker Gestalt, die darüber hinaus auch ein hübsches Gesicht zierte.

Großer Jubel brandete auf, wann immer Beatrix an den vielen Menschen vorbeiritt. Diese zweite Ehe Friedrichs mit Beatrice von Burgund bedeutete für Kaiser Friedrich einen nicht zu unterschätzenden Machtzuwachs für die Herrschaft und den Einfluss an der Nahtstelle des Römisch-deutschen und Französischen Königreichs. Beatrix war schon seit 1148 regierende Herzogin in Burgund, seit dem Jahr, als ihr Vater Rainald III. von Burgund verstorben war.

Aber bevor hier das dicht gedrängte mehrreihige Spalier der vielen Neugierigen das Kaiserpaar erblickte, zogen vor ihm und nach ihm noch die Garden, und honorigen vielen Personen von hohem Ansehen, Adel und der Kirche vorbei. An der Spitze des Zuges Reiter mit den Bannern der Staufer aus dem Schwäbischen und denen des Hauses von Burgund. Hinter dem bunten Fahnenmeer weiter die Leibgarde von Kaiser Friedrich, gefolgt von der Garde Kaiserin Beatrix, bestehend aus burgundischen Edlen. Danach das Kaiserpaar und dahinter die Ministerialen Burkhard von Kästenburg,

41

Werner II. von Bolanden, Dietho von Ravensburg und noch Anderen mit dem neuen Kanzler des Reichs, Rainald von Dassel an der Spitze. Es folgten die Erzbischöfe von Mainz, Worms, Speyer, Augsburg und Prag in einer Reihe mit den Bischöfen Anselm von Havelberg und Herman von Verden, die zu den klügsten Beratern des Kaisers zählen. Danach der hohe Adel, einflussreiche Personen und ebenfalls Ratgeber Friedrichs, wie die Pfalzgrafen Konrad bei Rhein, Otto von Wittelsbach, Herzog Berthold von Zähringen, Graf Rudolf von Pfullendorf, Edelfreier Markward II. von Grumbach und noch viele andere. Am Ende des prachtvollen Zuges der eigentliche Hofstaat des kaiserlichen Paares mit Beamten, die als persönliche Bedienstete des Kaisers gelten und deren Ämter mit ihren Pflichten für Kaiser und Reich innerhalb bestimmter Familien vererbbar sind. So wie da auch waren der Mundschenk Schenk von Schüpf, die Kämmerer des Kaisers Rudolf von Siebeneich und Kuno von Münzenberg oder auch der Marschall Heinrich Testa von Calden und Pappenheim. Am Ende die Edelfrauen von Kaiserin Beatrix in zwei gedeckten Reisewagen, die von den burgundischen Offizieren am Schluss eskortiert wurden.

Auch Kunrad von Hachen hatte sich unmittelbar vor dem Eingangsportal der Pfalzburg im aller dichtesten Gedränge einen Platz in vorderster Reihe der vielen Gaffer erobert. Selbstverständlich haben alle Bediensteten in der neuen Pfalz freibekommen, um das frisch vermählte Kaiserpaar und ihren Hofstaat gebührend zu empfangen.

Einen Nebenmann in seiner Reihe fragte Kunrad, ob er denn den neuen Kanzler des Kaisers kenne und ob er ihm ein Hinweis geben könne, wenn dieser hier vorbeiritte?

Worauf der Mann antwortete: „Ja, ich habe den Kanzler vor kurzem hier in der Maienzeit gesehen, als er sich über den Fortschritt der Bauarbeiten für unsere Pfalz unterrichtet hatte". Fast interesselos beobachtet Kunrad den weiteren Einmarsch in die Pfalz, nur darauf erpicht, die für ihn so wichtige Person des Rainald von Dassel zu erblicken. Und dann sah er ihn, umgeben von edlen Herren auf einem schwarzen Rappen reitend, stolz und selbstbewusst mit so viel Macht und Würde ausgestattet, denkt Kunrad plötzlich sehr bedrückt. Dazu noch von angenehmen Aussehen mit einem leicht gebräunten Gesicht und den weichen blonden Haaren, hat er bestimmt große Chancen beim weiblichen Geschlecht, folgert Kunrad von Hachen eifersüchtig. Nahe an ihm vorüber reitend, blickt Kunrad in ausdrucksvolle entschlossene vor Ehrgeiz lodernde Augen. Kunrad erkennt in von Dassel die Autorität, die ihn wie einen Herrscher auftreten lässt.

Große Zweifel befallen Kunrad nun, da er sich jetzt selbst klein und unbedeutend fühlt. Ob er zu diesem Menschen je Sympathien empfinden kann, und ob dieser Mann ihn, den Mönch Kunrad von Hachen jemals öffentlich oder auch nur vertraulich als seinen Sohn anerkennen wird, ist ihm jetzt, aber auch später nicht vorstellbar.

Was seine Stellung und die Arbeit in der Kanzlei betrifft änderte sich vorerst äußerst wenig. Die Hoffnung, Klärung seiner beruflichen Stellung durch von Dassel erfüllte sich vorerst einmal nicht.

Die von Kunrad von Hachen aufgedeckte Unterschlagung eines Teils der Summe Geldes an Gold- und Silbermünzen für die Hofhaltung in Lutra zwang Ludolf von Kreiensen, den Anteil des nun toten Diethelms von Baruth an Kunrad von Hachen als ein quasi Schweigegeld zu übereignen.

Überhaupt müsse Ludolf wieder dafür sorgen, dass künftig die Lieferungen der Gelder wieder korrekt erfolgen und abzurechnen sein. Zugleich beugte er sich dem Verlangen Kunrads, dafür zu sorgen, dass die drei Frankfurter Leute des Geldtransportes auf ihrem Rückweg Frankfurt am Main nicht mehr erreichen. Schon zwei Tage später erhielt die kaiserliche Kanzlei eine Nachricht von einem ungeklärten Überfall auf einen Münztransport, bei dem die Räuber das

43

Pech hatten, leere Schatztruhen vor zu finden. Da musste selbst der sonst so ernste von Kreiensen schmunzeln, als er davon hörte. Der Rest der Meldung, dass der Wagen mit den davor angespannten Pferden unversehrt auf einem Fahrweg im Odenwald aufgefunden wurde, aber man die Begleiter nicht fand, ließ Ludolf von Kreiensen schnell wieder ernst werden. Auch noch Wochen später fand man keine einzige Spur mehr von den Frankfurtern. Sie blieben verschwunden.

In Kanzler Rainald von Dassels Arbeitszimmer, das nach seinen speziellen Wünschen gebaut und ausgestattet wurde, um einen effizienteren Arbeitsablauf zu erreichen, stapelten sich auf dem Schreibtisch die Schriftrollen der Kurierpost. Bei einem mobilen und ständig im Sattel befindlichen Hof, mussten dem Kanzler Nachrichten und Botschaften ständig per Pferd hinterhergeschickt werden. Eine neue zusätzliche Pfalz neben den schon bestehenden machte die Zustellung durch Kurierstafetten nicht einfacher.
Der Kanzler sondierte nach Wichtigkeit die in Abwesenheit nach der Pfalz Lutra expedierte Post, als er die gesiegelte Schriftrolle seines Freundes und Vertrauten Abt Wibald von Stablo in Corvey entdeckt.
Ein unversiegelter direkt danebenliegender Bericht des Hauptmanns Vollrad von Rheinstein erinnerte Rainald von Dassel an die von ihm veranlasste Anforderung für einen Sekretär aus Corvey. Der müsste doch schon längst da sein, denkt er laut mit gerunzelter Stirn. Die mit dem Abt Wibald von Stablo schon vor längerer Zeit vereinbarte Abmachung, den begabten und intelligenten >Sohn< in unmittelbarer Nähe unterzubringen, barg zweifelsohne gewisse Gefahren für eine Aufdeckung des vor so vielen Jahren begangenen Fehltritts. In seiner exponierten Stellung im Reich und bei Kaiser Friedrich konnte und wollte er sich einen Skandal nicht leisten. Auf keinen Fall wird er sich diesem Sohn

weder privat, noch viel weniger öffentlich als Vater nähern. Eventuell fördern und schützen, aber nur so lange, wie es nicht seinen Interessen und Karriere zu wider läuft, denkt Rainald für sich, und bricht das Siegel der von Abt Wibalds kurz gehaltenen Botschaft auf, um sie zu lesen:

„Hochverehrter Freund, ich habe den als Euren Sekretär vorgesehenen Kunrad von Hachen am 7. Juni diesen Jahres 1156 auf die Reise nach der neuen Pfalz in Lutra gesendet. Mit Euch verbinde auch ich die Hoffnung, dass Er einen wertvollen Mitarbeiter erhält. Seine unbestritten fachlichen Fähigkeiten sind uns ja bekannt, möchte Euch als Euer Freund aber den Hinweis geben, dass mir im Kloster in den letzten Wochen bei Kunrad Gereiztheit und auch gewisse Unstetigkeit aufgefallen sind.- Ich hoffe auch, die Kopien unserer Schriftrollen zum gültigen Kirchenrecht des Papstes im Römisch-Deutschen Reich, die ich mit versendet habe, werden Euch weiterhelfen. Als Freund und Helfer verbleibe ich Wibald von Stablo".

Die schriftliche Meldung des Hauptmanns von Rheinstein dagegen rang ihm ein Stirnrunzeln ab, worauf er diesen zum augeblicklichen Rapport bat: „Nun Hauptmann, was lese ich da, ist Euch auf dem Weg von Corvey nach Lutra passiert? Erzählt"! Wahrheitsgemäß gab er Bericht vom Überfall des Ritters von Münzenburg-Nüringen und das für ihn es als ein frevelhaftes Verhalten eines gottesfürchtigen Mönches gilt, der einen doch wehrlosen Gefolgsmann des Ritters erstach.

„Das war dann doch eine wohl erzwungene Notwehr des Mönchs ", konstatierte Rainald von Dassel Feststellung und Frage zu gleich. „Ja, Eure Exzellenz, es könnte sich dabei so abgespielt haben, da ich mit der Verfolgung des Ritters von Münzenburg-Nüringen beschäftigt war und ich deshalb den Vorfall nur aus dem Augenwinkel sehen konnte".

Mit einem kurzen Danke, verabschiedet von Dassel den Offizier mit einem Wink zur Tür. Die zwei Hinweise von zwei zu einander unabhängigen Personen auf den Charakter des >Sohnes<, die Formulierung >meines Sohnes< meidet er absichtlich für sich, sind doch wichtige Faktoren für mein künftiges Verhalten gegenüber dieses Kunrads von Hachen, denkt von Dassel abschließend, um sich der eigentlichen politischen Tagesarbeit zu zuwenden.

Ein Bediensteter der Kaiserpfalz war in der Kanzlei Ludolf von Kreiensens erschienen, um zu melden, dass sich der Benediktinermönch von Hachen am 2. August, morgens um 8 Uhr bei Seiner Exzellenz, dem Reichskanzler Rainald von Dassel einfinden möge.

Weit hatte Kunrad nicht zu gehen, denn der Saalbau, in dem sich jetzt das Büro des Kanzlers befindet, steht rechter Hand neben dem Gesindehaus, in dem die Kanzlei mit Ludolf von Kreiensen und seinen Mitarbeitern und Einrichtungen wie Lagerräume, Magazine, eine Wäscherei und die Unterkünfte für das Dienstpersonal untergebracht sind. Auf dem Weg zum Kanzler des Römisch-deutschen Reiches vereinten sich in Kunrad alle nur denkbaren Attribute der Psyche zu einem wirren Durcheinander, die sich in Anspannung, Versagen, Angst, gefühlte Minderwertigkeit, aber auch Erwartungen ausdrückten. Schon vor der Begegnung mit seinem >Vater< war es für Kunrad Fakt: Die Kenntnis, dass er weiß, das von Dassel sein Vater ist, darf nie zu ihm gelangen. Es sei denn, nur in Fällen größter persönlicher Gefahr für sich.

Durch die hohen massiven Türen hörte Kunrad erst beim zweiten Anklopfen das ungeduldige „Ja" von Dassels. Sehr ungewiss, nach dem er eingetreten war, blieb Kunrad von Hachen nahe der Tür stehen, um abzuwarten, ob er den in Akten lesenden Kanzler unterbrechen darf. Dann tönte es mit sehr angenehmer Stimme: „Komme er näher"! Ohne Begrüßungsworte sprach Rainald von Dassel gleich weiter: „Sein Abt aus Corvey hat mir von euren großen Fähigkeiten berichtet. Und auch von Kreiensen aus der Kanzlei lobt euch sehr". Eingehend den Mönch betrachtend, fährt er fort: „In meinem neuen Amt benötige ich einen korrekten,

46

tüchtigen Mitarbeiter als Sekretär allein für meine Person. Er wird erst einmal zur Probe bei mir arbeiten. Es wird viel zu tun geben. Geregelte Arbeitszeiten gibt es bei mir nicht. Er muss sich darauf einrichten, dass ich ihn zu jeder Tages- und Nachtzeit zu mir rufen lasse. Ich nehme an, er weiß worauf er sich einlässt". Ohne dass sein Gegenüber bisher ein Wort hat sagen können, fährt Rainald von Dassel fort: „Wohnen wird er in einer kleinen Kammer nahe bei mir im Palas. Er bekommt Bescheid, wenn alles gerichtet ist. Er kann jetzt gehen", beendet von Dassel seinen Monolog.

Mehrfach den Kopf niederbeugend und mit den Worten: „Exzellenz werden sich in Zukunft auf mich voll verlassen können", verabschiedet sich Kunrad von Hachen zum Ende des Gesprächs erleichtert.

Weniger erleichternd für Kanzler Rainald von Dassel der äußerliche Eindruck, den er von diesem >Sohn< gewonnen hatte. Sein wenig angenehmes Antlitz passte zu sehr zu den von Wibald von Stablo und dem Hauptmann von Rheinstein geäußerten eventuellen charakterlichen Defiziten.

Von mir oder seiner Mutter ist bei ihm keine Ähnlichkeit zu entdecken. Ein zurückhaltendes Lächeln glitt übers Gesicht Rainalds, als er an die Magd, die ihm diesen Sohn gebar, nach so vielen Jahren dachte. Sie war schon ein Luder und verführte ihn, als sie den jungen 17-jährigen Herrn beim Gang durch die Pferdeboxen begleitete. Er hatte sich gern mit ihr eingelassen, wo doch sein künftiger Weg im Dienste der Kirche bevorstand. Wie hieß sie noch? Ja, Katharina war ihr Name, lächelte er ein zweites Mal für sich hin. Nun ja, er hat und wird sich um Kunrad von Hachen weiter kümmern, wenn auch nur mehr oder weniger aus der Ferne.

Nach drei Tagen wechselte Kunrad sein Quartier in den Palas der Pfalz von Lutra, nun schon ein Schritt näher ins Zentrum von Macht und Einfluss, denkt er berechnend und übermütig. Die Büroarbeit für Kunrad bei Kanzler Rainald beginnt nun morgens eine Stunde später wie vorher in der

Kanzlei Ludolfs, also erst um acht Uhr. Den Überblick über die administrativen Arbeitsabläufe hatte Kunrad schon in den Wochen in der Kanzlei Ludolfs von Kreiensen erlernt. Am ersten Tag des Arbeitsbeginns hielt es der Kanzler für wichtig und angebracht, Kunrad Eckpunkte zu erläutern, was die augenblickliche politische Lage, wie auch aktuelle Kräfteverhältnisse in Mitteleuropa und speziell in Italien zu streifen. Mit folgenden Sätzen begann Rainald von Dassel, seinen Vortrag, der schon oft in selbstverliebten Monologen enden konnte: „Voraussetzung wie es zum besten Nutzen unserer künftigen Zusammenarbeit sein muss, dass er über die anstehenden Dinge genauso gut informiert ist wie ich. Vordringlichste Aufgabe, die jetzt ansteht, wird sein, ein Konzil, das der Kaiser für nächstes Jahr in der Stadt Bisanz in Burgund plant, vorzubereiten. Es müssen Termine mit daran teilnehmenden Kirchenvertretern des Papstes, auch von deutschen Bischöfen und des Adels eingeholt werden. Wir müssen für dieses Konzil gut vorbereitet sein, denn es werden sich dort wohl entscheidende Dinge im Verhältnis zwischen Papst- und Kaisertum ändern müssen. Es gilt, nun das Geheiligte Römische Reich Deutscher Nation gegen die schamlosen Ansprüche des Papstes in Rom zu stärken. Er sollte weiterhin wissen, die 1153 geschlossenen Konstanzer Verträge, die zwischen dem Kaiser, damals noch König, und dem Papst Eugen III. mit dem Ziel geschlossen wurden, von diesem die Unterstützung für die von ihm angestrebte Kaiserkrone und die Krönung in Rom durch Papst Eugen zu erreichen. Als Gegenleistung unseres heutigen Kaisers für den Papst war die Zusage, den Papst im Kampf gegen die ständig aufständische römische Stadtkommune Friedrichs Unterstützung zu erhalten, byzantinischen Ansprüchen in Italien gegenüber dem Papst zu begegnen und zum anderen keinen Frieden und andere Verträge mit dem König von Sizilien, einem normannischen Thronräuber abzuschließen. Nach der Krönung Friedrichs zum Kaiser 1156 in Rom, dachte unser Kaiser nicht mehr daran, die ihn fesselnden vom Papst auferlegten Vereinbarungen einzuhalten.

Die Antwort von Eugen III. ließ auch nicht lange auf sich warten. Die Aufkündigung des Bündnisses mit dem Kaiser und die Unterstützung seinerseits für Städte und Provinzen in Oberitalien im Kampf um deren Unabhängigkeit gegen Friedrich sind jetzt das Ergebnis. Also wird es in Bisanz in Burgund, dass durch die Heirat Kaiser Friedrichs mit Ihrer Majestät Beatrix zu seinen neuen Hoheitsrechten zählt, zu einer Machtprobe zwischen den Anhängern des Papstes in Rom und denen unseres Kaisers kommen, die der Kaiser absolut für sich entscheiden will. Ich werde in meinem Amt als Kanzler ihn mit alle den Kräften, die mir zur Verfügung stehen, unterstützen, damit wir für unser alles geheiligtes Römisch-Deutsches Reich dieses Ziel erreichen.

Und noch etwas muss ich ihm sagen, Kunrad dabei in die Augen blickend. Künftig kann in seiner neuen Stellung der Fall eintreten, dass man ihm Angebot und Versprechungen, oder auch sonstige Privilegien von verschiedenen Seiten offeriert, in dem irrigen Glauben, mein Sekretär könnte Dinge gleich welcher Art zu ihren Gunsten beeinflussen. Davor muss er gefeit sein und will ich ihn warnen ".

Sicher hätte von Dassel noch etwas ausführlicher fabuliert und Kunrad von Hachen weiter eingeschworen, wenn nicht zaghaft an die Tür seines Kabinetts geklopft worden wäre. Ein Diener meldete den Termin der edlen Herren Pfalzgraf Otto von Wittelsbach und den von Bischof Anselm von Havelberg zu dem vereinbarten Gespräch beim Kanzler Rainald an. Mit dem Fingerzeig zur Tür der eintretenden Herren deutend, verabschiedete er Kunrad kurz und ohne weitere Worte. Zum zweiten Male in einem von Kunrad von Hachen hörenden Dialog von Rainald von Dassel, seinem Vater, hatte er während des doch so langen Gesprächs kein Wort erwidern können oder brauchen.

Die Arbeit als Sekretär bei Rainald von Dassel ist nicht sehr beschwerlich. Im Gegensatz zum 12- Stundentag in der Kanzlei vorher, sind durch Besprechungstermine, häufig ungeplant angesetzt, die Rainald von Dassels Arbeitszeit zum größten Teil beanspruchen, für Kunrad von Hachen unverhoffte Freizeiten zu nutzen möglich. Nur kurzfristig einberufene Sitzungen oder der Ruf zur Audienz zu Kaiser Friedrich beispielsweise konnte die Arbeitsstruktur am Tage unterbrechen. Der Vormittag bestand fast immer nur aus dem Verfassen von Botschaften, Ernennungen, Einladungen oder Befehlen, von Rainald von Dassel in die Feder von Kunrad diktiert. Am Nachmittag fanden oft Besprechungen statt, zu denen von Hachen aber bisher nicht hinzugezogen wurde. In dieser Zeit beschaffte er oftmals für den Kanzler die für den nächsten Tag benötigten Dokumente aus Archiv und Registratur der Kanzlei Ludolfs von Kreiensen.

Im Spätsommer bis zum Herbst sind Kaiser Friedrich und Vasallen, so auch sein Kanzler Rainald von Dassel an den Rhein gezogen. Lange Fehden zwischen Hermann III. von Stahleck und den rheinischen Erzbischöfen, im Besonderen bei denen von Mainz und Trier, wo es in erster Linie um Gebietsansprüche und Nutzungsrechte geht, sind hier zu befrieden. Handfeste Hausmachtinteressen Friedrichs, als aus dem Hause der Staufer kommend, ist Anlass nach dem Tode Hermanns von Stahleck im September 1156 dieses Erbe seinem Halbbruder Konrad von Staufen bei Rhein zu übereignen. Der Streit mit den Erzbischöfen hielt aber auch noch Jahre nach Konrads Erbantritt an.

Wenn der Kanzler auf Reisen und längere Zeit abwesend war, versah Kunrad Dienst in der kaiserlichen Kanzlei. Die neue Pfalz, auf Kaiser Friedrichs Bedürfnisse zugeschnitten, war in seiner Ausdehnung nicht so sehr groß, sieht man vom weitläufigen Park mit seinem großenWildbestand für die Jagd ab.

So war es nicht verwunderlich, das Kunrad von Hachen auf dienstlichen Wegen zwischen dem Kanzlerbüro und der

Kanzlei immer mal der hübschen Zofe Marie von Gunthard auf dem Kavaliershof begegnet. Seine Freundlichkeit, die er ihr aus der ersten Begegnung und ihrem Gespräch damals bei seiner Ankunft entgegenbrachte, ignoriert Marie nun, in dem sie so tut, als ob sie Kunrad nicht sieht oder aber nicht wiedererkennt. Die Unnahbarkeit, die stolze Erhabenheit und ihr Bemühen, ihn zu übersehen, um mit ihm nicht in Kontakt zu gelangen, steigerte die Anziehungskraft, die das schöne Mädchen auf Kunrad ausübt. Aber zugleich auch seinen Zorn über ihre Arroganz. Aufgewühlt, verärgert und gereizt, begann er Marie von Gunthard unauffällig intensiv zu beobachten. Was bildet sich das Freifräulein denn ein? Weil sie Zofe bei einer Kaiserin ist! Wartet, so leicht mache ich es Dir nicht, denkt Kunrad, ohne seine Arbeit in der Kanzlei zu unterbrechen. Des Öfteren ein Auge auf Marie von Gunthard zu werfen, war nicht sehr schwer, da Kunrad sowohl vom Kanzlerkabinett wie auch von der Kanzlei aus, Sicht auf den Kavaliershof und den Park hat.

Das Frühjahr im Jahre 1157 war angebrochen. Kunrad im Kanzlerkabinett an seinem Pult stehend und mit Kopien von Übereignungsurkunden des Herzogtums Bayern an den Herzog von Sachsen, Heinrich dem Löwen durch Kaiser Friedrich befasst, sieht bei einem Blick aus dem Fenster Marie von Gunthard gemessenen Schrittes durch den Park flanieren. Erstaunen stieg bei von Hachen auf, da der Tag sich schon seinem Ende zuneigte. Dorthin, wo der gepflegte Teil des Parks in Bäume und Büsche überging, war Marie plötzlich nicht mehr zu sehen. Sich nun für den Rest des verbleibenden Arbeitstages kaum noch konzentrieren zu können, glaubte er in Marie von Gunthards Verhalten im Park nicht an einen normalen Spaziergang der Entspannung. Der Spur brauchte er auch nicht mehr lange folgen, dann hatte er sogar Gewissheit. Am frühen Abend, fast zur selben Zeit des folgenden Tages sieht von Hachen einen Soldaten vom Wachkommando der Pfalz in Richtung des Parks den

Kavaliershof verlassen. Kunrads Verdacht bestätigte sich bald, als etwas später auch Marie von Gunthard den Park betritt, um aufgesetzt gelangweilt mit ruhigen Schritten in den Bereich der Bäume und Büsche im Park zu gelangen. Kunrad konnte nun wohl Eins und Zwei zusammenzählen. Da wandeln Zwei auf Abwegen, wenn Beide es so heimlich arrangieren. Die Erkenntnis, bei Marie ein amoralisches Verhältnis zu jemand anderem aufgespürt zu haben, löste wegen eigener hoffnungsloser Ambitionen eine unendliche Enttäuschung und rasende Eifersucht bei von Hachen aus. Trotz, Wut und Hass bewegte sich in seinem Innern: Warte nur, ich kriege dich noch, du wirst noch zahm werden und deine Arroganz bereuen, denkt er. Dort wo der gepflegte Park in ein Arreal von dichtem Gehölz übergeht, trafen sich also Marie von Gunthard und ein Fähnrich bei der Wache der Kaiserpfalz von Lutra, Eckehard von Breitebner aus dem Schwäbischen zu ihren heimlichen Liebestreffen. Den Namen des Liebhabers zu ermitteln, war für von Hachen nicht allzu schwer gewesen. Er hatte einen der Schreiber aus der Kanzlei befragt, der ihm als dem Sekretär des Kanzlers bereitwillig den Namen nannte. Kunrad nutzte einen Tag, an dem der Kaiser mit seinen Getreuen und Gästen zur Jagd weilte, zu denen auch sein Kanzler von Dassel gehört, um dem Liebespaar bei ihrem heimlichen Treffen aufzulauern und zu beobachten. Mit seinem drohenden Draufgängertum gedachte er Marie von Gunthard gefügig zu machen.

Von seinen finsteren Gedanken und Plänen aber wurde er erst einmal durch das Eintreffen einer Gesandtschaft aus Mailand abgelenkt. Mit kleiner Zeremonie, Posaunen und Pomp des Wachkommandos von Lutra empfangen, ritt eine kleine Delegation aus Oberitalien durch den Torbogen in den Kavaliershof der Kaiserpfalz ein.

Als fungierender Protokollschreiber Rainalds von Dassel nahm von Hachen erstmals an zwei Gesprächsrunden teil, wobei ihn der Verhandlungsführer der Mailänder, ein Graf di Biandrate nicht eines verbindlichen Blickes würdigte. Durchaus angenehmer empfand Kunrad die drei anderen Teilnehmer der Delegation, die aus dem Erzbischof von Mailand, Hubert von Pirovano, dessen Sekretär Giuseppe Valdano und dem Stadtkonsul Hubert von Orto bestand.

Mit dem persönlichen Sekretär des Bischofs entwickelten sich neben einer Kollegialität desselben Berufsstandes sogar Kontakte nach den Verhandlungen, die bei Wein und Bier in einer nahe der Pfalzburg gelegenen Schenke in so etwas wie Kameradschaft mündeten.

Wunsch und Ziel der mailändischen Gesandtschaft wäre, so der Graf Biandrate, eine Minderung der Summe einer von seiner Majestät, dem Kaiser festgelegten Reichssteuer zu erbitten. Gerade Mailand hätte schon unter den normalen Abgaben an die vom Kaiser eingesetzten Verwalter und Vögte zu leiden. Eine zusätzliche Reichssteuer in der von Kaiser Friedrich geforderten Höhe könne Mailand nun wirklich nicht aufbringen.

Rainald von Dassel, gerissen im politischen Ränkespiel, versprach dem Grafen und dem Erzbischof großzügig, sich für sie in dieser Angelegenheit um eine Audienz bei Kaiser Friedrich zu verwenden. Dabei hatte sich Rainald schon im Vorfeld nach dem ersten Tag den Verhandlungen mit dem Kaiser abgesprochen, das Begehren der oft unbotmäßigen Mailänder strikt abzulehnen. Auch die Warnung von Graf Biandrate an Rainald von Dassel gerichtet, die von großer Unzufriedenheit aller oberitalienischen Städte und vieler Kommunen gegenüber der kaiserlichen Bürokratie und von Bevormundung im Allgemeinen künden, ändern zum Ende der Verhandlungen nichts an den Forderungen Friedrichs. Auffallend registriert Kunrad von Hachen Gedanken, die er natürlich nicht im Protokoll vermerkt, die sehr geschickt geführte, diplomatische Anbiederei des Grafen Guido di Biandrate an die Adresse des Kaisers, die beim Dialog mit dem Kanzler und dem fehlenden Nachdruck, die Interessen der Mailänder konsequent zu vertreten, Ausdruck findet. Ob die Audienz des Grafen und des Erzbischofs bei Kaiser Friedrich gemeinhin andere oder weitere geheime Klauseln und Abmachungen zeitigten, blieb Kunrad aber verborgen. Nach knapp einer Woche verließ die kleine Gesandtschaft mit seinem militärischen Begleitkommando die Pfalz Lutra wieder. Noch einmal unternahm Kunrad von Hachen den Versuch, sich der Liebe Maries von Gunthard zu nähern, zu versichern. Und so richtete er es ein, eine Begegnung mit der schönen Marie zu arangieren, ohne aber von ihrer Seite einen Gruß oder Lächeln von Wiedererkennen erhaschen zu können. Die Ignoranz konnte kaum deutlicher ausfallen. Ohne Kunrad nur anzublicken, rauschte sie an ihm vorbei, ein von ihm furchtbar erniedrigend empfundener Affront. Da konnte er seinen Zorn nicht mehr bändigen und mit den Worten: „Deine hoffärtige Arroganz wird dir noch leidtun, Hure und nicht vergessen werden". Wobei er das Wort Hure mehr in sich hineinsprach, so dass Marie das letzte Wort des in großer Erregung artikulierten Satzes von Kunrad nicht mehr hören konnte.

Marie von Gunthard hatte die Annäherungsversuche von Hachens in den letzten Wochen natürlich bemerkt. Aber sie hatte bereits einen Liebhaber, und einen Mönch, wenn auch Sekretär beim Reichskanzler, sein Äußeres und dann diese Augen, in die sie nicht blicken wollte, und die ihr Angst machten, schlossen für Marie einen Kontakt, gleich welcher Art zu Kunrad von Hachen aus. Auch für Kunrad stand jetzt fest; er wird sich mit Gewalt holen, was man ihm nicht gibt. Dieser Affront war nur ein weiterer Baustein, der in ihm die Überzeugung nährte, wie ungerecht ihn doch die launige Natur mit so wenig anziehenden Gaben ausgestattet hat. Eifersucht war bei ihm schon oft während seiner Arbeit bei Rainald von Dassel aufgeflammt, wenn diesem von den Damen des Hofes respektvolle und bewundernde Blicke zu geworfen wurden, während dagegen seiner Person nie eine

54

Beachtung geschenkt wurde. Und wenn doch einmal, dann verwandelten sich die Blicke der schönen Damen in Eis, bestenfalls Gleichgültigkeit. Hinzu kommt die Kälte und Reserviertheit Rainalds, der keinerlei Vertraulichkeiten zu Kunrad zulässt. Von dieser Zeit an, entwickelt sich das in von Hachen vorhandene kriminelle Potenzial, zielgerichtet gegen alle Menschen, die von Natur und Glück immer mehr belohnt sind. >Nein ich bin nicht gottgefällig<, denkt er für sich im Zorn, und in unbändiger Wut an die Zofe Marie von Gunthard.

Es war der letzte Sonntag im Juli, an dem Kunrad von Hachen die Zofe Marie von Gunthard und ihren Liebhaber, den Fähnrich Eckehard von Breitebner im kaiserlichen Park von Lutra auflauert. Hinter dichtem Gebüsch und Gehölz bei aufziehender Dämmerung am Ende des Tages fühlten sich das Liebespaar und der Lauscher ziemlich sicher, nicht entdeckt zu werden. Kunrad, der den Platz kannte, an dem sich das Liebespaar wiederholt traf, hatte zuerst Marie von Gunthard in den Park laufen sehen, um ihr dann bald darauf zu folgen. Einen Umweg einschlagend hatte er sich leise auf seinen Beobachtungsposten herangepirscht. Nach etwa zehn Minuten erschien auch Eckehard von Breitebner. Was das Paar miteinander flüsterte, konnte er aber nicht verstehen. Nur ein Stöhnen und das sie sich fortwährend küssend in den Armen lagen, konnte Kunrad erkennen. Mit Augen, in denen seine Eifersucht und Gier glommen, verfolgte er dann den Liebesakt der beiden Vertrauten. Noch lange danach wollten sich die beiden nicht trennen. Bis der Fähnrich sich erhob, seine Kleidung richtete, mit auffallend gemessenem Schritt durch den Park zur Pfalzburg zurückging. Jetzt war war es finster geworden, und auch die Zofe ordnete langsam ihre Kleidung, mit dem Vorhaben, etwas später ihren Dienst bei Kaiserin Beatrix anzutreten. Aber dazu sollte es nicht mehr kommen. Marie wollte sich gerade aufmachen, als mit

55

einem von Hass verzerrten Gesicht der unheimliche Mönch vor Marie von Gunthard stand. Zu Tode erschrocken wollte sie aufschreien, aber Kunrad hatte das Mädchen von hinten erfasst und hinderte es am Schreien, in dem er ihr den Mund zuhielt. Nicht mehr Herr seiner eigenen Sinne, flüsterte er Marie hasserfüllt die Worte ins Ohr: „Du Burgundische Hure gehörst jetzt mir". In diesem Augenblick erkannte Kunrad, dass er mit dieser unkontrollierten Äußerung Marie von Gunthard nicht mehr leben lassen konnte. Wenn sie seine Drohung weitererzählen würde, sollte er sie am Leben lassen, man würde die beleidigende Drohung alleine schon als Vergewaltigung und Angriff auf die Kaiserin Beatrix von Burgund werten. Als ein Verbrechen, das mit dem Tode geahndet werden würde. Verzweifelt und kraftlos am Ende wehrte sich Marie gegen die Vergewaltigung. Ungläubig mit weit aufgerissenen Augen nach Luft ringend, sieht sie ihrem Peiniger flehend in die Augen, der nun aber schnell seine kräftigen Hände um ihren Hals legt, und die hübsche Zofe ohne jede Rührung erdrosselt.

Ihn würde man kaum verdächtigen, wenn man ihre Leiche findet. Vielmehr wird man dem Fähnrich als Liebhaber bald auf die Schliche kommen. Denn diese heimliche Liebschaft konnte bei seinen Kameraden nicht unentdeckt geblieben sein. Auch von Maries Umfeld im Kreis der Dienerinnen von Kaiserin Beatrix ist diese Affäre bestimmt registriert worden. Mit diesen, ihn erleichternden Gedanken, verließ Kunrad von Hachen den Tatort, sich noch vergewissernd, dass er keine ihn belastenden Spuren hinterlassen hat. Es war inzwischen stockdunkel geworden. Wenige Fackeln auf dem Areal der Pfalzburg taten ein Übriges, um die Kammer im Palas unbemerkt aufsuchen zu können. Gewissensbisse quälten Kunrad von Hachen, ein junges Menschenleben vor nicht einmal zwei Stunden ausgelöscht zu haben nicht. Viel eher in der gespannten Erwartung, wie sich wohl die Dinge wohl nach dem dem Mord entwickeln würden, schläft von

Hachen ruhig dem nächsten Morgen entgegen. Selbst böse Träume blieben aus.

Kunrad von Hachens bösartiger Plan und dessen Abfolge wurde durch die Abwesenheit von Rainald von Dassel stark begünstigt. Zusammen mit dem Kaiser Friedrich war er im Hochsommer 1157 zu einem Kriegszug in polnische Lande aufgebrochen, um den Verweigerer von Lehnspflichten, den Herzog der Polen Boleslaw IV. abzusetzen, und dafür den vertriebenen älteren Bruder Wladislaw II., in deutschem Exil lebend, zu inthronisieren. Die Einsetzung Wladislaws auf den Thron scheiterte, da Boleslaw im kaiserlichen Lager vor Posen erschien, und seinen Treueid gegenüber Kaiser Friedrich mit einem Kniefall und barfuss im Büßerhemd erneuerte. Wladislaw II. musste von Boleslaw aber als sein Nachfolger als Herzog in Polen anerkannt werden. Nur nach Polen kam der vertriebene ehemalige Herzog von Schlesien (1138-1146) und Gründer der Linie der Piasten, Wladislaw nicht mehr, da er am 30. Mai 1159 im thüringischem Exil in Altenburg verstarb.

Kunrad hatte von Kanzler Rainald von Dassel während dessen Abwesenheit Auftrag, sich um Einblicke in Akten von Geheimprotokollen, und Verträgen von regierenden Monarchen und Fürsten, wie Geistlichen im Römisch-Deutschen Reich und Europas zu bemühen, damit er seinen Blick auf die politische Gesamtlage schärfe. Aus eigenem Antrieb stöberte Kunrad in der Kanzlei nach Unterlagen, wie Beurteilungen und Vitas von Gegnern des Kaisers in Italien. Städte wie Mailand, Crema, Verona, Piacenza und Tortona rebellierten den Berichten nach immer häufiger. Geheimberichte von Personen, die als wenig kooperativ gegenüber Friedrich gelten, wie die Familien der Torrianis, Viscontis, wie die von Erzbischofs Hubert von Pirovano erschienen Kunrad sehr aufschlussreich. Diese Erkenntnisse würden ihm in der Zukunft vielleicht helfen, Pläne für seine persönlichen Vorteile und Einfluss zu schmieden. Aber im

57

Augenblick fehlten ihm noch die klaren Vorstellungen und Pläne für solche Vorteilsnahmen. In Kanzleileiter Ludolf von Kreiensen glaubte er künftig, diesen als Opfer seiner Vergangenheit mit Hilfe von Erpressung und Druckmittel zum willigen, auch unwilligen Helfer benutzen zu können.

Rainald von Dassel kehrte erst Ende August in die Pfalz nach nach Lutra zurück. Stapel von Depeschen, die in seiner Abwesenheit nach hier kuriert worden waren, hatten sich angehäuft, und mussten vor dem bald beginnenden Konzil von Bisanz abgearbeitet werden.

Botschaften, auf die die Kuriere warteten, nach Österreich zum Babenberger Herzog Heinrich II., an Herrmann von Behr, dem Bischof von Verden und an die Erzbischöfe von Mainz, Speyer, Worms und Köln, die Kunrad mehrfach zu kopieren und zu siegeln hatte. Alle Botschaften hatten den den Hinweis erhalten, dass die Vertreter der Römisch-Deutschen Liga, Fürsten, wie auch die geistliche Fraktion auf dem Konzil eine gemeinsame pro kaiserliche Gesinnung an den Tag legen zu hätten.

Sehr große Aufregung über den entdeckten Mord an der Hofdame Marie von Gunthard hatte sich in der Pfalz und auch außerhalb dieser verbreitet. Es war das Ereignis, von dem nun neben der Kaiserin auch der aus Polen nach der Pfalz Lutra zurückgekehrte Kaiser Friedrich und Kanzler Rainald von Dassel erfuhren.

Zu Anfang herrschte nach dem Mord völlige Ruhe in der Pfalz. Über den Stand der Ermittlungen erfuhr man so gut wie nichts, so das von Hachen doch eine leichte Nervosität befiel, die sich dann noch steigerte, je länger die Ergebnisse ausblieben. Eine Untersuchungskommission hatte diskret die Arbeit aufgenommen und bei den Befragungen des Wachkommandos und im Hofstaat der Kaiserin von der heimlichen Beziehung der Ermordeten zum schwäbischen Fähnrich Eckehard von Breitebner erfahren. Anfangs hatte von Breitebner abgestritten, ein Verhältnis zur Zofe Marie von Gunthard unterhalten zu haben. Lange hatte er sich auf seine Kavalierspflicht und Ehre besonnen, mit der er der Zofe versprochen hatte, ihr Beider Verhältnis diskret zu halten. Erst als man ihm mit peinlicher Befragung drohte, gab er sein Liebesverhältnis preis, stritt aber weiterhin ab, Marie nie etwas angetan zu haben. Man glaubte aber seinen Beteuerungen nicht, etwas mit dieser schrecklichen Tat selbst zu tun zu haben. Und die Indizien sprachen gegen ihn. Ein Militärgericht wurde jetzt zusammengerufen, dem an der Spitze der von Rang höchste Offizier der kaiserlichen Pfalzbesatzung Oberst Kunz von Edelsheim vorstand. Als Vorsitzender des aus fünf weiteren Offizieren bestehenden Gerichts verkündete er am Ende:

„Der Fähnrich Eckehard von Breitebner wird wegen des Mordes aus niedrigsten Beweggründen, begangen an dem Edelfräulein Marie von Gunthard zum Tode durch den Strang verurteilt. Wegen seines Standes und in Anbetracht seiner Verdienste bei der Truppe verwende ich mich als seinem Vorgesetzten bei Seiner Majestät Kaiser Friedrich, dass er dieses Urteil in eine Hinrichtung durch das Schwert umwandeln möge". Der Junker Eckehard von Breitebner in seiner Verzweiflung, unschuldig eines ihm angelasteten Mordes, zum Tode verurteilt zu sein, registrierte die letzten Worte seines Obersten nicht mehr, als ihn nach dem Urteil seine Kameraden im Wachdienst in die Arrestzelle zurück eskortierten, um ihm diesmal schwere Ketten anzulegen. Drei Tage später wurde das Urteil mit der Gnade von der Hinrichtung durch das Schwert vom Kaiser bestätigt. Zu vollstrecken am folgenden Tag, morgens 7 Uhr.

Mit großer Befriedigung und Erleichterung hatte Kunrad von der in seinem Sinne erfolgten Verurteilung Eckehards von Breitebner erfahren. Seine anfängliche Verunsicherung und Nervosität hatte seiner gewohnten Selbstsicherheit und Kaltschnäuzigkeit Platz gemacht. Bis noch spät in die Nacht hörte Kunrad die Vorbereitungen für die Hinrichtung am kommenden Morgen durch das Hämmern und Rufen der Zimmerleute beim Bau des Henkerpodests auf dem Hof vor dem Kavalierbau. Große Genugtuung um diese gelungene Täuschung der Obrigkeit ließ Kunald eine sehr ruhige Nacht verbringen. Geweckt wurde er erst durch das Geklapper der Hufe von Pferden und lauten Rufen von Befehlen auf dem schon mit Neugierigen bevölkerten Hof.

Der Blick aus dem Fenster zeigte bereits den Aufmarsch des kompletten Wachkommandos um das hohe Podest für den Henker und seinen Delinquenten. Viele Bedienstete wollten sich das Spektakel ebenfalls nicht entgehen lassen und hatten sich eingefunden. Eilig warf sich nun auch von Hachen seine Mönchskutte über, um gleichfalls noch einen guten Platz in den vorderen Reihen der Gaffer zu erhaschen.

Etwas entfernt entdeckte Kunrad unter den Zuschauern auch Ludolf von Kreiensen. Der beobachtete die letzten Minuten des Delinquenten weniger, wie er vielmehr, aber unauffällig den Kanzlersekretär von Hachen beäugt. Einen Henker hatte man aus der Soldateska der heimkehrenden Truppen des ohne Kampf beendeten Feldzuges gegen den Polenherzog Boleslaw gefunden. Ebenso einen Prediger, der dem jetzt sehr ruhigen von Breitebner die Beichte abnahm. Der Nothenker verstand das Geschäft des Tötens aus den Feldzügen, denn mit nur einem Streich des Schwerts fiel der Kopf des jungen und unschuldigen Fähnrichs. Das Stöhnen vieler der Zuschauer, als der Kopf in den Korb fiel, zeugte von Bedauern und das man an die Schuld des Gerichteten noch gar nicht glauben konnte, trotz des gefällten Urteils. Über die Züge Kunrads glitt ein kaum wahrnehmbares und befriedigtes Lächeln. Aber bei all seiner Selbstgefälligkeit ahnte er nichts vom aufgekommenen Verdacht des Leiters der Kanzlei, Ludolf von Kreiensen.

Diesen Verdacht, den er gedanklich hegte und der seiner Meinung nicht unbegründet ist, behielt er wohlweislich für sich. Das Kanzleizimmer hat nämlich ebenfalls Sicht auf

60

den Park, und so konnte Ludolf von Kreiensen während seiner oft späten Arbeitsstunden, ohne zu der Zeit Schlüsse daraus ziehen zu können, das Kommen und Gehen in den Park immer einmal einsehen. Erst als der Kanzleileiter das zeitnahe Betreten Hunolds im Parks mehrfach sah, passend sogar ins Zeitfenster eventuellen Geschehens von Tat und Fund der Leiche des Edelfräuleins, glaubt von Kreiensen, jetzt auch Kunrad von Hachen, Mönch und Sekretär des Kanzlers mit diesem pikanten Wissen in der Hand zu haben.

An der Arbeit seines neuen persönlichen Sekretärs hat der Kanzler Rainald von Dassel nichts zu bemängeln. Das war aber auch das einzig Positive eines Verhältnisses, das sein >Vater< nicht an seinen fachlichen Qualitäten zweifelt, stellte Kunrad die ganze Zeit über fest. Vertrautheit, die sich vielleicht in anerkennenden Worten nach bald einem Jahr hätte vielleicht entwickeln können, stellte sich nicht ein. Diese Hoffnung wurde dann an einem Morgen endgültig zerstört, als der Kanzler zu Kunrad mit kaum verhehlter Kühle sagt: „Wenn er auf meine Befehle wartet oder ich ihm Papiere oder Dokumente zu übergeben habe, dann wünsche ich, dass er sich bitte vor mich stellt. Ich mag nicht, wenn Personen hinter mir stehen, deren Gesicht ich nicht sehen kann, um fest zu stellen, was sie denken". Die Kälte Rainalds aus diesen Sätzen an ihn war greifbar, und diese Erkenntnis verfestigte sich in Kunrad von Hachen abermals zu Vorstellungen, seinem >Vater< und Kanzler des Römisch-Deutschen Reiches zu schaden, wo immer es ihm möglich ist.

Auf dem Weg nach Bisanz

Entgegen seiner sonstigen Schlafgewohnheiten, früh am Morgen eines Tages selbst aufzuwachen, weckte Kunrad diesmal die Betriebsamkeit im Kavaliershof von Lutra. Dort wurde begonnen, Fuhrwerke in Eile mit allem zu beladen, was für eine längere Reise notwendig ist. Einige Momente sah er von seinem Fenster dem geschäftigen Treiben zu, um zu sehen wie Truhen, Kisten und andere Gegenstände von Bediensteten und Zofen der Kaiserin herbeigebracht und verladen wurden. Nun irritiert, da er von einem späteren Zeitpunkt der Reise nach Bisanz wegen des Konzils wusste, schlüpfte Kunrad in seine Kutte, um ins Büro seines Chefs zu eilen, ob Gründe für eine vorzeitige Abreise vorlägen. Da Rainald von Dassel noch nicht anwesend war, begann Kunrad die vor Tagen für das Konzil bereitgestellten Pakete von Dokumenten, Mappen, Urkunden und Blankopapiere in Reisetruhen zu verstauen. Nur wenig später erschien auch von Dassel im Büro mit den Worten: „Hat er schon alles für die Abreise vorbereitet? Morgen in der Frühe werden wir die Pfalz verlassen, um uns auf den Weg nach Bisanz zu begeben". Auf Kunrads fragenden Blick, um gleich weiter fortzufahren:
„Der Kaiser hat angeordnet, die Reise nach Burgund und Bisanz vor zu verlegen, da seine junge Gemahlin die Reise nutzen will, ihrer Mutter Agathe von Oberlothringen, der Witwe des verstorbenen Herzogs Rainald von Burgund, und ihrem Onkel Matthäus I. Herzog von Lothringen eine Visite als junge Kaiserin auf Burg Oricourt abzustatten, jetzt der Witwensitz ihrer Mutter. Die Mutter der Kaiserin Beatrix ist eine Tochter von Herzog Simon I. von Lothringen..." wollte er, wie oft in einen seiner Monologe fallend, weiterreden, als es an die Tür klopfte. Zu von Hachen dann weiter: „Und sage er dem Büroleiter von Kreiensen, er muss uns mit zwei

62

seiner Schreiber nach Bisanz begleiten".

Kunrad von Hachen verabscheute diese so selbstgefälligen Monologe seines Erzeugers Rainald von Dassel, für ihn ein weiteres Indiz von einer Unnahbarkeit ihm gegenüber, da er seine Worte oder Sätze nie an ihn, Kunrad, sondern immer an sich selbst oder an ein größeres und wohl vornehmeres Publikum richtete. Aber auch das stellte Kunrad fest: Es ist Zeugnis seiner loyalen An- und Abhängigkeit, ja eine fast fanatische Bindung an das Herrscherhaus der Staufer aus Schwaben.

Den ganzen Tag und auch die folgende Nacht wurden die offenen und bedeckten Fuhrwerke beladen, fest verzurrt und zum Schluss die Pferde davor gespannt. Sehr viele weitere Wagen hatten sich auch vor der Pfalzburg in Aufstellung gebracht, in der Mehrzahl mit Ochsengespannen davor. Dann am frühen Vormittag setzte sich der lange Wagenzug in Bewegung, von den Insassen der neuen Pfalz mit bunten Tüchern winkend verabschiedet.

Vor dem Wagentross reitend Bannerträger, dahinter eine Truppe bewaffneter Reiter. In der Mitte des Zuges die viel eleganteren und gedeckten Wagen der getrennt fahrenden Majestäten, rund um begleitet von der Leibgarde Kaiser Friedrichs. Dahinter dann die Wagen des hohen Adels, der Geistlichkeit, des Kanzlers, der Ministerialen und anderer gewichtiger Begleiter von Staat und Kirche. Dazwischen auch immer wieder edle Reitpferde, von Knechten oder Pagen geführt und bereitgehalten, wenn die Herrschaften vom Gefährt zu ihren Pferden wechseln wollten. Ein langer Tross, der am hintersten Ende die verschiedenen Gefährte von Marketenderinnen, Kaufleuten und auch einen größeren gedeckten Wagen für die den Tross begleitenden Huren aufwies. Zum Schluss, zu Fuß ein Volk von Gesinde und Gauklern, die sich von dem Zug des Kaisers nach Burgund und Lothringen gute Geschäfte versprechen. Kunrad reiste auf einem Fuhrwerk mit von Kreiensen und den Schreibern,

63

dass den zwei gedeckten Trosswagen von Kanzler Rainald mit Albert von Sponheim, den beiden Pfalzgrafen Otto von Wittelsbach und Konrad bei Rhein, und für Kunrad äußerst überraschend auch der Graf Guido di Biandrate unmittelbar folgte.

Kunrad mochte diesen Italiener nicht, seinen Adelsstolz all denen mit Nichtbeachtung spazieren führend, die unter ihm standen und ihm dienten, aber allen, die über ihm rangierten mit opportunistischer Schleimerei begegnete.

Außer von den Leibgarden der Majestäten wurde der lange Tross von der Spitze bis zum Ende von Bewaffneten und noch einer Vielzahl von Trossknechten zu Fuß und Pferden begleitet. Berücksichtigt man die Jahreszeit, der Herbst des Jahres 1157 steht vor der Tür, dann muss man für die vielen Aufenthalte auf geeigneten Pfalzen, Burgen oder auch mal in Zelten auf Marktplätzen von Städten oder in freier Natur eine Reisezeit bis Bisanz von bis zu fünf Wochen ansetzen, um noch rechtzeitig zum festgesetzten Termin des Konzils Anfang Oktober in Bisanz einzutreffen. Die ersten Tage bei noch schönem Spätsommerwetter war man noch recht zügig vorangekommen. Dann wurden die Wege beschwerlicher, denn einsetzender Regen mit den ersten Tagen einsetzenden Herbstes hatten die Fahrwege zum großen Teil grundlos und schwer passierbar machen lassen. Immer wieder mussten längere Unterbrechungen in Kauf genommen werden.

Steckengebliebene, und viel zu voll beladene Trosswagen konnten nur durch zusätzlich vorgespannte Ochsen oder Pferde oder auch Manneskraft aus den tief gewordenen Fahrwegen herausgezogen werden. Dazu kamen Rad und Achsenbrüche, denn die Fuhrwerke sind einfach zu schwer beladen worden.

Nach anstrengenden Reisetagen erreichte man im Elsass, einen kleinen Umweg in Kauf nehmend, die Pfalz Hagenau. Zum Anfang des 12. Jahrhunderts hatte Herzog Friedrich der Einäugige hier im Jagdgebiet der Herzöge Schwabens ein Wasserschloss errichtet, dass Friedrich später zu einer Pfalz ausbauen ließ.

In und um die Burg herum nahm der Tross für zwei Tage Quartier. Selbst Kunrad von Hachen bekam in der Burg eine kleine Schlafzelle zu gewiesen, um für Rainald von Dassel als dessen Sekretär präsent zu sein. Kunrad wollte gerade sein Ruhelager für die Nacht richten, als ihn einer der Schreiber mit der eiligen Nachricht stört, noch einmal beim Kanzler von Dassel zu erscheinen. Es wird noch eine eilige Botschaft oder Ähnliches zu schreiben sein, denkt er und macht sich erst einmal auf den Weg, Rainald von Dassel in der finsteren Burg zu finden. Äußerst ungehalten empfängt ihn Rainald mit den Worten: „Kaiserin Beatrix will Ihn sprechen! Was will Ihre Majestät von ihm"? Kunrad sieht den Kanzler verwirrt und befremdet an, so als wenn er die Aussage und Frage Rainalds nicht verstanden hätte. Dann, nach dem sich Kunrad gesammelt hat: „Das weiß ich nicht, Exzellenz", antwortet Kunrad Verständnislosigkeit mimend.

„Gehe er sofort und lasse er sich melden, Ihre Majestät Beatrix wartet auf ihn", weist von Dassel selbst irritiert und unsicher Kunrad die Tür. Auf dem Weg zur Kaiserin, auch noch zu dieser relativ späten Stunde, durch die halbdunklen mit durch nur wenigen Fackeln erhellten Gänge der Burg beschlich Kunrad doch Beklemmung. Was will die Kaiserin denn von mir? Ist es vielleicht ein Tritt weiter auf der Leiter nach Oben. Aber wer könnte ihn hier protegieren, außer sein >Vater<, denkt er bei sich. Dann wieder: Das ist nicht möglich, kann nicht sein. Unbehagen überkommt ihn jetzt. Kaum registriert er, dass ihn ein Bediensteter bei Kaiserin Beatrix mit den Worten meldet: „Majestät, der gewünschte Herr Sekretarius ist jetzt hier". Als Kunrad von Hachen in das Gemach von Beatrix tritt, und er sich nach devoten Verbeugung aufrichtet, begegnet er ihrem ihn von oben bis unten betrachtenden Blick. Für sich selbst denkt Kunrad: Eine schöne Frau mit der Aura ausstrahlender Majestät und braunen, bezwingenden und intelligenten Augen. Bei der Kaiserin im Zimmer befinden sich noch drei Zofen, die ihr Gemach für den kurzen Aufenthalt auf Hagenau einrichten helfen. Seine bis dahin andauernde Beklemmung löste sich, als Beatrix ihn anspricht: „Er ist Sekretär bei unserem Herrn Kanzler. Ich benötige Ihn, dass Er mir eine eilige Botschaft verfasst, die an meine Mutter, Herzogin Agathe und meinen Onkel, den Herzog Matthäus von Lothringen nach Oricourt abgehen wird, die des Kaisers und meine Ankunft meldet". Erleichtert schreibt Kunrad die Botschaft, die ihm Beatrix diktiert und übergibt sie der Kaiserin zur Unterschrift.

„Lass er die Botschaft hier, ich lasse sie dann siegeln", dann Beatrix. Kunald mit artigen Verbeugungen, triumphierend auf dem Weg zu Tür, wurde von Kaiserin Beatrix plötzlich mit der Frage konfrontiert: „Er kannte meine Zofe Marie von Gunthard"? Sich ruhig umdrehend, als ob ihre Frage zu einer Plauderei führen würde: „Ja! Ihre Majestät, ich hatte das Vergnügen, die Edle Dame einmal nach einem Weg Fragen zu dürfen". „Sonst wohl wollte er nichts von ihr?", erwidert Beatrix, während ihre Augen nun einen härteren Glanz als bisher annahmen. „Nein Majestät, ich grüßte sie aber danach noch mehrmals, ohne dass sie mich gewahrte", antwortete Kunrad jetzt gelassen und kühl, Annäherung an Marie von Gunthard so darzustellen. Aber die Kaiserin ließ nicht locker: „Meine Hofdamen erzählten mir aber doch etwas anderes", ihren strengen Blick fragend auf die drei Damen gerichtet.

„Meine Bedienstete Agnes von Schreckenstein, die sehr das Vertrauen von Marie von Gunthard besaß, berichtete mir, dass sich Fräulein von Gunthard von ihm belästigt gefühlt, ja sogar Angst vor ihm hatte". Kunrad aber jetzt souveräner und beherrschter geworden, trotz des für ihn so peinlichen Gesprächs, antwortet er aber wieder sehr höflich: „Verzeiht Ihre Majestät, wenn ich Ihrer Hofdame Anlass zur Furcht gegeben habe, tut mir das leid, belästigt habe ich sie nie".

66

Ohne jeden Übergang und jede Verbindlichkeit und kühl verabschiedet Kaiserin Beatrix Kunrad: „Gehe er jetzt "und wendet sich nun abrupt ab. Mit zwiespältigen Gefühlen sucht Kunrad von Hachen seine Unterkunft auf. Hegt man jetzt gegen ihn einen bestimmten Verdacht? Ja, beweisen könne man ihm aber nichts. Aber einen so guten Eindruck hatte er wohl bei der jungen Herrscherin nicht hinterlassen, dazu war die Verabschiedung zu sehr schroff gewesen.

In den zwei Tagen auf Hagenau bekam Kunrad Kanzler Rainald nicht zu sehen. Eine Besprechung bei Friedrich jagte die andere. Es wurden die Fäden für den Hoftag und das Konzil gesponnen, der zum einen der Machtsicherung des Kaisers in Burgund durch seine Heirat mit Beatrix galt, zum anderen aber einer abzustimmenden Front deutscher Fürsten und Geistlichkeit gegen die maßlosen Ansprüche des Papsttums in Rom. Nicht nur der Rast galt die Pause auf der Pfalz von Hagenau, sondern ist der geplante Treffpunkt für weitere Fürsten und Personen der Hohen Geistlichkeit aus ihren Machtzentren, um gemeinsam den Weg nach Bisanz als angemessene kaiserliche Machtdemonstration darzustellen. Neben dem bayrischen Pfalzgrafen Otto von Wittelsbach sah Kunrad auch die einflussreichen Grafen wie Rudolf von Pfullendorf, Markward II. von Grumbach, Albert von Sponheim, aber auch die Bischöfe Hermann von Verden und Anselm von Havelberg von der geistlichen Fraktion neben dem Mailänder Grafen Guido di Biandrate zu den Beratungen über den Burghof zu Kaiser Friedrich eilen.

Nach zwei Tagen der Rast und vielen Besprechungen im kleinen und größeren Kreis wovon ein halber Tag der Jagd des Kaisers im Hagenauer Forst gewidmet war, zog der Tross nach Süden weiter, linksrheinisch dem Fluss folgend über Straßburg, Colmar, Mulhouse und Belfort. Die relativ wacklige Arbeit von Kunrad, Ludolf und der Schreiber galt der Erstellung von Kopien, um die Zeit während der Fahrt zu nutzen. Protokolle von den Besprechungen bei Kaiser Friedrich inhaltlich korrekt zu Berichten formulieren und vervielfältigen, damit sie dem Kanzler nächsten Morgen zur Durchsicht vorgelegt werden können. Brisante und wirklich interessante Einzelheiten waren da zu erfahren, die Kunrad von Hachen wohl in seinem Kopf speicherte, und sich aus naheliegenden Gründen eigner Sicherheit keine Notizen machte.

Das letzte Drittel des Weges nach Bisanz gestaltete sich zeitaufwendig, denn der Herbst war dieses Jahr früh, feucht und kalt ins Land gezogen. Außerdem war die Region nur dünn mit großen Adelssitzen und Burgen besiedelt, die den kaiserlichen Tross für die Nächte hätte aufnehmen können. So hatte man unweit Belforts nochmals eine 2-tägige Pause eingelegt, die den Reisenden in mitgeführten großen Zelten Schutz vor den Unbilden des Wetters und Ruhe für die Nächte boten. In einem kleineren Zelt hatten die Schreiber, Ludolf und Kunrad ihren Unterschlupf gefunden. Kunrad war in der Nacht aufgewacht und aufgestanden, um einem menschlichen Bedürfnis in freier Natur nach zu gehen. Die anderen drei Insassen schliefen, den Anstrengungen der langen Reise Tribut zollend. Gerade will Kunrad das Zelt verlassen, um sein Wasser abzuschlagen, hört er Stimmen eines nächtlichen Dialoges durch das Zelt dringen. Zwei Landser, wohl beim Rundgang ihres Wachdienstes durch die Zeltreihen laufend, waren vor dem Zelt Kunrads stehen geblieben, um sich leise zu unterhalten: „Hast du gehört Ludwig, dass man den Tod von der Zofe auf Lutra noch einmal untersuchen will"! „Das hilft dem Eckehard jetzt auch nicht mehr. Aber wieso das, Gernot"? Natürlich war Kunrad von Hachen im stockdunklen Zelt stehen geblieben, um zu lauschen. „Ja, angeblich hätten sich wohl Zeugen gefunden", hört Kunrad wieder den, der Ludwig heißt, um dann nur noch entfernendes Flüstern und Schritte zu hören. Besorgt hält Kunrad inne, ob von den drei Schlafgenossen

68

jemand etwas gehört haben könnte. Lautes abwechselndes Schnarchen aber beruhigt ihn. Verdammt, wer könnte etwas gesehen haben, arbeitet es in ihm. Wie schwer wiegt da wohl doch die Aussage der Zofe Agnes von Schreckenstein bei Beatrix von Burgund, der Kaiserin? Aber entscheidend ist, ob ihn jemand beobachtet hatte und dazu fiel ihm im Moment niemand ein. Es sei denn, vielleicht Ludolf von Kreiensen? Aber diesen Gedanken verwirft er bald wieder, hat er ihn doch in der Hand. Nur mehr vorsehen muss ich mich, schlägt sein Wasser hinter einem Busch ab und geht nun doppelt erleichtert wieder schlafen.

Schon gut drei Wochen waren seit dem Aufbruch von der Pfalz Lutra vergangen, da erblickte die Tete des überlangen Wagenzuges unter lautem Getöse am späten Nachmittag des letzten Tages im September den hohen Glockentrm der Klosteranlage von Saint Etienne in Bisanz (Besancon). Das Benediktinerkloster war das Ziel der kaiserlichen wie auch päpstlichen Teilnehmer am Konzil, welches im großen Refektorium der Klosteranlage abgehalten werden wird. Die Mönche haben sich für die Dauer des Konzils und eines Reichstages in eine Klause des nicht weit von Besancon entfernten Dorfes Vieilley zurückgezogen, um Abgesandten von Kaiser und Papst Platz zu machen. Der Kaiser selbst, seine Ratgeber und die Entourage, wie auch der Kanzler Rainald von Dassel waren weiterhin Gäste bei Matthäus I. von Lothringen und Agathe von Oberlothringen in Oricourt und würden erst unmittelbar vor Beginn des Konzils bzw. Reichstag hier eintreffen.

Kunrad, Ludolf und die beiden Schreiber erhielten ein Quartier in einem der zwei Seitenflügel des quadratisch angelegten Klosters mit seinem riesigen Innenhof, der sogar großzügige Stallungen für Pferde aufwies. Diese standen vornehmen Gästen oder berittenen Kurieren zur Verfügung. Bis zum Beginn des Konzils am 12. Oktober hat es zwar noch knapp zwei Wochen Zeit, die mussten aber noch als

69

vorbereitende Maßnahmen der so entscheidenden Tagungen genutzt werden. Das Refektorium selbst war bezüglich der Bestuhlung und Sitzordnung für alle Delegationen schon vorbereitet. Kunrad von Hachen als Sekretär des Kanzlers Rainald ist in der Verantwortung, die vielen mit weltlichen und kirchlichen Rechtsvorschriften versehenen Besitz- wie Verleihungsurkunden, noch dazu einer Vielzahl spezifischer Dokumente voll bepackten Trosswagen zu entladen und zu ordnen. Zu ordnen, damit sie während der Verhandlungen für den Kanzler oder den Kaiser immer gleich zur Hand sind, falls der oder Seine Majestät sie benötigt.

Am vorletzten Tage vor Konzilsbeginn traf die päpstliche Delegation, autorisiert durch Papst Hadrian IV. mit seinen Kardinalpriestern Roland von San Marco und Bernhard von San Clemente an der Spitze ein. Überraschend für Kunrad waren in der päpstlichen Delegation Erzbischof Hubert von Pirovano und sein Mitarbeiter Giuseppe Valdano vertreten, Doch verwundert, da sie doch auf Seite des Kaisers stehen sollten als Vertreter Mailands unter Friedrichs Herrschaft, resümiert Kunrad für sich. Als er aber Giuseppe Valdano unter den Abgesandten des Papstes erblickt, freute er sich ehrlich und begrüßte Valdano wie einen lange vermissten Freund.

Der deutsche Kaiser, sein Kanzler, die wichtigsten Fürsten des Reiches und die der deutschen Geistlichkeit trafen erst vier Stunden vor Beginn des Konzils in Bisanz ein. Nach der Ankunft im Benediktinerkloster berief der Kaiser alle die Vertreter seiner Entschlüsse und Absichten noch einmal zu einer dem Ziel zuführenden Beratung zusammen, was als Programm und deren Ergebnisse gegenüber der päpstlichen Seite einzufordern wäre.

Kunrad von Hachen packte seine benötigten Utensilien für die Protokollführung des bald beginnenden Konzils in eine Tasche, da klopft es laut an seine Zellentür. Von Kreiensen, teilt ihm aufgeregt mit, er solle sich sofort beim Kanzler

Rainald in der Bibliothek, neben dem Refektorium melden. In der Erwartung, eine nochmalige Instruktion vor Beginn der Beratungen zu erhalten, meldet sich Kunrad bei von Dassel. Mit ernster Miene, ohne eine Begrüßung fragt und stellt Rainald zu gleich fest: „Was hat es auf sich, dass mir Ihre Majestät Kaiserin Beatrix mitteilt, er kannte die Zofe Marie von Gunthard, die zu Tode kam"? Trotz der für ihn überraschenden Eröffnung des Gesprächs durch Rainald antwortet er auch hier wie bei der Kaiserin Tage vorher sehr beherrscht: „Die Bekanntschaft mit der Dame von Gunthard beschränkte sich dabei auf meine Frage nach dem Weg zur Kanzlei bei meiner Ankunft in der Pfalz von Lutra, wie dem von mir angestrengten Gruß kurze Zeit später". Scheinbar befriedigt, ohne dieses heikle Thema weiter ausführen zu wollen, gibt Rainald Anweisung: „Bei den Verhandlungen wird er immer hinter mir am Pult stehen, damit ich mit ihm kommunizieren kann".

Erleichtert und doch beunruhigt zugleich entfernt sich von Hachen auf einen Wink des Kanzlers.

Was Kunrad von Hachen nicht wusste, war eine geschickt von Rainald von Dassel veranlasste Unterdrückung einer erneuten Untersuchung der >Affäre Marie von Gunthard< und damit eines neuen Prozesses, nach dem ihm Kaiserin Beatrix bei der Audienz die Aussage ihrer Hofdame Agnes von Schreckenstein geschildert hatte.

Nicht aus Menschlichkeit gegenüber Kunrad von Hachen, dem >Sohn< hatte er diese Anstrengung unternommen. Denn wenn Kunrad wirklich der wahre Täter wäre, bedeutet das für ihn selbst wohl auch das Ende seines Erfolgs und der Anfang eines Fallens in der Gunst bei Friedrich, hatte ihn doch der rasante Aufstieg beim hohen Adel und anderen Ratgebern des Kaisers nicht allzu viele Freunde beschert. Er musste vorsichtig sein und auf von Hachen ein Auge haben.

Auch in Kunrads Gehirn arbeitete es nach dem Gespräch beim >Vater<. Nur gingen seine Gedanken in eine ganz

71

andere Richtung. Er müsse in der Zukunft viel vorsichtiger sein und Begierden beherrschbarer machen. Hauptsächlich benötigte er Verbündete. In Ludolf von Kreiensen hatte er lange Zeit geglaubt, einen solchen gefunden zu haben. Aber in den letzten Wochen war Misstrauen in ihm erwacht.

Warum, konnte er nicht genau definieren. Eventuell waren es die Blicke Ludolfs, von denen er sich in der letzten Zeit gestört und verfolgt glaubt; in seinen Augen auch Spuren von Triumph zu erkennen meint.

Die Konzilsverhandlungen begannen jeden Vormittag um Punkt 11 Uhr. Direkt vor Kunrad, der an einem Pult hinter dem Kanzler steht, sitzt Rainald von Dassel an der rechten von zwei langen Tischreihen mit dem Blick auf Kaiser Friedrich auf der Stirnseite des Saales. Rechts vom Kanzler sitzen Albert von Sponheim als des Kaisers Rechtsexperte, daneben Pfalzgraf Otto von Wittelsbach, dann Wilhelm V. von Montferrat und daran anschließend Bischof Hermann von Verden. Links vom Kanzler haben Markward II. von Grumbach, dann Graf Rudolf von Pfullendorf, der Bischof Anselm von Havelberg, daneben Graf Guido di Biandrate III. und Herzog Berthold IV. von Zähringen ihre Plätze ein genommen. Mit letzterem, einem Herzog von Zähringen bestanden zurzeit unterschiedliche Auffassungen wegen des Erbes von Burgund mit dem Kaiser.

Die Erbansprüche des Zähringers wegen des Herzogtums von Burgund hatten sich durch die Heirat des Kaisers mit Beatrix von Burgund zerschlagen. Berthold gab Ansprüche auf Burgund zwar niemals auf, erfüllte aber seine Pflicht gegenüber dem Kaiser weiter als dessen Lehnsherr durch eine solide Gefolgstreue in Friedens- und auch Kriegszeiten.

Die herausragendsten der Fraktion des Papstes saßen mit dem Kardinalpriester Roland Bandinelli von San Marco, dem Kardinalpriester Bernhard von San Clemente von Rom, dem Erzbischof von Mailand, Hubert von Pirovano, und dem greisen Bischof von Verona, Omnebono Veronensi der

72

kaiserlichen Gefolgschaft visavis auf der linken Tischreihe. Friedrich thronte auf einem erhöhten Podest zwischen den beiden Parteien mit ihren unterschiedlichsten Auffassungen, Vorstellungen und Plänen.

Gleich zu Beginn gab es Schuldzuweisungen von beiden Seiten über nicht eingehaltene Abkommen und Verträge. Noch verschärft wurden alle die Gegensätze durch eine erst kürzlich erfolgte Gefangennahme des papstanhänglichen dänischen Bischofs Eskil von Lund bei der Rückreise von Rom nach Dänemark auf burgundischen Gebiet durch die kaiserlichen Beamten. Grund der Arretierung Lunds ist ein schwelender Streit zwischen Friedrich und dem dänischen König Waldemar I. wegen dessen erhobene Ansprüche im Ostseeraum, die Eskil von Lund sehr offen für seinen König reklamiert. So fordern die päpstlichen Legaten am Anfang gleich einmal die Freisetzung des dänischen Bischofs Eskil. Und so ist das Verhandlungsklima schon unerträglich, ehe man mit den wichtigen Themen begonnen hat.

Aber Höhepunkt von Provokation und Auseinandersetzung der beiden Parteien sollte erst noch folgen. Von Hachen als Rainalds Sekretär und Protokoll führender konnte anfangs die Entwicklung und die Zuspitzung des Streits überhaupt nicht konzentriert verfolgen, denn die Protokollierung der ausufernden Streitgespräche forderte seine ganze erhöhte Aufmerksamkeit, zumal Rainald dem Schreiber wiederholt Korrekturen eigener Wahrnehmungen zurief.

Die sehr massiven Vorwürfe Rainalds von Dassel an die Adresse der päpstlichen Vertreter, das Papst Hadrian IV. die aufständischen Städte in Oberitalien unterstützt, die doch der hoheitlichen Verwaltung Friedrichs unterliegen, werden mit Vorhaltungen wegen Bruchs der Konstanzer Verträge von 1153 zwischen dem seinerzeitigen Papst Eugen III. und Kaiser Friedrich beantwortet. Ein Konflikt zeichnet sich ab.

Als danach folgend eine Botschaft Hadrians an den Kaiser und die deutschen Bischöfe durch Kardinalpriester Roland von Bandinelli verlesen wird, in der beiläufig das Kaisertum von Deutschland im Zusammenhang mit einem Hinweis >beneficium< ausgedrückt wird, eskalieren die Gespräche in der Folge endgültig.

Sich nach dem Sekretär umwendend, lässt Kanzler Rainald von Dassel das Wort >beneficium< als übergebenes Lehen durch den Papst übersetzen und auch protokollieren. Als Kunrad den Kanzler Rainald fragend ansah, denn als guter Kenner des Lateins verstand Kunrad von Hachen das in der Botschaft verwendete Wort >beneficium< eher als >eine vom Papst entgegenkommende Wohltat< in der richtigen Übersetzung und Zusammenhang des Satzes zu sehen. Sehr diskret den Kanzler darauf hinweisend, bestand dieser aber darauf, den Satz „als ein vom Papst verliehenes Lehen" an den Kaiser Friedrich I. abzufassen.

Provozierend protestierend verbat sich Kanzler Rainald im Namen des Kaisers dieses von Hadrian IV. so eigenwillig herausgenommene Recht. Bei den beginnenden Tumulten im Refektorium des Benediktinerklosters vergaß Kunrad fast die Pflichten seiner Protokollführung. Geschrei, Worte hin und Wiederworte her zum Gebrüll ausartend, machten es ihm unmöglich, im Durcheinander von Dagegen oder Dafür die bereits geklärten Punkte im Protokoll noch fest zu halten. In seiner kaisertreuen, und überhöhten nationalen Parteiname ließ sich Pfalzgraf Otto von Wittelsbach sogar verleiten, sein Schwert aus der Scheide zu ziehen, um es gegen die päpstlichen Legaten drohend zu benutzen. Erst die Autorität Kaiser Friedrichs und seine, sich abrupt von seinem Thron erhebend, einhaltende Geste gegen Otto von Wittelsbach, lässt eine Gewalttat nicht zu. Damit sich die Gemüter beruhigen konnten, wollte man den Rest des Tages und die darauf folgende Nacht dazu nutzen, die Kontras der beiden zerstrittenen Lager weiter verhandeln zu können.
Die letzten Zeilen des konfusen Tagesprotokolls lesend, wollte sich Kunrad müde vom anstrengenden Tag auf sein

Ruhelager zum Schlafen niederlegen, als es leise verhalten an seine Zellentür klopfte. Neugierig, aber auch verärgert öffnete er. Vor seiner Tür steht Giuseppe Valdano, der den Finger warnend vor dem Mund hält. Den langen Zellengang beobachtend, ob ihn im allerletzten Moment auch niemand sieht, trat er beim überraschten Kunrad ein, dabei einen Krug Rotwein aus den weiten Ärmeln seines Gewandes hervorzaubernd. Seit ihrem gemeinsamen Wirtshausbesuch in Lutra vor Jahresfrist waren sie Freunde geworden, soweit man es bei so einer kurzen Bekanntschaft überhaupt sein kann. Sie hatten auf jeden Fall einander Gefallen gefunden, waren sie doch aus dem gleichen harten Holz geschnitzt im Streben nach Erfolg. Kunrad aber ahnte nicht, das diese Freundschaft Valdanos schon in der Pfalz Lutra gezielt und provoziert vorbereitet war, um durch von Hachen jetzt oder später an wertvolle Informationen für das im Kampf gegen den Kaiser aus Deutschland begriffene Mailand in Italien zu gelangen. Giuseppe Valdanos Auftraggeber ist Erzbischof Hubert von Pirovano. Giuseppe Valdano als ein sehr guter Menschenkenner hatte in Lutra Kunrads illoyale Integrität bezüglich der Anhänglichkeit an den Kanzler Rainald von Dassel und das Kaisertum schon gespürt. Er hatte seine Vermutung oder auch diese Erkenntnis auf der Rückreise nach Mailand dem Erzbischof berichtet. Der Geheimauftrag von Giuseppe Valdano hier in Bisanz lautete nun, Kunrad von Hachen zum Sympathisanten und geheimen Mitarbeiter von Mailand um zu wandeln.

Der Wiedersehenstrunk löst dann die Zunge Kunrads von Hachen zusehends. Ab diesem Moment beginnt Giuseppe Valdanos Einsatz: „Kunrad, möchtest du als so intelligente Person immer nur ein Sekretär bleiben, auch wenn es bei einem Kanzler von Deutschland ist? Oder könntest du dir eher ein unabhängiges Leben in Italien, beispielsweise als Besitzer eines Gutes auf dem Lande vorstellen"? Überrascht und doch hellwach tat Kunrad so, als sei das ganze Gerede

Valdanos nur eine hypothetische Wunschvorstellung für ihn oder sind Träume eines schon Betrunkenen:

„Ja, ein schöner Traum Giuseppe", antwortet Kunrad nun vortäuschend weinselig. Gleichzeitig arbeitete es aber in seinem Kopf. Das gerade zu diesem Zeitpunkt passende Angebot der Mailänder wahrzunehmen, kam so unrecht nicht, da er sich im eigenen Lager auf dünnem Eis wusste und Verbündete benötigte. Nun deshalb wartete er auf die nächsten Äußerungen des Italieners. „Nein Kunrad, das sind keine Hirngespinste, wenn du das glaubst. Es könnte pure Wirklichkeit werden, wenn du uns unterstützen würdest. In Oberitalien hat sich unter der Führung Mailands mit den Städten Crema, Tortona, Brescia, Piacenza, Verona und auch Genua mit einer Unterstützung des Papstes in Rom starker Widerstand gegen euren Kaiser Friedrich gebildet. Der Erzbischof Hubert von Pirovano hat mich beauftragt, dir ein Angebot zu unterbreiten, wenn du für uns arbeitest und uns Informationen aus dem Bereich deines Umfeldes zukommen lassen würdest". Jetzt, da fast alles gesagt war, schaute Valdano Kunrad lauernd ins Gesicht, denn sollte von Hachen protestierend auf sein Angebot reagieren, hatte Giuseppe Auftrag, unauffällig Gift, das er bei sich trug, in den Wein von Kunrads Glas zu schütten. Da aber Valdano im Gesicht und auch in den Augen Kunrads ein sichtbares Leuchten sah, fuhr er dann weiter fort:

„Der Erzbischof bietet dir bei deiner Zusage, aber erst, wenn wir uns vom Joch eures Kaisers befreit haben, das Landgut Buccellati südlich Cremonas an. Dazu gutes Geld in Gold in der Zeit unserer Zusammenarbeit".

Dieses so verlockende Angebot Giuseppes überraschte auch den so eiskalten Kunrad, aber beherrscht antwortet er: „Ich werde die kommende Nacht darüber nachdenken, und dir Giuseppe morgen Bescheid geben. Eins verspreche ich dir aber jetzt schon als dein Freund, das von unserem Gespräch niemals irgend Jemand erfahren wird". Bevor sich Valdano schon spät in der Nacht verabschiedet, legt er Kunrad noch einen Beutel voller Golddukaten auf den Tisch, als quasi einer letzten Prüfung für eine Zu- oder Absage zu einem riskanten und gefährlichen Bündnis.

Valdano war natürlich ein hohes Risiko eingegangen. Zum einen hier in den Unterkünften der Kaiserlichen entdeckt zu werden, zum anderen das Restrisiko, bei dem von Hachen vielleicht am Morgen den deutschen Kanzler Rainald über die Vorgänge informiert. Und tatsächlich wurden Giuseppe Valdano und Erzbischof von Mailand, Hubert von Pirovano auf eine harte Probe gestellt. Denn das am Vortag vergiftete Verhandlungsklima hatte Rainald von Dassel mit vollstem Einverständnis des Kaisers veranlasst, gleich am nächsten Morgen das Reisegepäck der verdächtigten Papstanhänger durchsuchen zu lassen. Was man fand, waren vorgefertigte Urkunden, in denen Privilegien für das deutsche Episkopat verbrieft waren, mit denen der Papst Stimmung gegen die beanspruchte Oberhoheit Kaiser Friedrichs in kirchlich-geistlichen Dingen im Römisch-Deutschen Reich weiter schüren wollte. Diese nun während des Konzils aufgedeckte Kampagne des „englischen Papstes Hadrian IV". empfand die Hohe Geistlichkeit im Reich als ausgemacht provokante Bevormundung, und bewirkte in den Reihen der bisher noch unentschlossenen, bei Fürsten, der Geistlichkeit und den Kirchen eine geschlossene Front gegen Papst Hadrian IV. im Römisch-Deutschen Reich zu bilden.

Aus diesem Vorfall, egal von welcher Seite inszeniert, aber ergaben sich für den Mailänder Erzbischof Hubert von Pirovano und seinem Mitarbeiter Guiseppe Valdano keine negativen Konsequenzen. Beide empfanden jetzt Kunrads offensichtliches Schweigen am nächsten Tag und später als Zusage und positives Zeichen seines Einverständnisses, für die Interessen Mailands und des Papstes ein zu stehen.

Diese provokante und wohl möglich auch von Seiten des deutschen Kanzlers inszenierte Aktion, einer Durchsuchung ihres Gepäcks, war nun Anlass für die päpstliche Delegation das Konzil platzen zu lassen und Bisanz unter Protest am nächsten Tag zu verlassen. Ab diesem Zeitpunkt standen die Fahnen eines ohnehin nur unbefriedigenden Verhältnisses zwischen Kaiser Friedrich und dem Papst sogar auf Sturm. Erst recht, als Hadrian in einem forschen Sendschreiben an die deutschen Bischöfe die Vorgänge in Bisanz zum Anlass nahm, den Kanzler Rainald von Dassel mit den folgenden Worten zu tadeln und zu verunglimpfen: „Ich weise dabei auf diesen verderblichen Menschen in der Umgebung des Kaisers hin, der Unkraut säe. Und ich fordere Bestrafung des Kanzlers Rainald wegen der großen gotteslästerlichen Beleidigungen gegen die päpstlichen Legaten und damit den päpstlichen Stuhl".

Es begann in Goslar

Die Rückreise des kaiserlichen Trosses von Bisanz ins Herz des Reiches nach Deutschland benötigte einen noch längeren Zeitraum wie bei der Hinreise. Nicht nur, weil das Endziel diesmal der alten Kaiserpfalz von Goslar galt, auch der eingebrochene frühe Herbst und Winter lies Reisewege immer tiefer, zuweilen grundlos werden. Nach 19 Tagen erst hatte der Tross Worms erreicht. Der größere Teil des Wagenzuges setzte über den Rhein, was wieder einige Zeit in Anspruch nahm, die der kleinere Teil zu ausgiebiger Rast am linken Rheinufer nutzte.

Kunrad bei Gedanken das in Bisanz erlebte resümierend, schritt nach der ermüdenden langen Fahrt dieses Tages auf dem Wagen allein ein Stück Weges am Rheinufer entlang, als er von einem Fremden überholt wurde, der ihn höflich etwas gebrochen welsch ansprach: „Er ist doch der Sekretär Kunrad von Hachen"? Entschuldige er, auch ich begleite den kaiserlichen Tross seit Wochen. Ich bin ein Händler und Kaufmann für Waren aus Leder aller Art, die zum Alltag von Soldaten und Pferden gehören. Mein Sortiment sind Schuhe, Stiefel, Sattel und Zäumung. Und deshalb wird er mich immer in der Nähe von kaiserlichen Truppen finden. Man nennt mich Eduardo". Da Kunrad den Fremden nach seiner langen Rede jetzt doch unterbrechen möchte, fuhr dieser aber schnell fort: „Genauso bin ich für Nachrichten aller Art an Giuseppe geeignet", worauf Kunrad fragend und die Stirn runzelnd ergänzt: „Valdano"? Nur mit einem Kopfnicken als Antwort macht nun Eduardo kehrt, um ihm noch zu zuflüstern: „Wir sehen uns bald wieder!" und war bald im Durcheinander des sich neu ordnenden Trosses für die Weiterfahrt verschwunden. Überrascht und anerkennend Eduardo nachsehend, denkt Kunrad für sich: Alle Achtung wie schnell hier doch die Mailänder ihre Mittelsmänner und

Agenten eingesetzt haben. Hier auf der rechten Seite des Rheins verließ die Mehrzahl der Fürsten und Geistlichkeit den Kaiser, um zu ihren Burgen oder in ihren Territorien nach dem Rechten zu sehen. Der verbliebene Rest steuerte die alte Kaiserpfalz Ingelheim an, in der ein zweitägiger Aufenthalt geplant ist, bei dem Friedrich zum zweiten Mal nach 1150 die kluge und streitbare Äbtissin Hildegard von Bingen empfangen will. Denn gerade nach diesen in Bisanz gescheiterten Verhandlungen mit Papst Hadrian IV. wollte er auch die Meinung der im Kernreich so von sich Reden gemachten Äbtissin des Benediktinerinnenklosters auf dem Rupertsberg hoch über dem rechten Ufer der Nahe hören.

Hildegard ist eine streitbare Frau des Glaubens, vertritt mit Vehemenz des öfteren andere kontroverse Meinungen zur gängigen Glaubenslehre gegen die geistlichen Amtsträger bis hin zum Papst. Hildegard von Bingen, wie sie genannt wird, ist im Jahre 1098 in Bermersheim bei Alzey als das zehnte Kind des Landadligen, Hildebrecht und Gemahlin Mechthild von Hosenbach, geboren. Erst später als Nonne im Benediktinerkloster Disibodenberg und als Äbtissin und alleinige Gründerin ihres Nonnenklosters Rupertsberg nahe der Nahemündung in den Rhein, befasst sich Hildegard in ihren schriftlichen Aufzeichnungen mit Religion, Medizin (Naturheilkunde), Musik, Ethik und Kosmologie.

Nach zwei Tagen Aufenthalts in der Pfalz von Ingelheim wurde die Reise nach Goslar fortgesetzt. Ab dieser Zeit war Kunrad vom Kanzler Rainald bis Goslar freigestellt. Kaiser Friedrich hatte Rainald von Dassel zusammen mit Albert von Sponheim zum Herzog Heinrich den Löwen nach Braunschweig gesendet, wo Verhandlungen bezüglich der von Heinrich angestrengten Territorialpolitik nach Osten und Norden des Reiches geführt werden mussten. Den nach Macht strebenden Welfenherzog war nach der Belehnung Bayerns durch den Kaiser an Österreich, dem Haus der

Babenburger, die Ausdehnung nach dem Süden des Reiches durch Friedrich genommen worden.

Kunrad nutzte diese Zeit in den Tagen der Anreise nach Goslar, die schriftlichen Berichte der Verhandlungen von Bisanz und anderswo für die Archive von den Schreibern der Kanzlei von Kreiensens fein säuberlich auf Pergament kopieren zu lassen, das inzwischen wegen seiner längeren Haltbarkeit und den Möglichkeiten, öfter korrigieren zu können, dass Papyrus aus Ägypten immer mehr verdrängt.

Schon auf dem Konzil und dem gleichzeitigen Hoftag in Bisanz hatte Kaiser Friedrich die deutschen Reichsfürsten für den 1. Januar 1158 in die Kaiserpfalz von Goslar im Harz einbestellt. Unter Ankündigung und Voranstellung, dass äußerst wichtige Entscheidungen zum Wohle und zur Sicherheit des Heiligen Römischen Reiches der Deutschen Nation in Goslar zu beschließen wären.

Als Kunrad von Hachen von diesem so wichtigen Termin erfahren hatte, dachte er sofort an die sich daraus folgenden Ergebnisse und Informationen, an die er durch den Kanzler, seinen >Vater< zu gelangen hoffte, um sie an Mailand über deren Mittelsmänner weitergeben zu können. Bevor man dann Mitte Dezember, zum Ende des alten Jahres in der Pfalz von Goslar eintraf, wurde mit dem klein gewordenen Tross ein Umweg ins Bistum Paderborn gemacht.

Der Paderborner Bischof Bernhard von Oesede lag mit dem Erzbistum von Köln unter dessen Erzbischof Friedrich II. von Berg in einem langen Einfluss- und Übernahmestreit, der wohl in letzter Konsequenz zur Auflösung des Bistums von Paderborn und der Einvernahme unter das Erzbistum Kölns hätte führen können. Kaiser Friedrich gelang es aber den Streit zu schlichten. Mit dem Schiedsspruch, Paderborn kann seine Eigenständigkeit aufrechterhalten und auch zu eigenen Nutzen weiterhin verwalten. Aber endlich am 17. Dezember traf der kaiserliche Zug unter frenetischem Jubel der kaisertreuen Harzstadt nach den vielen anstrengenden

81

Reisetagen in Goslars Pfalz ein. Eine Reisestrapaze, die im ersten Drittel des Monats September von der neuen Pfalz Lutra aus begann. Als auch Kunrad von Hachen im Begriff ist, das große Tor in das Pfalzareal von Goslar zu passieren, fiel ihm sofort Eduardo, der italienische Händler für Leder und andere Utensilien auf, der rechts der großen Toreinfahrt an der Umfassungsmauer der Pfalz seinen Stand mit der Hilfe von zwei Knechten aufbaute. Lachend winkte er dem Sekretär des Kanzlers, Rainald zu. Noch einmal den Blick zurückwerfend, gewahrte er, wie sich ein junges hübsches dunkelhaariges Mädchen mit einem Korb in den Händen, lachend mit dem Kaufmann unterhält. Der nächstfolgende hoch beladene Trosswagen, verwehrt aber einen längeren Blick auf die offenbar attraktive junge Frau vor dem Tor zur Pfalz.

Kunrad von Hachen ist nun bald ein Jahr als Sekretär bei Rainald von Dassel beschäftigt. Seine ihm nahe gelegte Probezeit zu Anfang ist längst abgelaufen, und so fühlt er sich jetzt ermutigt, seine bisher wie eine Uniform getragene Mönchskleidung abzulegen, um sie durch neue Beinkleider, würdig für den Sekretär des Kanzlers im deutsch-römischen Reich zu ersetzen. Morgen in aller Frühe würde er in Goslar einen Schneider aufsuchen und sich von diesem gleich zweimal eine Garnitur anfertigen zu lassen.

Hat ihm schon bei der Einfahrt durchs Stadttor der kleine Ort im Harz, am Fuße des Rammelsberges gefallen, dessen schöne Häuser vom Reichtum der bewaldeten Region durch den Gold- Silber- und Kupferabbau zeugen, so war Kunrad erst recht von der monumentalen Pfalz Goslars beeindruckt. Der Reichtum und die zentrale geografische Lage im Reich der Deutschen war wohl der Grund gewesen, dass die Salier Konrad II. und Heinrich III. von 1030 bis 1045 gerade hier eine Königs- bzw. Kaiserpfalz errichten ließen.

Bei der Gelegenheit, in Goslar einen guten Schneider zu finden, hoffte Kunrad von Hachen mit dem fixen Händler

Eduardo in Kontakt zu kommen, um näheres von ihm und dessen Umfeld zu erfahren. Ja, da standen sie schon vor der Mauer der Pfalz, die Interessenten, meist Soldaten aber auch Offiziere, die bei Eduardo kaufen wollten. Unauffällig gab Kunrad dem Kaufmann ein Zeichen, ihm in die Stadt zu folgen, was dieser auch gleich bewerkstelligte, nach dem er einem Gehilfen entsprechende Maßregeln auftrug. In Nähe des Marktplatzes zog Kunrad den Kaufmann in ein lang gebautes Gasthaus mit hohen spitzbogigen Fenstern und den Worten: „Hier könnten wir uns jetzt in Ruhe unterhalten". Nachdem beide bei einer jungen Bedienung Wein bestellt hatten, fuhr Kunrad fort: „Wer sind denn die zwei Knechte bei ihm"? Lächelnd sah ihm der Kaufmann ins Gesicht, um zu antworten: „Zur Hälfte hat er Recht, die andere Hälfte ist mein Sohn Enzio, der größere von den beiden. Enzio wird uns als Kurier zur Verfügung stehen, für die Informationen von ihm, dabei Kunrad in die Augen blickend, und auch für Botschaften nach unserer guten Stadt Mailand". Lächelnd fragt nun Kunrad weiter: „Und wer ist die junge Magd, mit der ihr vor der Pfalz gesprochen und geschäkert habt"? Eduardo diesmal ernster blickend: „Sie ist meine einzige Tochter Gabriella. Vielleicht kann sie uns auch noch gute Dienste leisten. Schön wäre es, wenn sie hier bei Hofe als eine Dienstmagd unterkäme. Sie ist ein hübsches Mädchen. Und vielleicht hilft das. So, jetzt muss ich aber gehen. Man sollte uns nicht zu oft beisammen sehen. Nur zu wichtigen Anlässen und Informationen". Die Zeche bezahlte Eduardo. Dann trennten sich beide. Eduardo, um wieder nach seinen Geschäften zu sehen; Kunrad weiter auf dem Weg zu einem Schneider.

Am 20. Dezember, kalt war es an diesem Tag, kehrte der Kanzler Rainald von Dassel von seiner Mission bei dem Welfen, Heinrich dem Löwen aus Braunschweig zurück. An der Spitze der 20 Mann starken bewehrten Reitertruppe und im Begriff das Tor in die Pfalz von Goslar zu passieren, scheute plötzlich sein Pferd. Vielleicht war der Kanzler vom vielen Jubel des seine Truppe empfangenden Volkes etwas abgelenkt, denn eine junge Frau, eher noch ein Mädchen war seinem Pferd wohl zu nahegekommen und fiel unter die Hufe des scheuenden, nun hochsteigenden Tieres. Ärgerlich eher über die ihn befallene Unaufmerksamkeit, versuchte Rainald von Dassel sein Pferd zu bändigen, darauf achtend die junge Frau nicht zu verletzen oder doch schlimmeres zu verhüten. Besorgt sprang er vom sich inzwischen beruhigten schwarzen Rappen mit den Worten: „Hat die Jungfer sich wehgetan, ist sie denn verletzt"? Schnell war das Mädchen mit den schwarzen Haaren wieder auf die Beine gekommen. „Nein, Hoher Herr, mir tut nichts weh, nur sehr erschrocken bin ich gewesen". Erst in der Nähe, registriert Rainald die außerordentliche Schönheit, den Liebreiz der Augen und den Klang der samtenen dunklen Stimme, die von einem Akzent begleitet ist. Sonst eher zurückhaltend, fragt Rainald diesmal: „Wie heißt die Jungfer und hat sie noch einen Wunsch"?

„Hoher Herr, man ruft mich Gabriella, und ich bin gerade auf dem Weg in die Burg, mich um Arbeit zu bemühen". Nachdenklich betrachtet er noch einmal die junge Frau, die ihn dabei bittend ansieht. Wieder seinen Rappen besteigend antwortet Rainald: „Melde sie sich morgen am Vormittag 11 Uhr und frage sie nach Rainald von Dassel, so ist mein Name ", stellte er sich noch vor, um mit den geduldig auf ihn wartenden Reitern endgültig durch das Tor in die Pfalz zu galoppieren.

Es gehörte zum Plan des Eduardo Della Torre, neben dem Sohn Enzio, auch die Tochter Gabriella zum Ausspähen in das Umfeld des kaiserlichen Hofes zu bringen. Es war der unbedingte Wille Gabriellas gewesen, gegen den von ihrem Vater, sich bei diesem gefährlichen, risikovollen Handwerk von Spionage einzubringen. Das Bild der Deutschen, die ihre Stadt und ihr Land in Italien in Abhängigkeit und auch

Ausbeutung durch die Vögte und Statthalter des Kaisers zwang, hatte ihr Vater Eduardo als ungebildete barbarische Teutonen beschrieben.

Nach dem Gabriella den mächtigen Rainald so nahe vor Augen sah, regte sich in ihr ungewollte Sympathie für den Mann. Rainald von Dassel war angenehm anzusehen in der prachtvollen Kleidung. Sein Gesicht schön, ausdrucksvoll, leicht gebräunt, wie sie sich an die kurze erlebte Begegnung erinnert. Das Haar war ihm unter einem Barett weich und blond auf die Schulter gefallen. Unsicher geworden, dachte Gabriella ein wenig aufgeregt an den kommenden Tag.

Zu dem von Kaiser Friedrich einberufenen Fürstentag am Neujahrstag 1158 trafen Tag um Tag die Reichsfürsten, die Hohe Geistlichkeit wie der einflussreiche Adel ein. Als Versammlungsort wurde selbstredend der große Saalbau des Kaiserhauses hergerichtet. Nach der Ankunft hatte Rainald von Dassel erst einmal dem Kaiser Bericht erstattet, was die Verhandlungen mit dem Welfenherzog in Braunschweig ergeben hatten. Dann erst widmete er sich den Aufgaben des bevorstehenden Fürstentreffens, diese zu besprechen er seinen Sekretär von Hachen rufen ließ.

Es sind Wochen her, seit Ingelheim, das Rainald ihn rufen ließ. An die schwere Tür des mittelgroßen Kabinetts, dem prachtvollen Kaisersaal gegenüber anklopfend, tritt Kunrad von Hachen in der neuen Kleidung vor seinen Chef. Als Rainald aufsah, musterte er ihn erst einmal ungläubig, ihn dann von oben nach unten ironisch betrachtend. Kunrad trug nicht mehr sein Mönchsgewand, sondern eine sehr eng anliegende beige Beinhose und als Oberteil eine kurz über die Hüften gehende geschnürte dunkelbraune Jacke, eine passende Beinkleidung, die ihm der Schneider in Goslar von der Stange verkauft hatte.

Spöttisch fragt Rainald: „Leugnet er jetzt seinen Gott mit dieser Verkleidung oder ist er sich zu fein geworden, seit er bei mir arbeitet"? Für diese sarkastische Bemerkung seines

85

Äußeren hasste er diesen Mann, der sein Vater ist, und dies nicht offenbart, noch mehr. So antwortet Kunrad: „Nein Eminenz, ich dachte eher an den Umstand, Euch Ehre zu erweisen, wenn ich von Euer Eminenz aufgefordert werde, unter Eures Gleichen meine Tätigkeit als Euer Sekretarius zu praktizieren".

Ohne, wie üblich eine Antwort seines Sekretärs abzuwarten, ging Rainald von Dassel zur Tagesordnung über, die da heißt, letzte Vorbereitungen zum bevorstehenden Fürstentag zu besprechen. Dieser erneute Affront und die Kälte, die aus Rainalds Worten drang, trug erneut dazu bei, Kunrad von Hachens Pläne weiter zu verfestigen, die Karriere und einen weiteren Aufstieg Rainald von Dassels zu behindern, auch zu zerstören. Selbstredend damit auch dem Kaiserreich zu schaden, wo und wie er nur konnte.

Das von Kaiser Friedrich einberufene Fürstentreffen am Neujahrstag des Jahres 1158 diente in erster Linie dem Wunsch Friedrichs, dass die Fürsten des römisch-deutschen Reiches ihn bei einem erneuten Feldzug gegen die ständig unbotmäßigen und aufständischen Städte in Oberitalien zu unterstützen. Der deutsche Einfluss und die seit dem Jahr 1154 installierten kaiserlichen Strukturen sind durch die rebellierenden Städte mit der Unterstützung durch Papst Hadrian IV. in Rom zusehends mehr und mehr untergraben worden. Deshalb lautete der dringende Appell Friedrichs an die Reichsfürsten, ihn zu diesem nun notwendigen zweiten Aufbruch nach Italien zum Vorteil des Reiches persönlich, wie bei der Stellung von Fähnlein durch ihre Ritter und Landser zu begleiten. Mit seinen Versprechungen und dem Verleihen von Privilegien an den Hohen Adel gelang es ihm, die Mehrzahl der Fürsten zu überzeugen und deren Zusagen zu erhalten. Nur der erst einen Tag später in Goslar eingetroffene mächtigste Fürst des Reiches Heinrich III. von Sachsen, durch Friedrichs Gnaden seit 1156 auch Herzog Heinrich XII. von Bayern, auch der Löwe genannt, lehnt

86

seine Teilnahme ab. Heinrich begründete das Nein für eine Zusage, so vermerkt es Kunrad anschließend im Protokoll, mit den Worten: „Nach der mir verliehenen Herzogswürde von Bayern, müsse er in seinen Stammterritorien im Norden und auch im Osten, wie auch in dem vom Kaiser erhaltenen Bayern, dringend neue grundsätzliche Strukturmaßnahmen durchführen, die seine persönliche Anwesenheit erfordern". Aber diese von Heinrich fadenscheinig angeführten Gründe sind nur die halbe Wahrheit. Die politische Realität ist, dass ihn die Gegnerschaft zu Friedrich als Machtrivale im Reich mit dem Papst in Rom verband. In einer Botschaft Hadrians an Heinrich den Löwen fragt dieser an, ob er nicht seinen Einfluss im Reich geltend machen könne, den Einmarsch des Kaisers in Oberitalien zu verhindern.

Nach dem der Kaiser und sein Kanzler die Zusagen der Reichsfürsten für den Italienfeldzug erlangt hatten, wurde als strategische Maßnahme nachfolgendes beschlossen, wie es das Protokoll Kunrads letztlich preisgibt: Gemeinsam mit dem Pfalzgrafen Otto von Wittelsbach wird der Kanzler Rainald von Dassel ein kleineres Heer im zeitigen Frühjahr nach Oberitalien führen, um dem im Juni mit dem Kaiser folgenden Haupheer den Boden durch Bündnisse mit dem hiesigen Adel zu bereiten.

Weitere damit verbundene administrative Maßnahmen und Anordnungen für Oberitalien, die hier im zweigeschossigen 47x15 Meter großen Kaisersaal von Goslar beschlossen wurden, sollen schnellstens umgesetzt werden.

Für den Sekretär Kunrad von Hachen begann in Goslar, Januar 1158 die konspirative und geheime Tätigkeit für die Gegner der Herrschaft von Kaiser Friedrich in Oberitalien, d. h. Spionage für den Feind. Erstmalig machte sich Kunrad bei der Ausarbeitung der Sitzungsprotokolle Notizen über Termine, Ortsangaben, Marschwege mittels Skizzen aus der Mappae mundi und Truppenstärken, die so relevant für den bevorstehenden Einfall in die Lombardei sind. Erst dann gibt Kunrad die Protokolle weiter zum Kopieren in die Kanzlei Ludolfs von Kreiensen.

Auch wenn Papst Hadrian versucht, durch eine versöhnlich klingende Botschaft an Kaiser Friedrich, die Spannungen aus dem Disput von Bisanz abzumildern, in dem er betont, dass er seine damalige Botschaft als einen Ausdruck einer von ihm verliehenen >Wohltat< verstanden wissen wollte, kann des Kaisers Einmarsch nach Italien nicht verhindern. Friedrich scherte sich nicht um das diplomatische Lavieren des Papstes, sollte doch nach der Sicherung seiner Macht in Oberitalien ein weiteres Ziel erreicht werden: Macht und Einfluss auch in Süditalien zu gewinnen, dem Kampf im Süden gegen die normannischen Könige Siziliens aus dem französischen Hause Hauteville. Für Papst Hadrian nicht akzeptabel, da er natürlich eine Gefährdung seiner Macht und Einflusses in Mittelitalien fürchtete.

Alle diese brisanten Informationen übergab Kunrad dem Händler Eduardo mündlich. Vor dessen Stand nickte er dem Kaufmann unauffällig mit dem Kopf zu, signalisierte sich gleich mit ihm auf dem Marktplatz von Goslar zu treffen. Auf dem belebten Platz konnten Eduardo und Kunrad völlig unauffällig vorliegende geheime Botschaften austauschen. Aber überrascht war dann Kunrad, als Eduardo ihm auch mitteilte, dass nun wie geplant auch seine Tochter Gabriella eine Arbeit im Umfeld des Hofes erhalten habe. Und noch überraschter ist er, als der Kaufmann augenzwinkernd sagt: „Rate er mal, wo und wann"? Um dann eilig fortzufahren: „Im Haushalt eures deutschen Kanzlers. Ja es sind wertvolle Nachrichten, die er uns da bringt, und ich werde meinen Sohn Enzio noch heute in der Nacht losschicken, sie schnell weiter zu leiten".

Getrennter Wege strebten sie kurz darauf wieder der Pfalz von Goslar zu, ohne das Kunrad nicht vergaß zu erwähnen, dass man die ihm zugesagten Versprechungen für Dienste seinerseits nicht vergessen möge. Darüber nun nachsinnend, warum Rainald von Dassel, der neben seinem politischen Amt auch ein Mann der Kirche ist, ein so junges Mädchen wie diese Gabriella bei sich einstellt, ist ihm der Weg in die Pfalz zurück recht kurz erschienen.

Der Februar des Jahres 1158 ging schon auf sein Ende zu, da begegnet Kunrad Eduardos Tochter zum ersten Mal in der kaiserlichen Pfalz. Etwas verlegen nickte Gabriella dem zum Kanzler eilenden Sekretär zu, als sie mit einem Tablett in den Händen aus der Tür des Kabinetts trat. Im Moment der sich öffnenden Tür sah er Rainald von Dassel an seinem Schreibtisch sitzen und sich müde über die Augen wischen. Diese Müdigkeit, ungewohnt beim Kanzler, war Kunrad schon seit einiger Zeit aufgefallen, für die er nun auch den Grund ahnt. Gabriella, Eduardos Tochter war bestimmt die Geliebte Rainalds von Dassel, seines Vaters. Siehe einmal an, denkt Kunrad für sich. Er, ein Mann der Kirche, Kanzler des Heiligen Römischen Reiches Deutscher Nation, der im Rufe steht, tugendhaft zu sein, hat einen illegitimen Sohn und jetzt auch noch eine Geliebte, die eine Spionin ist. Dies alles registrierend, da Kunrad ins Kabinett des Kanzlers tritt. Rainald sich sofort an den Sekretär wendend sagt: „Halte er sich für den Zug nach Italien bereit. Ich nehme ihn mit, wie auch Ludolf von Kreiensen aus der Kanzlei und zwei Schreiber. Wohl am 14. März werden wir von einer Schwadron bewaffneter Reiter begleitet, nach der Stadt Ulm aufbrechen, wo wir auf ein Heer unter der Führung von Pfalzgraf Otto von Wittelsbach treffen, um dann mit diesem tapferen Fürsten die Alpen zu überqueren. Mit dem Ziel, in die Lombardei zu gelangen".

89

Nach Italien

Unter wehrhaftem Schutz eines Schwadrons Berittener, reiste nun auch Gabriella im fahrenden Hausstand Rainalds von Dassel nach Ulm, um sich dem Heer des Pfalzgrafen Otto von Wittelsbach nach Oberitalien in die Lombardei anzuschließen. Nicht viel später brach auch der Händler und Kaufmann Eduardo Della Torre seinen Stand in Goslar ab, um den Spuren des kleinen bewaffneten Trupps nach Ulm zu folgen.

Der Heereszug von Ulm aus, der vom Kaiser mit großem militärischen Pomp verabschiedet wurde, gestaltete sich ab Innsbruck äußerst schwierig. In den Tiroler Bergen zum Brennerpass herrschte trotz des anbrechenden Frühjahrs teilweise noch Winter, und auf vereisten Wegen und den oft steilen Rampen kam es immer wieder mal zu schrecklichen Unfällen, die Pferd, Reiter und Wagen abstürzen ließen. Über den schon vor Jahrhunderten als Route über die Alpen nach Italien zumeist überquerten Pass des Brenners, strebte man in einem Tal dem kleinen Dorf Sterzing zu, wo dem Heer des Pfalzgrafen Otto und des Kanzlers eine 3-tägige Ruhepause vergönnt wurde. Diese Ruhepause aber tat dem Marktflecken im weiten Tal gar nicht gut. Lieber hätte man auf bessere Geschäfte verzichtet, die einige der ansässigen Kaufleute durch das kleine Heer der Landser und Ritter verbuchten. Viel größer stellten sich die Schäden heraus, die einige Soldaten durch Vergewaltigungen, Plünderungen und Raub verursacht hatten. Und ein Mord an einer jungen Frau in diesen drei Tagen war ebenfalls zu beklagen. Die Tat konnte nicht aufgeklärt werden. Nur dass die Einwohner von Sterzing dem am 4.Tage weiterziehenden kleineren Heer Flüche und vielerlei Verwünschungen hinterherrufen konnten. Da musste Kunrad von Hachen unwillkürlich mit dem befriedigten Gefühl von besserem Wissen an den auch nicht wirklich aufgeklärten Mord an der Zofe Marie von Gunthard denken. Eine weitere Untersuchung des Mordes, von der er seinerzeit durch die zwei Wachsoldaten in der Nacht der Rast vor Belfort hörte, hatte nicht stattgefunden und wird sicher wie so oft nur ein Gerücht gewesen sein.

Ohne längere Aufenthalte musste jetzt von nun an zügig weitermarschiert, geritten und gefahren werden, um über Brixen, Bozen, Trient und Rovereto sehr schnell die enge strategisch wichtige Veroneser Klause zu erreichen.

Unangenehm und gleichzeitig nachdenklich, wenngleich erwartet, hatte Kunrad von Hachen ein erstes Gespräch mit Guiseppe Della Torres hübscher Tochter Gabriella gemacht. Bei einer kurzen Rast des Heerzuges gab ihm Gabriella zu verstehen, mit ihm sprechen zu müssen. Etwas abseits des Trosses und damit auch niemand ihrem Gespräch folgen konnte, Gabriella dann hastig: „Mein Bruder Enzio hat eine Mitteilung für ihn. Er solle doch unauffällig das Gerücht verbreiten, das sich die Besatzung der auf dem Weg nach Verona liegenden Burg Rivoli nach Verona zurückgezogen hätte, um die Truppen der Stadt Verona für einen Kampf gegen eure Soldaten zu verstärken. Es entspricht zwar nicht der Wirklichkeit, aber vielleicht doch eine erfolgreiche List, die eure Truppen schwächen oder gar vernichten soll, sagt mein Bruder". Lächelnd und überlegen antwortet daraufhin Kunrad: „Glaubt ihr, junge Dame, dass solch ein Gerücht oder Nachricht ein fähiger Offizier, noch viel weniger ein Heerführer glaubt und dass nicht vorher nachprüft? Aber keine Angst, trotzdem werde ich diskret für die Verbreitung dieser Nachricht sorgen. Die Besatzung von Rivoli sollte lieber nicht damit rechnen, das Heer Ottos von Wittelsbach mit solch einer Finte zu überraschen. Sage es bitte deinem Bruder Enzio und noch etwas, sie verschenkt ihre Gunst an Rainald von Dassel, verrät ihn aber gleichzeitig"! Gabriella schon im Fortgehen begriffen, stutzt nur kurz, um darauf zu antworten: „Ich tue es für mein Land. Und warum verrät Ihr

91

euren Herren und euer Land"?

Die Frage von Hachens und die Antwort Gabriellas hatten beide, Kunrad wie auch Gabriella nachdenklich gemacht. Der Unterschied nur, das Kunrad für sich selbst beschied: Ich tue es aus Rache und Enttäuschung. Gabriella hingegen aber war jetzt doch unsicher geworden, liebt sie Rainald von Dassel inzwischen doch mit ehrlicher Zuneigung.

Schon seit dem Beginn des Marsches von Ulm hat Ludolf von Kreiensen seinem Auftrag gemäß Kunrad von Hachen auf dem Heereszug nach Italien diskret und unauffällig, für Kunrad nicht wahrnehmbar, beobachtet. Wenn er auch das Zwiegespräch von Kunrad und Gabriella nicht hat hören können, so war es für den Kanzler sicher interessant genug, davon zu wissen.

Ludolf von Kreiensen hatte Monate nach Unterschlagung der Geldlieferungen in der Pfalz von Lutra immer öfter das Gewissen und die Angst vor Kunald von Hachen geplagt, und suchte einen Weg, sich aus dessen gefährlicher Nähe und Abhängigkeit zu befreien. Sie würde für immer und ewig wie ein Schwert über seinem Dasein schweben. Klar ist, er müsste dann auch seine Vergehen offenlegen, für den Fall, dass er sich dazu durchringen könnte, bei Rainald von Dassel eine Meldung zu machen.

Gelegenheit, um endlich Audienz bei Rainald von Dassel nachzusuchen, ist dann dessen Rückkehr von Braunschweig nach Goslar Anfang des Jahres. Nächtelang war Ludolf von Kreiensen schlaflos geblieben, wie er sein Geständnis und seinen Verdacht gegen den Sekretär formulieren soll. Mit der Offenbarung seines Wissens und dem Geständnis der Mitschuld bezüglich der Unterschlagung des Münzgoldes hoffte er bei Rainald von Dassel Gnade zu erfahren und einiger Maßen ungeschoren davon zu kommen. So legte von Kreiensen beim Kanzler ein umfassendes Geständnis seiner eigenen Vergehen ab, um danach den Verdacht gegen

92

den Sekretär Kunrad von Hachen zu äußern. Wohlweislich aber verschwieg er seine Mitschuld an der Ermordung des damaligen Stellvertreters, Diethelm von Baruth, genauso wie er sein Mitwissen am Verschwinden des Personals beim Transport des Münzgespanns zurück nach Frankfurt in den Wäldern des Odenwaldes verheimlicht. Sehr ruhig aber doch auch undurchsichtig hatte sich Rainald von Dassel das Geständnis von der Unterschlagung der kaiserlichen Kasse angehört, um nur ganz leicht, kaum sichtbar zu erröten, als Ludolf von Kreiensen ihm seine Wahrnehmungen bei der Liebesaffäre des Eckehard von Breitebner und der Hofdame Marie von Gunthard im Zusammenhang mit Kunrad von Hachens Alibi am Tage ihrer Ermordung schilderte. Auf die zornige Frage Rainalds, warum er denn seine Beobachtung in dieser Angelegenheit nicht vor dem Urteil gegen den Fähnrich bezeugt habe: „Ihre Eminenz, ich hatte Angst, das mich der Sekretär von Hachen wegen des Betruges bei den Geldlieferungen belasten würde", gab Ludolf ehrlich zu. Lange hatte Rainald geschwiegen, während Ludolf denkt: Wird er jetzt die Wachen rufen, um mich jetzt verhaften zu lassen? Erleichtert, wie aus weiter Ferne, weil er es erst nicht glauben konnte, sagte Rainald von Dassel: „Er wird mir ab dem heutigen Tag von allem Auffälligen, was den Sekretär betrifft, berichten. Und Gnade ihm Gott, er lässt von diesem Gespräch, egal bei welcher Person davon etwas verlauten". Bedrohlich klangen ihm die Worte Rainalds im Ohr, als er sich erleichtert und voller Dankbarkeit seinem Gott und dem Kanzler gegenüber verabschiedet.

Rainald aber denkt für sich, als von Kreiensen gegangen ist: Jetzt ist es wohl sicher, ich habe wahrscheinlich einen ungeratenen Sohn mit unlauteren Anlagen. Natürlich darf nie jemand davon erfahren. Es würde meiner Deputation, meinem Ansehen und Stellung im Reich schaden, nein sie zerstören. Und den einzigen Mitwisser, den er vor wenigen Augenblicken entlassen hat, wird er im Auge behalten. Und nur zum Schein, um auch dem Wunsch der Kaiserin Beatrix zu entsprechen, hatte er seinerzeit nochmals alle Zeugen befragen lassen, so wie die Kameraden des Fähnrichs im Wachkommando, und die Zofe Agnes von Schreckenstein. Sein späterer Abschlussbericht besagte, dass es keine neuen Erkenntnisse im Fall gegeben habe und so ist die leidige Geschichte zu seiner Befriedigung im Sande verlaufen.

Die neueste Information, die ihm Ludolf von Kreiensen von der verdächtigen Plauderei seines Sekretärs Kunrad mit Gabriella hinter Rovereto lieferte, machte ihm keine größere Sorge, denn er war sich der Zuneigung Gabriellas relativ sicher. Ich werde sie aber fragen, was es damit auf sich hat, denkt er.

Was aber dem mächtigen Kanzler und seinem Informanten bisher verborgen bleibt, sind die verräterischen Kontakte, die Kunrad von Hachen mit den nach Unabhängigkeit vom deutsch-kaiserlichen Joch ringenden Regionen und Städten von Oberitalien inzwischen pflegt.

Beim nächsten Nachtlager bei der Stadt Dolce gab Rainald von Dassel die Gelegenheit, Gabriella zu fragen, was ihr Gespräch mit seinem Sekretär zu bedeuten hatte. Auf einer eilends aus Kiefernbrettern gezimmerten Plattform, abgedeckt durch ein festes Zeltdach, platziert auf einem Sporn eines breiten Plateaus mit weiter Sicht ins darunterliegende Tal mit dem Flusse Etsch, servierte Gabriella Rainald sein Abendmahl. Gerade im Begriff Rainald den Wein in einen Becher aus Zinn einzuschenken, fragt er unvermittelt: „Was hatte Sie mit meinem Sekretär von Hachen zu reden"? Die so plötzlich gestellte Frage Rainalds zu beantworten, zwang Gabriella zu lügen, und so antwortete sie eine Spur zu hastig: „Der Sekretär hat mich gefragt, seit wann ich bei Euer Eminenz beschäftigt bin, worauf ich dasselbe auch ihn gefragt habe". Ja, er ist eifersüchtig, denkt sich Gabriella im ersten Moment freudig. Als ihr Rainald von Dassel aber ins Gesicht schaut, spürt sie: Er glaubt mir nicht und meint,

94

meine Antwort wäre eine Ausrede. Nach der Bitte, ihm von dem Wein noch nachzuschenken, verlässt Gabriella, die Augen Rainald von Dassels suchend, den Pavillon.

Kurz nach dem verschwörerischen Kontakt mit Kunrad von Hachen plagten Gabriella Gewissensbisse. Ja, Kunrad von Hachen hatte Recht, als er sagte, sie schenke Rainald von Dassel ihre Zuneigung und gleichzeitig verrät sie ihn. Was sie heute getan hatte, empfand sie nun als eine große Untreue gegen ihren so teuren Geliebten. Sie hatte diesen ehrgeizigen und zielbewussten Mann gern und liebte ihn wirklich, der ihr in Goslar so freundlich und höflich bei dem von ihr selbst provozierten Reitunfall begegnet war. Jetzt hatte sie sich vorgenommen, gleich den nächsten Tag mit ihrem Vater Eduardo zu sprechen.

Bevor der lange Heerestross begann ins Etschtal hinunter zu steigen, suchte Gabriella Della Torre lange in dem weit auseinander gezogenen Heereszug, bis sie den Vater und Bruder endlich am Ende des Zuges zwischen Berittenen und Fußsoldaten auf ihrem Markt- und Handelswagen sitzend fand. Flink stieg sie auf den Sitz neben ihren erstaunten Vater, der sie im mobilen Hausstand des Kanzlers wähnte. Atemlos musste Gabriella sich erst einmal sammeln, denn ein wenig Angst ließ ihre Kehle trocken werden, wie der Vater ihr Geständnis aufnehmen würde: „Vater, ich muss mit euch reden! Gestern habe ich den Auftrag erfüllt, den Enzio mir gab, und ich hatte ja auch immer gesagt, dass ich bei der Arbeit, die ihr für Mailand tut, mit einbezogen sein will. Nun möchte ich dich aber bitten, mich künftig von diesen Aufgaben zu entbinden. Ich weiß Papa, ehe du mir antwortest. Ich weiß, ich bin eine Mailänderin, die genau wie du und Enzio für unsere Freiheit eintritt und auch weiter dafür einsteht", sprudelte es aufgeregt aus ihr hervor. „Aber es hat sich inzwischen etwas geändert. Zwischen mir und dem Deutschen. Ich liebe ihn, und möchte ihn nicht mehr hintergehen und anlügen müssen. Und außerdem würde es

95

dadurch für mich und auch für dich und Enzio immer noch gefährlicher werden, da ich nicht weiß, wann und ob mich der Kanzler Rainald eines Tages durchschauen wird".

Lange sah Eduardo seiner Tochter ins Gesicht, deren schöne Züge ihn immer schwach werden ließen. Er liebte Gabriella, sein einziges Mädchen abgöttisch. So antwortete Eduardo auch ohne Vorwurf: „Ich zwinge dich beileibe nicht, diese gefährliche Arbeit weiter zu tun. Du weißt, dass ich vorher nur einverstanden war, weil du es unbedingt tun wolltest. Natürlich bin ich einverstanden mit deiner Entscheidung. Aber Enzio und ich werden weitermachen. Und, was deine Liebe zu diesem Kanzler betrifft, bitte ich dich Gabriella, prüfe dich. Er ist doch so viel älter, nachdem ich ihn so wie du von Angesicht gesehen habe. Und sei bitte vorsichtig", rief er seiner Tochter noch nach, die sich mit einem „Danke für alles, Papa und passt bitte auf euch auf ", vom Wagen gesprungen ist, und sich freudig winkend verabschiedet.

Unter dem Kaufmann und Händler Eduardo, wie er sich rufen lässt, verbirgt sich ein entferntes Mitglied der neben den Visconti sehr einflussreichen Familie Della Torre in Mailand. Zwar aus einem Nebenzweig, hatte sich Eduardo Della Torre mit seiner Familie schon im Jahre 1154 nach der Flucht aus Mailand nach Arona, dem Widerstand gegen die deutschen Besatzer und deren Handlanger des Kaisers angeschlossen. Seine sehr geliebte Ehegattin Leonore, eine geborene Gräfin von Ornavasso, war bei der Geburt des Mädchens Gabriella im Jahre 1140, kurze Zeit später im Kindbett gestorben. Tief betrübt hatte Eduardo Della Torre nie mehr geheiratet, widmete sich seinen Kindern Enzio und Gabriella, bis ihn die Besetzung und die Unterwerfung der Stadt durch den Stauferkönig Friedrich I. zwang zu fliehen.

An der Spitze seines Heeres blickte der Pfalzgraf Otto von Wittelsbach hinunter ins Tal der Etsch, auf die eine weite Ebene beherrschende Burg Rivoli, nicht allzu weit entfernt von der Veroneser Klause. Einer Schlucht zwischen sehr hohen Felswänden, durch die sich der Fluss Etsch und ein Handelsweg nach Verona wie durch ein Nadelöhr hindurch zu zwängen sucht. Der Pfalzgraf kannte den Engpass aus den Feldzügen von 1154/1155 schon, als er das deutsche Heer auf dem Rückweg ins Kernreich aus einer kritischen Situation gegen 200 Straßenräuber unter dem anführenden Veroneser Ritter Alberich durch eine List unter Mithilfe der beiden kaisertreuen und geländekundigen Veroneser Ritter Garzaban und Isaak befreite. Heuer aber musste erst die Feste Rivoli genommen werden, damit das Heer verlustfrei weiter nach Verona marschieren könne.

Mit den Händen seine Augen gegen die Mittagssonne zu schützen, beobachtet der Offizier der starken Festung von Rivoli, Fulco II. Della Este das Heer der Kaiserlichen, das sich von den Bergen des Monte Baldo und Monte Lessini abwärts ins enge Tal der Etsch bewegt. Schier endlos schien die Schlange von Reitern, marschierenden Landsern und Fuhrwerken. Etwa 2000 Mann schätzte der Comte. Selbst mit der Verstärkung aus Verona kann er den Deutschen nicht Paroli bieten und so entschloss sich Fulco Della Este, nachdem er sich mit seinen Offizieren besprochen hatte, zu längeren Verhandlungen bei einer Übergabe der Burg von Rivoli, um Zeit zu gewinnen. In dieser gewonnenen Zeit könnten sich die Städte Verona, Mailand, Crema, Brescia, Piacenza, Ravenna und auch andere in ihrem Widerstand gegen den deutschen Kaiser noch besser vorbereiten und formieren, denkt Fulco Della Este. Aber der Comte hatte sich in dem draufgängerischen Pfalzgrafen von Wittelsbach getäuscht, der dieses Lavieren um Zeitgewinn sehr wohl erkannte. Sofort begannen seine Söldner das um die Burg liegende Land zu plündern, zu verwüsten und zu brennen. Um weiterer Schaden und Unheil von Gut und Leben der Bewohner zu bannen, blieb Fulco nur übrig, als Festung und den Ort von Rivoli zügig zu übergeben. Die Burgbesatzung wurde in den Dienst des Heeres von Pfalzgraf Otto gepresst. Fulco Della Este und zwei seiner Offiziere wurden noch am Tage der Übergabe mit dem Schwert enthauptet, weil sie sich als Verantwortliche treulos gegen den Kaiser Friedrich erhoben hatten. In Abstimmung mit dem Kanzler ließ der Pfalzgraf als militärisch Verantwortlicher 100 Landser als Burgbesatzung zurück, die das Einfallstor nach Oberitalien für den mit dem Hauptheer nachfolgenden Kaiser Friedrich freihalten und kontrollieren sollen.

Kunrad von Hachen wurde in seiner Profession als Sekretär Rainalds von Dassel während der doch sehr anstrengenden Märsche weniger benötigt, wie sonst. Bis auf die Kurierpost an das kaiserliche Heer- und Fürstenlager nach Augsburg, das sich dort auf dem Lechfeld für den Zug nach Oberitalien rüstete, und an die kaisertreuen Städte in Oberitalien, die da sind Como, Lodi, Pavia oder Cremona, die zu erledigen war. Konspirative Botschaften brauchte Kunrad im Moment an die aufrührerischen Städte nicht weitergeben, da diesen bereits die Termine, Heeresstärken und die Anmarschrouten der Kaiserlichen schon bekannt oder auf dem Weg zu ihnen sind. Enzio Della Torre, der Sohn von Eduardo ist der Bote zwischen den aufständischen Städten und Provinzen in der Lombardei geworden, immer mit der Nase dem Heer der Kaiserlichen voraus.

Kunrad suchte indessen heimlich spät abends oder in der Nacht, während der der Heerzug campierte, mehrmals die zwei Hurenwagen des Trosses auf, um sich bei Dienerinnen der Liebe Befriedigung zu verschaffen. Aber dessen Triebe abzureagieren, machte den Mädchen mitunter Angst. Unter den Freudenmädchen hatte sich die zum Sadismus neigende Liebespraktik herumgesprochen, die den Mädchen dann oft Schmerzen bereiteten. Gern wurde er bei diesen deshalb nicht gesehen, auch wenn er immer gut bezahlte. Ludolf von Kreiensen als Leiter der mobilen Kanzlei beim Marsch

98

nach Oberitalien behielt dem Auftrag des Kanzlers folgend, Kunald von Hachen weiterhin im Visier. Aber der scheinbar sich entwickelnden Kameradschaft zum Händler Eduardo, die von Ludolf auf dem Heereszug beobachtet wird, misst er dennoch keine besondere Bedeutung zu, um sie Rainald von Dassel zu melden.

Ohne längeren Aufenthalt in Rivoli marschierte in dessen Pfalzgraf Otto von Wittelsbach und Rainald von Dassel mit dem Heer auf das 25 Meilen entfernte Verona zu. Verona hatte seine Stadttore beim Anmarsch des deutschen Heeres geschlossen und sich verbarrikadiert. Ohne Verhandlungen mit der aufmüpfigen Stadt und deren vorstehenden Konsuln zu führen, hieß der Wittelsbacher sofort dem Beispiel vor Rivoli folgend, Felder, Höfe und die Güter rund um Verona zu plündern und zu brandschatzen. Schnell öffneten daher die Stadtverantwortlichen Tore und Sperren Veronas, um sich dem Kaiser eilig zu verpflichten. Jetzt dem Beispiel der Stadt Verona folgend, erneuerte auch Cremona unbedingte Treue zu Kaiser Friedrich einzuhalten. In dieser Stadt erhält Kanzler Rainald und Pfalzgraf Otto als Abgesandte von Kaiser Friedrich auf dem >Tag der Städte der Lombardei< weitere Treuerklärungen und eingeforderte Zugeständnisse.

Rainald von Dassel, Tag um Tag erstickend in einem Wust von zu erledigenden diplomatischen Depeschen, neben noch einhergehenden Besprechungen und Empfängen, nahm sich spät am Abend Zeit, noch eine private Botschaft an seinen Freund und Vertrauten seit den Jugendtagen, Wibald von Stablo, Abt des Klosters von Corvey zu schreiben, in der er seinem Kummer und der menschlichen Enttäuschung über den >Sohn< Kunrad von Hachen Ausdruck verleiht, die ihm bisher durch ihn widerfahren ist. Vielleicht aber, so klagt er, kann er mir einen guten Rat mit seiner an mich vertraulich zu richtenden nächsten Depesche anvertrauen, wie ich mich verhalten soll, schließt Rainald von Dassel die Botschaft ab. Aber auf eine ihn aus dem Dilemma befreiende Nachricht

99

seines Freundes wartet Rainald lange und am Ende doch vergeblich. Vielmehr macht ihn in Italien eine Depesche aus der Heimat traurig, das Abt Wibald von Stablo am 19. Juli 1158 auf der Rückreise von einer diplomatischen Mission in Byzanz bei Bitola in Mazedonien vom Tod ereilt worden ist. Traurig, dass er seinen Freund Wibald von Stablo jetzt tot weiß, denkt er, dass nur dieser, wie sein Vorgänger im Kloster von Corvey, der bereits verstorbene Heinrich von Boyneburg, seine angestammten Eltern und die leibliche Mutter des Jungen, Katharina von seinem Fehltritt in den jungen Jahren wussten. Wobei er heute nicht einmal weiß, ob die mit einem Knecht des Gutes Hachen verheiratete Magd Katharina noch lebt.

Für Kanzler Rainald von Dassel als Diplomat und den Pfalzgraf Otto von Wittelsbach als Militär beginnen nun innerhalb Oberitaliens anstrengende und gefährliche Reisen zu den Städten und Regionen des Widerstandes. Diese mit diplomatischem Geschick zu Bündnissen zu überreden oder sie unter militärischer Gewalt dazu zu zwingen, ist das Ziel der kleinen Vorausarmee. Kunrad von Hachen selbst war im Augenblick von jeglicher geheimen Tätigkeit befreit, für die, wie er wusste, jetzt Enzio und Eduardo zuständig sind. Zu diesem frühen Zeitpunkt gab es noch kein offizielles Netzwerk oder einen Zusammenschluss von Städten und Regionen zu einer Allianz, aber in ihrem Einverständnis eines gemeinsamen Widerstandes waren sie sich einig, und sie waren hauptsächlich für die Weitergabe von Information über Bewegungen der kaiserlichen Ritterheere dankbar, für deren Verbreitung Eduardo Della Torre und Sohn Enzio als Kuriere sorgten.

Die kaisertreue Theoderich-Stadt Ravenna wäre in diesen Tagen durch eine böse Intrige um Haaresbreite dem Kaiser verlustig gegangen. Unter dem fadenscheinigen Vorwand, für den griechischen Kaiser Manuel Truppen für Sizilien zu rekrutieren, hatte der Graf Wilhelm von Maltraversar 300

Ritter aufgeboten, die aus Ancona kommend, Ravenna für den Griechenkaiser Manuel rekrutieren wollten. Aber noch rechtzeitig, das Heer war schon auf dem Weg nach Ancona, wurden durch das entschlossene und tapfere Handeln des Pfalzgrafen Otto von Wittelsbach, Rainalds von Dassel und des Erzbischofs von Ravenna, Anselm von Havelberg an der Spitze ihrer Truppen das falsche Spiel und die Intrige der in griechischen Diensten stehenden Ritter aufgedeckt. Sie wurden gefangen genommen und in das kleine Heer des Pfalzgrafen gepresst. So blieben Ravenna und auch Ancona Kaiser Friedrich ergeben.

Bei der von der kaiserlichen Administration angeordneten öffentlichen Treuebekundung Ravennas zu Kaiser Friedrich im Dom der Stadt hatte der Sekretär des Kanzlers, Kunrad Gelegenheit anwesend zu sein, um die Auflagen, die man dieser Stadt aufbürdete, zu notieren. Dicht bei Rainald von Dassel und Erzbischof Anselm von Havelberg beistehend, konnte er einen kurzen, leisen Dialog der beiden verfolgen, in dem es um seine, Kunrads Person, ging. Denn ohne den Sekretär sonst zu beachten, hat der jetzt fast 60 Jahre alte Erzbischof Kunrad herablassend mit der Geste widerwillig, gleichgültiger Duldung betrachtet. Ohne einen Gruß, ohne ein Kopfneigen, um dann an Rainald von Dassel gewendet zu fragen: „Das ist Euer Eminenz Sekretär"? Des Kanzlers kurzes: „Ja!", zeugte wieder von der Kälte Rainalds gegen Kunrad. Das kurze Ja des Kanzlers war ein Hinweis für den Erzbischof, dass er sich zu Kunrad als Person nicht äußern möchte. So als wäre der Sekretär gar keine, viel eher eine Unperson, empfindet Kunrad das Verhalten des >Vaters<. Für Kunrad von Hachen ein, wie er findet vernichtender Ausdruck von Nichtachtung und Arroganz der Mächtigen und Einflussreichen, den er einmal mehr nicht verwinden kann. Das Verhalten des Erzbischofs von Ravenna, Anselm von Havelberg hat ihm damit einen neuen Feind geschaffen.

Verrat und Mailand zum zweiten ...

Neben Verona, Ravenna und Ancona wurde auf Grund von militärischen Druck, aber auch durch eine geschickte Verhandlungsdiplomatie Rainalds von Dassel ein mächtiger Verbündeter der Mailänder, mit Piacenza zu einem Vertrag an den staufischen Kaiser Friedrich gebunden. Und das sehr zum Schaden und zur Schwächung von Mailand, Hochburg der Unbotmäßigkeit und Auflehnung.

Inzwischen war Kaiser Friedrich zum Ende des Juni 1158 selbst mit einem Heer, bestehend aus 10.000 Rittern, das sich auf dem Lechfeld bei der Stadt Augsburg versammelt hatte, in Richtung Italien aufgebrochen. Mit der Mehrzahl von Deutschen, Österreichern, Burgundern, Ungarn, wie Böhmen und den Aufgeboten der mit Mailand, Crema und Brescia verfeindeten Städte in Oberitalien werden neben dem Kontingent, das Otto von Wittelsbach und Rainald von Dassel schon seit Wochen in der Lombardei befehligen, über 100.000 Landser und Ritter zur Verfügung stehen.

Bei Brescia vereinigten sich dann das große Reichsheer Friedrichs mit dem kleineren von Pfalzgraf Otto und dem Kanzler Rainald. Nach dem man das Gebiet um Brescia verwüstet und gebrandschatzt hat, unterwirft sich die Stadt, stellt 60 Geißeln, zahlt Entschädigung und beeidet, auch Truppen gegen Mailand zu stellen. Auf dem von Friedrich kurzfristig einberufenen Reichstag von Brescia lud er die treulosen Vertreter von Mailand vor, um die uneinsichtige Stadt anschließend in Acht und Bann zu schlagen und sie zum Reichsfeind zu erklären.

Friedrichs Heer, sich nun Mailand nähernd, wurde von der einzigen Brücke über die Adda bei Cassano und auch vom jenseitigen Ufer von über tausend mailändischen Rittern, Bürgern und Bogenschützen verhöhnt, die dann hinter die sicheren Mauern Mailands flüchteten, als ein Teil der Ritter und Fußvolk, angeführt vom böhmischen König Vladislav II. und dem Herzog Kunrad von Dalmatien aus dem Hause Scheyern-Dachau durch den wilden Fluss ans andere Ufer stürmte. Die Flucht der Mailänder hinter die Mauern der Stadt nutzend, eroberte man jetzt ungestört, die bei Mailand vorgelagerte Burg Trezzo, eher Schloss, deren Besatzung sich sofort der kaiserlichen Übermacht beugte.

In eitler Eigenmächtigkeit und auch in einem Drange, sich auszuzeichnen, sammelt der übermütige Graf Eckbert von Butene, (Eckbert III. von Pitten) aus der auf Befehl Kaisers vorgeschickten Vorhut tapfere Freiwillige, mit denen er den Feinden bis an die Mauern Mailands nachsetzt. Fazit des Unternehmens sind sein eigener Tod und der mehrerer anderer Ritter, die der Übermacht der aus den Toren der Stadt stürzenden wohlgeordneten bewaffneten Bürger erliegen. Friedrich wütend über diesen so unsinnigen Verlust seiner Leute, ordnet eine sofortige Belagerung um die Mauern Mailands an, und kann nur mit Mühe von einer Bestrafung der eigenmächtigen Kämpfer abgebracht werden.

Rund um Mailand hat Friedrich alle Wege in und aus der Stadt abgeriegelt, so dass bald keine Waren mehr für eine Ernährung der Bewohner zur Verfügung standen. Von den Mauern auf das riesige Heer schauend, das ihre Stadt nun umschloss, sah Mailand seine hoffnungslose Lage ein. Mehrere ihrer Parlamentäre boten im Auftrag der zu großem Reichtum gekommenen Stadt Kaiser Friedrich viel Geld an, wenn er dann Mailand verschone und vom Banne befreie. Die Mehrzahl der Berater in Friedrichs Umgebung raten im Angesicht der so immensen Summe zu einer Annahme des Angebots der Mailänder. Nur Anselm von Havelberg, der Erzbischof Ravennas spricht jetzt klare Worte: „Majestät, traut den Mailändern nicht. Sie versprechen immer alles und vieles, gedenken aber nie etwas davon einzuhalten. Schlagt das Angebot aus". Es sind die letzten weisen Ratschläge des klugen, gut 60 Jahre alten Erzbischofs, wie man es später sehen wird. Friedrich schenkt auch dem Rat des Erzbischofs Anselm Gehör und lehnt es als unverschämtes Gesuch der Mailänder ab.

Nur wenige Tage später, am 12. August stirbt Anselm von Havelberg, Erzbischof von Ravenna sehr überraschend. Mit verhaltener Genugtuung und Befriedigung verfolgt Kunrad von Hachen den Todeskampf des Kirchenmannes im Zelt des Kanzlers, als dessen Sekretär er bei einer Besprechung teilnimmt. Zeugen waren die vielen Ratgeber des Kaisers, die Pfalzgrafen Otto von Wittelsbach, Konrad bei Rhein, Herzog Berthold von Zähringen, Markgraf Wilhelm von Montferrat, der Bischof von Verden, Herrmann von Behr, wie auch Kanzler Rainald, als sich Anselm von Havelberg, plötzlich stöhnend mit den Händen an den Hals greift. Nach Luft ringend, verstirbt der Erzbischof von Ravenna während weniger Minuten. Höchstwahrscheinlich ist der Erzbischof Anselm von Havelberg vergiftet worden. Stecken Mailänder dahinter, weil der Erzbischof Friedrich abgeraten hat, deren kommerzielles Angebot anzunehmen? Persönliche Feinde sind ebenfalls nicht auszuschließen, denn deren gibt es bei Machtmenschen viele, oft im nahen Umfeld. Was bleibt sind Vermutungen. Zu den Feinden gehörte auch Kunrad von Hachen.

Die Taktik der hinter den mit mächtigen Mauern, Türmen und sieben Haupttoren bewehrten Stadt verschanzten Ritter und bewaffneten Bürger bestand in nicht vorhersehbaren und überraschenden Ausfällen am Tage aber auch während der Nacht gegen einzelne abseits campierende Truppenteile im kaiserlichen Heerlager. Die Gegenattacken von König Vladislav II. von Böhmen und des österreichischen Herzogs Heinrichs II. trieben aber die Mailänder jedes Mal hinter ihre Mauern zurück. In Friedrichs Heerlager mischten sich tagsüber auch Zivilisten, hauptsächlich Jugendliche aus dem belagerten Mailand. Oft unterwegs, um vielleicht etwas zu organisieren oder auch Geschäfte mit den Landsern und Rittern zu bewerkstelligen. Wie ziellos im Feldlager etwas suchend, hielt ein halbwüchsiger Junge auf Kunrad zu, der auf dem Weg zum Großzelt seines Herrn, >Vaters< und Kanzlers Rainald von Dassel war. Unauffällig, wie zufällig oder unbeabsichtigt hatte der halbwüchsige Junge nahe bei Kunrad einen Zettel fallen lassen. Ehe Kunrad noch etwas fragen konnte, war Junge schon wieder verschwunden.

An einem der das Heerlager schützenden Palisaden, konnte Kunrad unbeobachtet folgende ihm zugedachte Botschaft lesen: >Komme er heute Nacht ans Neue Torwerk unserer Stadt. Die kleine Pforte wird für dich dann offen sein. – Giuseppe<, stand zu lesen.

Wie soll das funktionieren, denkt Kunrad erschreckt. Wie soll ich mich des nachts unbemerkt von Ludolf und seinen Schreibern aus dem Zelt entfernen können? Lange dachte er nach, dann glaubt er eine Lösung gefunden zu haben. Er wird Ludolf von Kreiensen sagen, dass er wieder einmal Berta im Hurenwagen besuchen wolle.

Es war nicht einmal gelogen, als er sehr spät am Abend das Zelt verließ, um die Hure Berta aufzusuchen. „Verrate aber meinen Fehltritt nicht", sagt er vorher leise lachend zu Ludolf von Kreiensen und verlässt anzüglich grinsend die gemeinsame Unterkunft des Zeltes. Genügend Geld hatte Kunrad, um Berta für zwei Stunden zu bezahlen. Zu einem Vorteil erwies sich der Standort des Wagens der Huren, der nicht allzu weit von der Festungsmauer und dem Neuen Torwerk aufgestellt stand. So konnten Tagsüber Kunden aus dem Heerlager und auch manchmal Interessenten aus der Stadt Mailand bedient werden. Äußerst befriedigt und sich vergewissernd, nicht gesehen zu werden, verließ er Berta, um sich in Deckung zwischen Trosswagen und Zelten zur von Giuseppe bezeichneten Pforte zu begeben. Giuseppe Valdano hatte den Wachoffizier dieses Abschnitts über die

105

Ankunft des Spions informiert. Kunrad von Hachen klopfte leise und verhalten an die Pforte. Auf ein: „Wer da!" von der anderen Seite, antwortet er: „Kunrad will den Giuseppe Valdano sprechen". Sofort öffnete sich die kleine Pforte neben dem großen Tor des Neuen Torwerks, und Giuseppe zog Kunrad hastig durch die Mauer ins Innere von Mailand. Nach einer flüchtigen Begrüßung der beiden Agenten, zog Giuseppe eine dunkle Augenbinde aus seiner Jacke, und mit den Worten: „Kunrad, natürlich tun wir dir vertrauen, aber du musst sie aufsetzen. Es ist Krieg. Der Capitanei und die Mehrzahl der Konsule im Rat der Stadt haben es befohlen", sagt er beruhigend. Nach einem längeren Fußmarsch von wohl zehn Minuten führte Valdano Kunrad auf einer wohl vielstufigen und auch hohen Außentreppe nach oben in eine weitläufige Empfangshalle. Und nochmal ging es aufwärts, über endlose Stufen, bis Guiseppe nach wenigen Schritten vor einer Tür innehielt. Aus der geschlossenen Tür drang Stimmengewirr. Nachdem Valdano Kunrad durch die Tür in einen überdimensional, großen Saal geführt hatte, nahm er ihm die Augenbinde ab. Augenblicklich wurde es still im Raum. Man hatte also auf Kunrad von Hachen gewartet, spekuliert darauf Kunrad.

Ungefähr 15 Personen saßen an einem langen ovalen Tisch, stellte er schnell fest. Giuseppe stellte den Honoratioren am Tisch Kunrad als einen Verbündeten vor, der sich der Sache Mailands seit dem Konzil in Bisanz verschrieben hätte. Sein Anliegen sei, so betonte Valdano vor all den Versammelten, dass man von Hachens Sicherheit bedenkend, Diskretion ausüben solle und dass man auch die in Aussicht stehenden Verpflichtungen ihm gegenüber einhalten möge.

Ein allgemeines, wenn auch nur angedeutetes Kopfnicken der meist älteren Honorigen beruhigte Kunrad von Hachens Anspannung und Unsicherheit am Anfang etwas. Aber er spürte trotz der Bejahung unverhohlen Verachtung in den Minen der alten Edlen von Mailand. Bis auf den Erzbischof

106

Hubert von Pirovano und den Konsul Hubert von Orto, kannte er niemanden von den am Tisch Sitzenden. Im Laufe der weiteren Gespräche und Fragen an Kunrad blieb ihm nur noch der Name des Capitanei Albericus de la Turre im Gedächtnis haften. Hubert von Pirovano war es dann auch, der an ihn die Frage richtete: „Was fordert Kaiser Friedrich und der Kanzler Rainald von unserer teuren und guten Stadt Mailand? Und was hat der Kaiser und euer Kanzler mit uns vor? Mailand hat bereits ein Friedensangebot unterbreitet. Weiß er etwas Neues"? Worauf Kunrad sofort antwortet: „Ich weiß von Befehlen für Brandschatzung, Plünderung und Unterwerfung der ganzen Region weit über eure Stadt hinaus, die bereits an alle Offiziere ergangen sind". Wortlos sah sich die Tischrunde im Saal an. Der Konsul Hubert von Orto faste sich als erster: „Wir werden nun weiter beraten". Zum Sekretär gewandt: „Er kann jetzt wieder gehen". Der Capitanei Alberico de la Turre nickte daraufhin Giuseppe Valdano zu, dass er Kunrad wieder hinausführen könne.

Sich höflich verneigend, im Begriff zur Tür zu gehen, öffnet sich im gleichen Augenblick ein Türflügel auf der anderen Seite, durch die Graf Guido di Biandrate eintritt. Aber nur kurzzeitig empfindet Kunrad eine Schwäche in den Beinen. Sofort erinnert er sich der Arroganz dieses Menschen. Auch jetzt nahm der Graf kaum Notiz von ihm, obwohl ihn der Blick di Biandrates kurz streifte. Mit ernster Miene setzte der sich an den Tisch des Gremiums.

Auf dem zehnminütigen Rückweg zur Pforte, wiederum mit Augenbinde, zu der ihn Giuseppe führt, lief er auffällig einsilbig neben Valdano einher. Ihn beschäftigte die Rolle dieses undurchsichtigen Grafen Guido di Biandrate. Er als ein Mailänder, ein Vertrauter Kaiser Friedrichs? Ist er nicht ein Verräter an Mailand? Und hat er mich vorhin erkannt? Wird er ihn dann auch verraten und ans Messer liefern? Fragen über Fragen. Nur noch die letzten Worte Giuseppes sind sind ihm im Ohr, als er am Morgen 3 Uhr die kleine

Pforte in der Festungsmauer auf dem Weg zur Unterkunft verlässt: „Sei vorsichtig, Kunrad"! Müde, erschöpft sucht er Schlaf.

Kunrad, Ludolf und die Schreiber wurden am Morgen von aufgeregtem Treiben im Heerlager geweckt. Laute Befehle, das Hurrageschrei der Soldaten tat ein Übriges. Für unseren Kaiser! Für den Kaiser! Schalt es laut durch das Lager. Ein Blick rund umher: Die schrecklichen Bilder von entfachten Bränden, Rauch und Plünderung. Das furchtbare Szenario können und müssen die Bürger Mailands von den Mauern ihrer Stadt tatenlos mit ansehen, wie die in Ernte stehenden Felder und die Gehöfte der Bauern in Flammen stehen.
Hinzu kommt der Hunger durch die sich schon auswirkende Belagerung, wie das Empfinden der Aussichtlosigkeit eines erfolgreichen Kampfes gegen die Deutschen. Nirgendwo ist Hilfe zu erwarten, da die Belagerer die Verbindungen von und nach Mailand alle überwachen und nun vollends unter Kontrolle haben. Fast vier Wochen, seit 6. August dauert bereits die Belagerung ihrer aushungernden Stadt.
Die bewaffneten Ausfälle der tapferen Einwohner haben inzwischen aufgehört, denn man hatte sich meist doch nur blutige Nasen geholt. Um nun endgültig den Widerstand der Stadt zu brechen, wurden Plünderungen, Brandschatzung und Vergewaltigungen an der Landbevölkerung von den Befehlshabern der kaiserlichen Soldateska sogar befohlen, mit der größten Brutalität vorzugehen.

Mailands Konsulat sah jetzt keinen Sinn mehr, den jetzt aussichtslosen Kampf weiter zu führen. Am vorletzten Tag des Augusts senden sie Boten ins Lager des Kaisers und bitten um Verhandlungen für ein Friedensabkommen. Der Kaiser erklärte sich einverstanden und bestimmte für die Einleitung der Friedensgespräche eine Delegation, die aus dem König Vladislav von Böhmen, dem Herzog Heinrich von Österreich, Herzog Berthold von Zähringen, Pfalzgraf Otto von Wittelsbach, Herzog Friedrich von Rothenburg und dazu den Kanzler Rainald von Dassel besteht. Seitens der Geistlichkeit werden zu Vermittlern bestellt Patriarch Pilgrim von Aquileia, sowie die Bischöfe Eberhard von Bamberg und Daniel von Prag.

Auf Seiten der Stadt Mailand verhandeln als Vermittler der von ihnen erbetene Markgraf Wilhelm von Montferrat (?), der Mailänder Erzbischof Hubert von Pirovano, für die Konsuln, Hubert von Orto, der Capitanei Albericus de la Turre (?) und schließlich Graf Guido di Biandrate. Der Graf Guido di Biandrate war es auch, jetzt ganz offensichtlich ein Parteigänger Friedrich I., der in einer eindringlichen Rede an den Rat der Stadt von Mailand und seiner Bewohner zur Aufgabe ihres Widerstandes geraten hatte, damit unnötig weiteres Blutvergießen vermieden wird. Aber nicht wenige wollten gegen den Kaiser aus Deutschland weiterkämpfen, und die Worte wie Verräter konnte man aus der Menge vor dem Palast der Konsuln hören. Unter diesen nicht kleinen Teil der Bürger hatte Kunrad von Hachen, jetzt mehr oder weniger behindert, die hetzerischen, übertriebenen Parolen über maßlose Forderungen des Kaisers und seines Kanzlers Rainald von Dassel im Besonderen verbreitet.

Für die nun anstehenden Verhandlungen hatten sich Kaiser Friedrich, der König Vladislav von Böhmen, die Herzöge Konrad von Dalmatien, Friedrich von Rothenburg, zudem Heinrich von Österreich, die Pfalzgrafen Konrad bei Rhein, Otto von Wittelsbach, Markgraf Wilhelm von Montferrat, Kanzler von Dassel und einige Bischöfe des Reiches in das im August besetzte Schloss von Trezzo einquartiert.

Auch die Haushälterin und Geliebte des Kanzlers Rainald von Dassel, Gabriella bewohnte seit dem 6. August hier im Schloss ein Zimmer. Rainald von Dassel wollte sie während der Belagerung Mailands nicht in Gefahren, und sich selber nicht ins Gerede bringen.

Für die offiziellen Verhandlungen, die hier zu Ergebnissen führen sollten, hatten sich die Mailänder Böhmens König

Vladislav II. als Vermittler ausbedungen. Fünf lange Tage zogen sich die Gespräche hin. Die Bedingungen waren hart und unerbittlich für die Stadt. Folglich: Mailand darf die kaisertreuen Städte Cremona, Como und Lodi, die es im oberitalienischen Streit immer wieder zerstört hatte, beim Wiederaufbau behindern und ist strengstens verpflichtet, die Unabhängigkeit der Städte zu akzeptieren. Zum andern ist dem Kaiser, der Kaiserin und dem Hof 9000 Mark in Silber wie in Gold zu zahlen. Weiter hat Mailand 300 Geißeln aus den vornehmsten Familien zu übergeben. Die demütigste Bedingung: Jeder der Stadtbewohner vom 14. bis zum 70. Lebensjahr schwört auf den Kaiser seine Treue.

Am achten Tag des Herbstmonats September müssen die Edlen, die Geistlichkeit und alle Bürger Friedrich öffentlich Sühne zollen. Um den demütigenden öffentlichen zur Schau stellenden Sühnezug der Mailänder auf einem großen freien Feld zu erwarten, begab sich Friedrich in den sieben Meilen von Mailand entfernten Ort Bolgiano. Alle Personen, die an der Sühneprozession teilnehmen, es ist egal ob aus dem Volk, Geistliche oder aus vornehmem Stande, jedem wurde befohlen, in Armenkleidung zu erscheinen.

Zuerst erschienen Mailands Geistliche Vertreter, barfuß, und mit erhobenen Kreuzen in den Händen. Der Erzbischof Hubert von Pirovano musste beschwören, dass künftig eine milde und gerechte Gewalt unter der Hoheit Friedrichs in Mailand ausgeübt wird. Nach den Geistlichen folgten die Konsuln, Ritter und andere Vornehme mit einem Schwert auf dem Nacken tragend, dem sich das gemeine Volk mit Stricken um den Hals gebunden anschloss. Und nachdem der lange Sühnezug am Kaiser vorbeigezogen und dann Aufstellung genommen hatte, trat der Konsul Hubert von Orto an den Thron des Kaisers, kniete nieder, beugte sein Haupt demütig, und bekannte die großen Sünden Mailands und bittet um Gnade. Wenig später wird ein Friedensvertrag von den Vertretern beider Seiten unterschrieben. Kurzdrauf erhebt sich Kaiser Friedrich von seinem Thron auf einem erhöhten Podest, gewährt großzügig Verzeihung und hebt die Reichsacht Mailands auf. - Mit gemischten Gefühlen hatte Rainald von Dassels Sekretär Kunrad von Hachen diesen Tag von Bolgiano miterlebt. Von Giuseppe Valdano wusste er von der Stimmung im Zentrum Mailands, das der mächtige Adel und große Teile der Bevölkerung gar nicht daran dachten, alle die Treuebekenntnisse einzuhalten.

Diese Bedenken hatten auch Kaiser Friedrich und Rainald von Dassel, um zu erkennen, dass Siege und Macht keine guten Ratgeber für die Dauer sind. Vor allem dann nicht, wenn das Machtzentrum bald 1000 Meilen weit entfernt liegt. Und so versuchen die beiden Genannten eine auf die Städte Oberitaliens zugeschnittene Gesetzesreform auf den Weg zu bringen, die den Städten eine gewisse eigenständige Entscheidungsgewalt lässt, wie zum Beispiel die Wahl ihres Oberhauptes, eines Podesta, aber immer unter der Maßgabe der letzten Bestätigung durch den Kaiser, der kaiserlichen Vögte, Statthalter oder Ministerialen.

So wird in der Ebene von Roncaglia am Po bei der Stadt Piacenza am 11.November 1158 ein Reichstag einberufen, zu dem unter Hinzuziehung versierter Rechtsgelehrter für Steuer- und Finanzabgaben von der Universität Bologna, sowie kompetente Fürsten und Geistliche von Einfluss und Kenntnis erscheinen. Aus diesem Reichs- und Fürstentag münden später die namentlich genannten hier beschlossenen Ronkalischen Gesetze, die grundsätzlich dem römischen Recht stattgeben, aber dem kaiserlichen Recht den Vorrang einräumen. Diese völlig neu geschaffene Rechtsstruktur wiederum, führte in den Städten Oberitaliens bald wieder zu neuer Empörung und zu Aufständen. Hinzu kam natürlich der päpstliche Protest aus Rom, als Friedrich die neuen sehr unbeliebten Verwaltungsstrukturen auch auf Territorien und Bistümer des Papstes, ins besondere auf die Mathildischen Güter ausdehnt, die der Kaiser aber als das Erbgut von einer

111

in 1115 verstorbenen Markgräfin Mathilde von Canossa-Tuszien betrachtet. Jetzt drohte Papst Hadrian IV. sogar Kaiser Friedrich offen mit dem Kirchenbann, wenn er seine schier ungerechte und expansive Verwaltungsstrukturpolitik nicht einstellen würde.

Für den Sekretär des Kanzlers bedeutete die verändernde stabilisierende politische Lage in Oberitalien zu Gunsten des Kaisers, dass seine geheime Tätigkeit für Mailand im Besonderen immer mehr zu einer Gefahr für ihn wird. Denn seine Informationen hatten jetzt nicht nur allein für die Stadt Mailand Bedeutung, sondern auch für Regionen und Städte, die mit Mailand weiterhin verbündet sind. Das heißt, sie wurden nun umfangreicher und damit das Risiko enttarnt zu werden, wurde größer.

Stetig aber begann sich nun eine gemeinsame Front der Städte in der Lombardei gegen die deutschen Besatzer, den ausbeuterischen Statthaltern und Vögten herauszubilden. Deren persönliche Bereicherung tat sein Übriges, die sich hochschaukelnde Unzufriedenheit weiter zu schüren. Nicht wenig trugen dazu die Ronkalischen Gesetze des Kaisers bei der fiskalischen Neuordnung bei, die alle Provinzen und Städte auspressten. Enzio Della Torre, der Sohn Eduardos war jetzt pausenlos zwischen den sich erhebenden Städten und Regionen seiner Heimat Italien unterwegs, den neu sich entfachenden Widerstand mit deren Mittelsmännern und Agenten aufrecht zu erhalten und zu kanalisieren.

In diesen Wochen und Monaten ist Kunrad von Hachen mit seinem Dienstherrn, Kanzler Rainald und Ministerialen mit Präsens auch militärischer Stärke in anstrengenden Ritten und Märschen kreuz und quer zu den Brennpunkten von Oberitalien unterwegs, deren Treue es sich zu versichern gilt. Aufgaben wie die Überwachung und Einhaltung der beschworenen Treuebekundungen und die Anwendung der neuen Verwaltungsstrukturgesetze stehen im Vordergrund. Unter anderem gelang es der Delegation um den Kanzler und Otto von Wittelsbach mit den Grafen Goswin von Heinsberg, Guido di Biandrate, wie den Bischöfen Daniel von Prag und Hermann von Behr (Verden) am Ende des Jahres nur mit der allergrößten Mühe und Zugeständnissen für Gegenleistungen, die für den Kaiser so wichtige Stadt Genua zu einem lauen Treuegelöbnis zu überreden. Noch schlimmer, ja gefährlich wurde es für vier der Botschafter des Kaisers, als man Ende Januar in Mailand eintraf, um die Befehle Friedrichs für die Wahl des Podesta in der wieder aufrührerischen Stadt zu überwachen. Vor allem Rainald von Dassel, dem der ganze Volkszorn entgegenschlägt, als ausgemachtem Gegner von Mailands Bestreben des Rechts nach eigener Souveränität, musste am Ende froh sein, dem Volkszorn entkommen zu sein. Da waren auch die Versuche des Mailänder Grafen Guido di Biandrate vergeblich, die Bürger zu beruhigen und zu vermitteln. Einen Tag vorher schon hatten sich die beiden Grafen Otto von Wittelsbach und Goswin von Heinsberg aus dem Staub gemacht, und Rainald von Dassel und Daniel von Prag sogar noch einen Tag länger den auf sie eindrängenden wütenden Mailändern widerstanden.

Es war das Einwirken des Sekretärs von Hachen, der die Saat des Hasses gegen den Kanzler hier noch gelegt und geschürt hatte. Nach dieser erneuten Unverschämtheit und der Treulosigkeit von Mailand gegen Gesandte Friedrichs, musste sich Mailand abermals auf Befehl des Kaisers mit seinem Erzbischof Hubert von Pirovano an der Spitze, am 6. Februar in dem kleinen Occimiano, südöstlich Mailands verantworten. Aber Hubert von Pirovano reiste wegen einer angeblichen Erkrankung von dort ab, so dass die peinliche Vorladung ohne Ergebnis verlief. Friedrich mit dem Hof zu dieser Zeit von dem Ort Marengo aus regierend, setzte eine Frist bis Ostern 1159 fest, zu der Zeit Verantwortliche von Mailand erneut vor dem Kaiser zu erscheinen haben.
Als im Frühjahr eine Delegation Papst Hadrians IV. am Hof

Friedrichs in Bologna erschien, um die baldige Rücknahme der Ronkalischen Verwaltungs- und Steuervorgaben von Gebieten, die dem päpstlichen Einfluss unterliegen, fordern zu wollen, dies aber Friedrich ablehnte, brach der Konflikt zwischen Kaiser und Papst wieder offen aus. Bis zu diesem Zeitpunkt verdeckt, jetzt mit offenem Panier, erklärte sich Hadrian den Interessen der Städte der Lombardei anhängig gegen den Staufer. Kurz zuvor erreichte Rainald von Dassel eine Nachricht aus Pavia, die besagte, dass der Erzbischof von Köln, Friedrich II. von Berg schon am 15. Dezember vergangenen Jahres bei einem unglückseligen Sturz vom Pferd in Pavia zu Tode kam. Als Nachfolger für dieses Amt hatte Friedrich seinen treuen Kanzler vorgeschlagen. Bei der vom Kaiser beeinflussten Wahl des Erzbischofs im Juni in Köln, die zu Gunsten Rainalds von Dassel gegen den Widerstand von Probst Gerhard von Bonn, Gerhard von Are ausfiel, war fast selbstverständlich der Wunsch des Kaisers ausschlaggebend. Nach einer Amtsbestätigung durch den Kaiser, und trotz der Weigerung des Papstes, Rainald von Dassel als Erzbischof von Köln anzuerkennen, reist Kanzler Rainald nach Köln, um seine Investitur zu begehen.

Seinen Sekretär Kunrad von Hachen wie auch den Leiter der Kanzlei, Ludolf von Kreiensen und auch die Schreiber ließ der Kanzler Rainald beim kaiserlichen Heer in Italien, da er gedachte, bald nach der Investitur wieder nach Italien zurück zu kehren. Die Haushälterin und Geliebte Gabriella glaubte der Kanzler in sicherer Obhut von Konrad de Maze und dem Grafen von Rüdiger, den Kommandeuren auf dem Schloss von Trezzo.

Friedrich hatte bald auch große Teile des kriegsmüden Ritterheeres über die Alpen nach Deutschland zurückkehren lassen. Schloss Trezzo, nahe Mailand hatte Friedrich mit 100 Landsern als Bewachung unter dem Kommando des Reichsministerialen und Mundschenks Konrad de Maze, wohl Konrad Colbo von Oberschüpf und des Ritters von

Rüdiger als Wachkommando und Beobachter für die immer wieder rebellisch aufmüpfigen Mailänder belegen lassen. Bevor aber Kanzler Rainald von Dassel seine Reise über die Alpenpässe nach Deutschland antrat, vergaß er nicht, den Kanzleileiter von Kreiensen an seine Pflicht zu erinnern, die bis auf weiteres der Beobachtung seines Sekretärs galt.

Die überaus lange Reise zurück nach Köln erlaubte ihm, seine diesbezüglich eigene Situation zu überdenken. Denn alle seine bisher nicht legalen Manöver, die nur einem Ziel dienten, den ungeratenen Sohn zu decken, wären beendet, wenn er seinem Herrn und Herrscher, dem Kaiser beichten würde. Sicher, den früheren Fehltritt, was einen illegalen Sohn betrifft, wäre sicher kein zu großes Problem, das seine Karriere gefährden könnte. Aber einen kriminellen und so schlechten Sohn zu präsentieren, der kaiserliche Einnahmen unterschlagen hat, oder vielleicht ein Mörder sein könnte, ließ ihn den Gedanken an eine Beichte bei Kaiser Friedrich schnell vergessen, um sich sofort wichtigeren Problemen zu widmen, die das Reich betreffen.

Da es die rebellische Stadt Mailand unterließ, eine vom Kaiser bis zu Ostern geforderte Verantwortungsbezeugung wegen des Angriffs gegen seine Ministerialen im Januar in Mailand zu liefern, wurde sie wiederholt zum Reichsfeind erklärt und in eine Oberacht gestellt, als dem schwersten prozessualen Zwangsmittel. Die Anklage lautet:

Begangener Landfriedensbruch, da sie die vom Kaiser bis Ostern verlangte Sühnepflicht mit einem Angriff am 16. des Aprils auf das von kaiserlichen Truppen besetzte Schloss Trezzo beantworteten.

Veranlasst durch Kaiser Friedrichs Truppenreduzierungen im September des vergangenen Jahres, erwachte erneut die alte Aufsässigkeit und damit Kampfbereitschaft Mailands. So blieb dem im Hoflager von Bologna Residierenden nichts anderes übrig, wieder Truppen aus dem Kernreich nach Oberitalien anzufordern. Dahinzielende Botschaften gingen an Kaiserin Beatrix, Truppen von Burgund und an den Herzog Sachsens und Bayerns Heinrich dem Löwen, Ritter und Landser von Deutschland nach Italien zu führen. Das zuvor von den Mailändern zerstörte Lodi und Como wurde inzwischen mit Friedrichs Hilfe wiederaufgebaut und befestigt. Er sicherte sich dafür den Beistand von Piacenza und deren Zusage, Truppen gegen Mailand zu stellen. Da außer Mailand auch die Stadt Crema als ein Verbündeter von Mailand, Befehle des Kaisers dahingehend missachtete, ihre Festungsmauern zu schleifen und sie dazu die Kuriere von kaiserlichen Befehlen noch davonjagten, begann der Kaiser mit einem noch zu kleinen Heereskontingent das Umfeld beider Städte zu verwüsten und zu brandschatzen.

Um die beiden zu Feinden des Reiches erklärten Städte zu belagern, waren Friedrichs Truppen noch zu schwach. Man wartete auf die Verstärkung durch Truppen von Bayern, von Burgundern und anderer, auch auf ein Ritterheer mit dem aus Köln zurückkehrenden Kanzler Rainald von Dassel.

In diesem Zeitabschnitt des Sommers 1159 wurden gegen Friedrich bei seinem Aufenthalt in Lodi, von Mailändern angestiftet, zwei ernsthafte Versuche unternommen, ihn zu ermorden. Im ersten Fall wurde Friedrich gerade aus seinem Zelt tretend, von einem riesenhaften Kerl gepackt, einen Narren im Lager spielend, dem die Wachen nichts ahnend, lachend seiner netten Scherze wegen zugeschaut hatten. Dabei versuchte der übergroße Mann den Kaiser in seine Gewalt zu bringen, um mit ihm vom hohen Ufer der Adda in die reißenden Wellen zu springen. Mit nur einem Ziel, ihn zu ertränken. Den gegebenen Augenblick nutzend, da der Meuchelmörder über eine Zeltbefestigung am Boden stolperte, befreiten die Wachen Kaiser Friedrich, darauf sie den riesigen Menschen erschlugen.

In einem anderen Fall wurde man von einer Person vorher gewarnt, worauf die Lagerwachen einen Araber aus Spanien mit zwei Begleitern rechtzeitig festnahmen, der mit einem

Messer in der Kleidung verborgen, wie auch mit vergifteten Geschenken im Gepäck versuchte, bis zu Friedrich vor zu dringen. Trotz Folter verriet er seine Auftraggeber nicht, drohte gar noch dem Kaiser und starb qualvoll den Tod am Kreuz. Ein dritter Anschlag von acht Leuten durchgeführt, endete für zwei der Attentäter nach der Folterung mit der Erdrosselung am Galgen. Sechs der Attentäter konnten sich durch Flucht dem Galgen entziehen.

Die Greul von Crema

Im Spätsommer erfuhr der noch in seinem Erzbistum Köln weilende Rainald von Dassel vom Handstreich Mailands auf das Schloss Trezzo, bei dem sie die deutsche Besatzung gefangen nahmen und in den Kerker warfen. Sehr wenig Aufhebens hatten sie dabei mit ihren Landsleuten gemacht, die sie als Verräter ihres Landes ansahen. Sie alle wurden ermordet, auch Frauen, die man in einigen Fällen vorher noch vergewaltigt hatte. Erkenntnisse über das Schicksal seiner Geliebten und Haushälterin Gabriella hatte er nicht erhalten können, die wohl das Schicksal der Ermordeten geteilt haben musste.

Diese Stadt Mailand hatte er nie geliebt. Dazu war aber jetzt ein ungeheurer Hass in ihm entstanden, der für diese Stadt nichts wirklich Gutes verhieß. In dieser aufgewühlten und niedergeschlagenen Stimmung kehrte Rainald von Dassel im Oktober 1159 mit 300 Rittern im Gefolge nach Italien zurück und schloss sich Kaiser Friedrich Barbarossa bei der bereits belagerten Stadt Crema an.

Crema, Schwesterstadt des kaiserlich gesinnten Cremona hatte sich mit dem nahen, unter dessen Einfluss stehenden Mailand auf Gedeih und Verderb gegen Kaiser Friedrich verbündet. Bevor Friedrich mit seinem Heer von Bologna kommend Crema umzingelte, glaubte jeder in der Nähe von Kaiser Friedrich, Ritter wie Söldner im Heer das Bild der schnellen Kapitulation Mailands vor Augen, jetzt auch an einen rasanten Sieg über die doch kleinere Stadt Crema.

Aber Crema war durch breite und tiefe Gräben mit ihren doppelten hohen Mauern für eine Belagerung gut gerüstet. Und die Waffenbrüderschaft Mailands mit der von Crema tat ein Übriges. Dazu beigetragen hatte auch die geheime Agententätigkeit zwischen beiden Städten Früchte getragen, welche durch den als Kaufmann und Händler getarnten Eduardo Della Torre mit seinem Sohn Enzio und Kunrad von Hachen als deren Nachrichtenquelle aus dem Lager des Kaisers dazu führte, das die Basis für eine langandauernde Verteidigung gegen die Truppen Friedrichs bereitet war.

Schon im Juli 1159 begannen Mailand und Crema in einer abgestimmten gemeinsamen Aktion gegen die mit Kaiser Friedrich verbündeten Städte Lodi und Como vorzugehen. Das kaisertreue Cremona unterstützte Friedrich daraufhin mit 11000 Mark Silber und setzte auch eigene Ritter und Truppen bei der bevorstehenden Belagerung der von ihr so verhassten Schwesterstadt Crema ein.

Am 16. August wurde das Belagerungsheer vor Crema durch Einheiten der Pfalzgrafen Otto von Wittelsbach, des Konrad von Staufen bei Rhein und des Herzogs Berthold von Zähringen verstärkt, die bei Lodi und Mailand agiert hatten. Gleichfalls gehörten zum Heerestross der Sekretär Kunrad von Hachen wie auch Ludolf von Kreiensen mit den Schreibern, die nun schon länger die Ankunft ihres Herrn und Kanzlers Rainald von Dassel vor Crema erwarteten.

Solange Friedrichs Heer noch so schwach war, wagten die Mannen aus Crema immer wieder Ausfälle aus den Toren ihrer Stadt, die in einem Hin und Her auf beiden Seiten oft zu hohen Verlusten führten. Bei einem dieser Vorstöße der Cremenser aus dem Umbriano-Tor starb in einem Gefecht der tapfere Anführer des verbündeten Cremona, Markgraf Garnher von Ancona. Das an Zahl immer noch zu schwache Aufgebot des Kaisers erwartete dringend die Verstärkung aus dem Reich, Truppen aus Burgund von der mitreisenden Kaiserin Beatrix, auf jene des Herzogs von Sachsen und Bayern, Heinrich dem Löwen mit 1200 Rittern mit Fußvolk. Auf die des Herzogs Welf VI. von Spoleto mit 300 Rittern und 2000 Mann Fußvolk. Weitere Unterstützung führte der böhmische König Vladislav II., wie noch Ullrich IV. Graf von Lenzburg, dazu der Bischof von Augsburg, Konrad von

Hirscheck und andere Herren dem Kaiser zu. Insgesamt standen zur Festigung der Herrschaft Kaiser Friedrichs in Oberitalien wieder rund 100000 Soldaten mit ihren Rittern zur Verfügung. Der jetzt entbrennende Kampf um Crema gestaltete sich äußerst beschwerlich, hartnäckig und lang. Und immer rücksichtsloser und grausamer entwickelte sich die folgende Gewaltspirale. Mehrere Sturmangriffe vor die Mauern der Stadt Crema getragen, Versuche Sturmleitern oder Türme anzulegen scheiterten immer wieder im Hagel der Geschosse vor und von den Mauerkronen, oder durch überraschende Ausfälle aus der Stadt. Etwas glücklicher kämpfte Friedrich selbst vor Mailand, als es ihm gelang, mit Hilfe von Truppen aus Pavia der Stadt eine Falle zu stellen. Bei einem der Ausfälle Mailands gegen eine Truppe von Pavia lag Friedrich mit einem ausgesucht kleinen Heer im Hinterhalt. Die überraschten Mailänder ergriffen sofort die Flucht. Aber zu spät. 150 von ihnen wurden getötet und über 600, viele auch von Adel konnten gefangen genommen werden.

Darauf hin, ein kleineres Kontingent zur Beobachtung vor Mailand zurücklassend, wendete sich der Kaiser mit dem größeren Teil seiner Truppen nun gegen Crema. Ganz zum Anfang scheinen die Bewohner von Crema bei Friedrichs Ankunft beeindruckt und hielten eine Zeit lang still. In der Nacht plötzlich, als das Heerlager schon ruhte, brachen aus dem Umbriano-Tor Bewaffnete mit Brandfackeln in den Händen hervor, um Belagerungsgeschütze, Magazine und wertvolle Ausrüstungen in Brand zu stecken. Unter Mithilfe des mit ihren Einheiten herbeieilenden von Wittelsbach und Friedrichs von Rothenburg, konnte dem Kaiser mit dessen in aller Eile zusammengeraffter Gefolgschaft Unterstützung gewährt werden. Beide Lager erlitten entsetzliche Verluste. Erst spät zog sich ein Rest der Aufständischen hinter die Mauern zurück. Noch viel grausamer spielte sich eines der Gemetzel am Tage eines Besuches von Friedrich und seiner

120

Gemahlin Beatrix im Schloss von Gambasson ab. Um die 600 Berittene stürmten aus dem Tor, dem gegenüber das kaiserliche Zelt stand. Bis in die hereinbrechende Nacht, begleitet von Gewitter und Regen ließen die Gegner nicht ab, um dann im unentschieden endenden Streite ihre Toten zu zählen. Am gleichen Tage führten weitere Ausfälle aus mehreren anderen Toren der Stadt zu Verlusten weiterer Menschenleben in Friedrichs Heer. Verlustig gingen dabei zwei Türme und gerade kurz vorher errichtete Belagerungs- und Wurfmaschinen.

Gegenseitige Provokationen, Hasstiraden und Racheakte steigerte eine grausame, eine bis zur Mordlust ausartende Kriegsführung ins nicht mehr Menschliche. Umbringen in jeder Art und Weise, Vergewaltigung an Männern, Frauen und auch Kindern gehörten zum Alltag der nun schon fast siebenmonatigen Belagerung und Auseinandersetzung. Das hatte mit dem viel gepriesenen ritterlichen Kampfe nichts mehr zu tun.

So warfen die Belagerten Köpfe und zerstückelten Teile der Leiber ihrer Gefangenen oder Geißeln von den Mauern ins kaiserliche Heerlager. In grenzenlosen Wutausbrüchen ordnete Kaiser Friedrich im Gegenzug das Erhängen zweier im Kampf Gefangener vor der mit vielen Bürgern besetzten Mauerkrone an. Aber die Antwort von Crema ließ nicht lange auf sich warten. Wenig später wurden auf der äußeren Stadtmauer zwei Kreuze aufgerichtet. Kurz darauf nagelte man bei lebendigem Leibe zwei gefangene deutsche Ritter ans Kreuz. Für alle, auch den Kaiser sichtbar, und noch weit hörbar sind die Geräusche der Hammerschläge, die Nägel in Hände und Füße der bedauernswerten Ritter trieben.

Die Geduld Friedrichs war nun erschöpft. Und so ließ er einen Herold an die Mauer von Crema treten, der laut und vernehmlich verkündet: Kein Bewohner der Stadt könne mehr während der Kämpfe, seien es Männer oder Frauen auf Gnade hoffen, bis die Waffen entschieden hätten.

Der Sekretär Kunrad von Hachen, Kanzleileiter Ludolf von Kreiensen und Schreiber waren während der Abwesenheit von Kanzler Rainald natürlich nicht ohne Arbeit, mussten denn auch hier administrative Tagesabläufe wie Meldungen für Kaiser Friedrich, für seine politischen Berater oder die Befehlshaber im Heer verfasst und mitunter auch mehrmals kopiert werden. Aber an den Kampfhandlungen war die hier vor Ort mobile Kanzlei nicht beteiligt.

Kunrad, der im Übrigen auf das Eintreffen Rainalds von Dassel wartet, kann sich im Heerlager vor Crema ziemlich frei und eigentlich unbeaufsichtigt bewegen. Bis auf seine gelegentlichen Treffs mit Kamerad und Kaufmann Eduardo alias Della Torre, der sich auch vor Crema als freundlicher unentbehrlicher Händler und Verkäufer für die durch die Kämpfe verlustig gegangenen, neu benötigten Utensilien im kaiserlichen Lager auch wieder als cleverer Geschäftsmann erweist. Während der langwährenden Belagerung Cremas also hat Kunrad auch Zeit, eigene Interessen zu verfolgen, und so hatte sich der Sekretär von Eduardo den Ort und den Weg nach Cremona erklären lassen, um das ihm von den Mailändern verheißene Landgut Buccellati unerkannt und inkognito zu besichtigen.

Dafür kleidete er sich in sein altes Mönchsgewand. Und von Eduardo erbat er sich für einen Tag ein Maultier unter fadenscheinigem Vorwand, Land und Leute seiner schönen Heimat kennen lernen zu wollen. Und Kanzleileiter Ludolf von Kreiensen erzählte er noch: „Ich muss einmal etwas anderes sehen, als immer Tod, Brand, und Kriegsgeschrei. Morgen in der Früh werde ich mich auf den Weg machen, und dann sicher am Abend wieder hier sein". Ludolf von Kreiensen hatte aber auch den Auftrag des Kanzlers Rainald nicht vergessen, und gedachte ihn auch zu erfüllen. Er war selbst neugierig geworden, was von Hachen wohl vorhaben könnte. Nur wenig Zeit später, nach dem der Sekretär das gemeinsame Zelt verlassen hat, folgt ihm von Kreiensen unauffällig. Aus einer sicheren Entfernung kann er sehen, wie Kunrad von Hachen etwas außerhalb des Lagers ein Maultier besteigt, das ihm sein Freund Eduardo Della Torre gerade zuführt. Eilig requiriert Ludolf von Kreiensen beim Bewacher mehrerer in Nähe des Heerlagers angelegten Pferdekoppeln, im Auftrag des Kanzlers von Dassel eines der Reservepferde, um dem Sekretär in Mönchskleidung zu folgen. Er wollte ihn nicht aus den Augen verlieren. Der machte sich auf seinem Maultier auf den Weg, um Crema in südöstlicher Richtung zu verlassen. Auf einem der alten Handelswege trottete das Maultier mit Kunrad auf dessen Rücken zwischen beiderseitig angebauten Olivenhainen und auch schon abgeernteten oder mit Feldfrüchten bestandenen Feldern in Richtung Cremona. Der zügige zielgerichtete Ritt des Sekretärs hielt Ludolf unter Spannung, um ihm weiter aus der Entfernung zu folgen. Oftmals sich hinter einem Feldrain oder in einem Wäldchen von Pinien versteckend, um einem zufälligen Rückwärtsblick Kunrads zu entgehen.

So waren in heißer Sonne fünf Stunden vergangen, als sich Kunrad offensichtlich der Stadt Cremona näherte. Sich auf einer mit Steinen befestigten Weg befindend, die Cremona östlich liegen ließ, kam Kunrad von Hachen ein Bauer mit seinem Maulesel entgegen, den er offensichtlich nach dem Weg fragte. Als Antwort deutet der Mann nach Süden, wohl für Kunrad, dem Weg nach Süden weiter zu folgen, bis er auf den Fluss Po trifft, der auch für Ludolf sichtbar, einen leichten Schwenk nach dem Osten macht. Gut eine Stunde folgte Ludolf noch dem Sekretär, bis der zwischen leichten Hügeln in ein Tal reitet, in dessen Mittelpunkt, schon von weitem zu sehen, ein mit Feldern von Weinreben umgeben, ansehnliches Gut steht. Aus sicherer Entfernung beobachtet Ludolf nun, wie von Hachen dass aus Hauptgebäude mit schöner Fassade neben Stallungen und Scheunen umgebene Areal eingehend betrachtet. Dann entschwindet der Mönch seinen Blicken, da er nun eilig und zielstrebig durch ein

123

schmiedeeisernes Tor in den Hof des Gutes reitet. Was der hier wohl zu tun und zu suchen hat, fragt sich Ludolf von Kreiensen und verbirgt sich jetzt an einem sicheren Standort hinter Taxusbäumen und Sträuchern, an dem er nicht zu entdecken ist, selbst aber den Sekretär weiterhin beobachten kann.

Der hier als Mönch auftretende Sekretär hat bei näherer Betrachtung des schönen Landgutes gleich die florierend emsige Tätigkeit auf den umliegenden Feldern registriert. Ebenso die Weinbaulagen, die sich weitläufig mit großer Ausdehnung über mehrere Hügel bis zum Flussbogen des Po hinunter ausbreiten. In den Hof des Anwesens reitend, empfängt Kunrad der Betrieb der ihre Arbeit verrichtenden Knechte und Mägde. Er selbst steuert auf zwei Personen zu, von denen einer der Aufseher oder Vogt des Gutes zu sein scheint.

Verwundert und fragend zugleich blickt einer der Männer zu dem Mönch auf dem Maultier. Kunrad scheinheilig: „Habt ihr für einen Wanderer im Auftrage unseres Herrn einen Krug Wasser? Aber auch mein treues Maultier ist durstig". Mit einem Blick auf den Knecht schickt er diesen fort, um das gewünschte Wasser zu holen. Ohne Argwohn erzählt der Vogt auf Kunrads geschickte Fragen die Vita des Gutes: „Das Landgut ist seit ewigen Zeiten im Besitz der Familie Buccellati, einem Graf, der in Cremona zu Hause ist. Wir alle auf dem Gut hoffen, dass dies so bleibt, denn der Comte Antonius ist ein guter Herr". Kunrad bedankte sich für die Erfrischung mit den salbungsvollen Worten: „Der Herrgott wird es euch lohnen" und verabschiedet sich nur mühsam beherrschend plötzlich sehr schnell, auffallend schnell, denkt der Vogt. Kunrad hatte genug erfahren und gesehen. War wütend und enttäuscht. Die Mailänder, der Erzbischof hatte ihm ein Landgut versprochen, das in festen Händen einer Grafenfamilie, und das auch noch auf einem Gebiet des mit Mailand im Krieg befindlichen Cremonas liegt. Seinen Zorn nun kaum bändigend, besteigt Kunrad sein Maultier, das der Knecht des Gutes inzwischen auch mit Wasser versorgt hatte, um sich mit enttäuschtem Gemüt und Wut im Bauch wieder auf den langen Weg nach Crema zu bemühen.

Ludolf von Kreiensen aus sicherem Versteck beobachtend, das sich der Sekretär als Mönch wieder auf den Rückweg nach Crema aufmacht, nahm wiederholt die Verfolgung auf, aber nicht ahnend, was ihn nach weiteren anstrengenden zwei Stunden erwarten wird, das er dann aus der sicheren Entfernung hilflos mit ansehen musste.

Hilflos deshalb, da er nicht eingreifen durfte, um seinen Auftrag Rainalds von Dassel nicht zu gefährden. Ludolf hatte sich schnell hinter einer Gruppe Zypressen Deckung verschaffen müssen, denn von Hachen hatte eine am Rand eines hohen Rübenfeldes arbeitende, wohl weibliche Person angesprochen, sicher um zu wissen, wo es weiter des Weges nach Crema ging. Mit ihrem Arbeitsgerät, einer Spitzhacke im Arm trat die Frau vertrauensvoll auf den Mönch zu, um ihm den Weg zu erklären. Plötzlich und völlig unerwartet, offenbar nach einem heftigen sich steigernden Wortwechsel sieht Ludolf, wie Kunrad der Person die Hacke aus der Hand reißt und sie niederringt. Hohe Rübenstauden und niedrige Büsche am Rande des Feldrains verwehrten Ludolf für Minuten die Sicht auf das, was sich dort wohl abspielt. Schon sehr unduldsam geworden, wollte sich Ludolf wieder erheben, um sich an den Ort eines wahrscheinlich bösen Geschehens näher heran zu pirschen. In diesem Augenblick sah er Kunrad sich wieder erheben, der mit der Spitzhacke der offensichtlichen Landarbeiterin fortwährend auf etwas am Boden liegendes einschlägt, wieder und wieder. Sich dann hastig umsehend, ob ihn auch Niemand gesehen habe, stieg er hastig auf das geduldig wartende Maultier und ritt dann eilends davon. Was Ludolf nun einige Minuten später erblickte, ließ ihn wahrhaftig erschauern und erbleichen. Es wurde ihm schlecht und er übergab sich. Hurtig war er zum Feldrand geritten, zu sehen, was sich dort wohl ereignet haben könnte und ob noch zu helfen wäre. Einer Frau noch zu helfen, die er als eine junge Frau von vielleicht 20 Jahren einschätzte, war nicht mehr möglich. Was er bei näherem Hinsehen sah, war grauenerregend. Mit eingeschlagenem Kopf, teilweise ihrer Kleidung entledigt, lag die junge Frau in einer Ackerfurche zwischen hohen Rübenstauden.

Fassungslos über diese Ungeheuerlichkeit, Brutalität und Mordlust des Sekretärs überkam ihn ein Grauen vor diesem Menschen. Und er war nun überzeugt, Kunrad von Hachen hatte auf Lutra die bedauernswerte Marie von Gunthard, auf dem Italienfeldzug während des dreitägigen Aufenthalts im Ort Sterzing in den Alpen, eine Frau des Ortes und eben vor wenigen Minuten eine weitere, eben diese jetzt hier vor ihm liegende ahnungslose junge Frau ermordet.

Nochmal einen bedauernswerten Blick auf die geschändete Leiche der so jungen Person werfend, entfernte sich Ludolf von Kreiensen nun schnell vom Tatort, um in einem weiten Umweg den mit seinem Maultier langsameren Sekretär auf dem Weg nach Crema überholen zu können.

In Gedanken an das vorgefallene traumatische Erlebnis des Mordes aus reiner Lust und Frust, prüfte Ludolf sich selbst. Gewiss war er auch kein Mensch eines untadeligen Lebens. Er war ein Betrüger und auch Auftraggeber für einen Mord gewesen, wenn auch nur, um die Tat eines Betruges aus Angst zu vertuschen, um sich zu schützen. Aber niedrige Instinkte, wie sie offensichtlich einen Kunrad von Hachen beherrschen, waren ihm doch sehr fremd.

Als Kunrad sehr spät in der Nacht im Heerlager vor Crema im Zelt unter die Decke schlüpft, hat Ludolf beim Grübeln über das am heutigen Tag von ihm Erlebte lange keinen Schlaf gefunden. Am Morgen des folgenden Tages fragte Ludolf nur beiläufig den Sekretär, ob er sich ohne störende Behinderungen frei durch die kriegerische Region bewegen konnte? Da antwortete Kunrad: „Als Jemand im Gewand eines Mönches ist man unterwegs immer vertrauenswürdig und ungefährdet". Eine Antwort, die Ludolf von Kreiensen nur als den puren Hohn, mit Zynismus und Ironie verbinden konnte.

Der erste Herbstmonat näherte sich seinem Ende, und die im Widerstand verharrenden Bürger Cremas wollten gegen diesen Kaiser aus Deutschland immer noch nicht aufgeben. Inzwischen von einer Überzahl von Feinden eingeschlossen, von Lebensmittelzufuhren abgeschnitten, steigerte das nur ihre Bereitschaft, weiter zu kämpfen und lieber zu sterben, als sich zu ergeben. Der Zorn Kaiser Friedrichs gegen die aufsässigen Bürger und dessen Adel erreichte mit einer Kreuzigung der zwei deutschen Ritter einen nicht mehr zu kontrollierenden Höhepunkt, der an der Ritterlichkeit Kaiser Friedrichs, oftmals zweifeln ließ.

Der Herzog Heinrich von Sachsen und Bayern, auch im Volksmund der Löwe genannt, war mit 40 seiner Ritter von einem Erkundungsritt um Mailand zurückgekehrt, als er eine Anzahl mailändischer Gewappneter, Bauern auf den Feldern vor ihrer Stadt bei der Ernte bewachend, gefangen genommen hatte. Darunter auch den Anführer, ein prächtig gekleideter Ritter in bestem Beritt und Bewaffnung. Dazu noch schön anzusehen. Wie man später erfuhr, war er ein Verwandter des Erzbischofs, Hubert von Pirovano. Heinrich verbrachte die Gefangenen mit ihrem schönen Ritter vor den noch immer vor Wut bebenden Kaiser, der sie alle vor den hohen Mauern von Crema sofort hinrichten ließ, um der widerborstigen Stadt Crema zu zeigen, was mit ihren Verbündeten aus Mailand geschieht.

Zu erklären ist dieses recht grausame Verhalten Friedrichs nicht. Grund aber war wohl der feindliche Empfang und Drohungen, seine Verhandlungsdelegation in Mailand zu lynchen. Die hatte er letzthin dorthin geschickt, um seinen guten Willen zu bekunden und den gewählten Papst Roland

Bandinelli, Alexander III. versöhnlich zu stimmen. Nicht weniger grauenhaft folgte die Antwort von Crema auf dem Fuß. Einige Gefangene und Geißeln band man vor zwei der Wurfgeschossmaschinen und katapultierte diese ins Lager des kaiserlichen Heeres.

Dieser erneute Affront, den die kaiserlichen Gesandten in der Stadt Mailand erfahren hatten, bestimmte in der Folge auch die Positionierung Friedrichs gegen den neuen Papst, der vom Kardinalskollegium für den verstorbenen Hadrian IV. im September 1159 als sein Nachfolger gewählt wurde.

Bei dieser Papstwahl in Rom stimmten 14 Kardinäle, die auch dem normannischen König von Sizilien Wilhelm I. Hauteville anhingen, für Roland Bandinelli, einem großen Feind des deutschen Kaisers, während 9 der Kardinäle dem in Tivoli geborenen Kaiserfreund Octavian de Monticelli ihre Stimme gaben. Roland Bandinelli nach seiner Wahl und einer feierlichen Zeremonie gerade im Begriff den prunkvollen Papstmantel anzulegen, wurde durch Octavian daran gehindert, in dem ihm dieser den Mantel entriss, und ihn sich selbst umlegte, wenn auch zum Gelächter alle der Anwesenden mit dem Rückenteil nach vorn.

Trotz weniger erhaltener Kardinalsstimmen berief Octavian sich auf die Stimme des Volkes von Rom, die lieber ihn als Papst sehen würden. Zudem war er sich der Unterstützung der bei der Zeremonie anwesenden deutschen Beobachter bei der Wahl, des Pfalzgrafen Otto von Wittelsbach und Grafen Guido di Biandrate sicher. Octavian de Monticelli als Victor IV. wird künftig als der Gegenpapst von Kaiser Friedrichs Gnaden zu Roland Bandinelli, als Alexander III. fungieren. Ein nun fast 20-jähriges Papstschisma, steht dem Deutsch-Römischen Kaiserreich ab diesem Zeitpunkt zum fortwährenden und bedauerlichen Nachteil bevor.

Um die Mitte des Monats Oktober war auch wieder Kanzler Rainald von Dassel mit einem Kontingent von 300 Rittern aus Deutschland in Italien eingetroffen, mit denen er sich den Belagerern Cremas anschloss. Sofort nach der Ankunft des deutschen Kanzlers meldete sich Ludolf von Kreiensen wegen der außerordentlichen Wichtigkeit und Explosivität seines Berichtes von seinen Beobachtungen hinsichtlich der Aktivitäten des Sekretärs beim Kanzler. Sich auch sicher, bald empfangen zu werden. Allerdings musste Ludolf sich zu seiner Enttäuschung noch eine ganze Woche gedulden, bis er endlich bei von Dassel vorgelassen wurde.

Lagebesprechungen Rainalds bei Friedrich der aktuellen Lage vor Crema wegen, der von Mailand, wie auch der vom Kaiser wieder abgefallenen Städte Brescia und Piazencia, das Ableben Papst Hadrians IV. und die Schlussfolgerungen daraus hatten Vorrang. Als von Kreiensen dann schließlich vorsprechen durfte, um Rainald von Dassel mit genauester Ausführlichkeit das ungewöhnliche Verhalten des Sekretärs am Landsitz bei Cremona und dessen unverständliche Tat eines Mordes zu schildern, und dann auch noch glaubte den Kanzler mit diesen Neuigkeiten zu überraschen oder zum Erstaunen zu bringen, hatte sich Ludolf in diesem mit allen Wassern gewaschenen Fuchs getäuscht. Herausfordernd und gleichgültig hörte ihm Rainald zu. Im geheimen geschürte Hoffnungen, die sich Ludolf im Vorfeld gemacht hatte, eine Belohnung oder Aussicht auf eine höhere Stellung durch den Kanzler zu erhalten, zerstoben somit gleich zu Beginn.

Eindringlich, nach dem er Ludolfs Bericht vernommen hat, warnt ihn Rainald von Dassel abermals wie schon bei den vorausgegangenen Anhörungen: „Kein Wort, egal auch zu welcher Person auch welchen Ranges hat er von seiner Kenntnis zu erzählen. Führe er seine Arbeit weiter so aus, ordentlich und diskret. Er kann jetzt wieder gehen".

Ludolf von Kreiensen verließ das Prunkzelt des Kanzlers trotz der fehlenden Anerkennung, aber mit dem erhebenden Gefühl von Wissen, das nur er und der mächtigste Mann im Reich nach dem Kaiser teilen. Aber gleichzeitig nagen an

Ludolf offene Fragen: Warum hält der Kanzler den Sekretär in seinen Diensten? Warum lässt er Kunrad nicht gleich verhaften und in den Kerker sperren, nach allem was er doch nun von ihm weiß? Was mag dahinterstecken? Ein dunkles Geheimnis? Will er von Hachen aus Gründen, die Ludolf von Kreiensen bisher verborgen sind, schützen?

Rainald von Dassel hatte nun seine Bestätigung, dass der >Sohn< ein böser, durch und durch schlechter Mensch ist. Nebenher registrierte der Kanzler in Summe auch, dass er in Ludolf von Kreiensen, dem Kanzleileiter einen Mitwisser neben sich duldete, der sich fragen muss, warum Rainald von Dassel einen mehrfachen Mörder und Betrüger deckt, wenn er keine strafrechtlichen Konsequenzen gegen diesen veranlasst. Das machte ihn wohl angreifbar. Zu gegebener Zeit werde ich handeln müssen, nimmt sich Rainald von Dassel vor. Doch nur einen kleinen Moment war er bei den Mitteilungen Ludolfs von Kreiensen irritiert, als er von dem gezielten Aufsuchen seines Sekretärs zu einem Landgut bei Cremona erfuhr, um zu ahnen, was es für eine Bewandtnis auf sich haben könnte.

Mit Selbstverständnis hatte Kunrad nach der Rückkehr des Kanzlers Rainald aus dem Kernreich seine Arbeit bei ihm wiederaufgenommen, als dieser ihn rufen ließ. Weiterhin glaubt er in seiner Überheblichkeit und Rücksichtslosigkeit Herr aller seiner Entscheidungen und seines Tuns, auch in Zukunft zu sein. Was ihn im Augenblick eher berührt, ist wie der Erzbischof Mailands, Hubert von Pirovano sein Versprechen einlösen will, ihm das Landgut Buccellati zu übereignen? Spontan fallen ihm hier die Worte des Bischofs von Ravenna, Anselms von Havelberg vor Jahresfrist ein, der alle den Mailändern die permanente Unzuverlässigkeit, Treulosigkeit, Falschheit und noch anderes mehr zuschrieb.

Das Jahr 1159 näherte sich bereits dem Ende zu und der Kampf Cremas gegen den deutschen Usurpator und Kaiser dauerte unvermindert an. Mit der Unterstützung von vielen der Einwohnern Lodis wurden unzählige Wagenfuhren Holz zum Bau von Kampf- und Wandeltürmen mit Dächern als Schutz vor Pfeilen und Katapultgeschossen oder den Bau von Fallbrücken herangekarrt. Zudem halfen sie Unmengen von Geröll, Erde und Sand in die breiten und umlaufenden tiefen Gräben vor den Mauern Cremas zu schütten, damit den Türmen Stand verliehen und ihnen die ausreichende Höhe zur Überwindung der Mauern geschaffen werden. Dies und die Arbeit der Ingenieure führte schließlich zum vorentscheidenden Erfolg, obwohl sich alle die tapferen und bewaffneten Einwohner, Männer, Frauen, Jugendliche und Kinder nach wie vor mit allen den zur Verfügung stehenden Mitteln weiter wehrten. Heißes Öl, Feuer, Pfeile und Steine schleuderte man den Feinden von den Mauern herab. Mit langen Stangen und ihren Lanzen versuchte man die heran geführten Türme um zu werfen, was den Verteidigern auch zu oft gelang. So oft, das der Kaiser in seinem Zorn befielt, um die Stadt endgültig zur Aufgabe zu zwingen, Vierzig Gefangene, darunter auch Kinder an die Türme zu binden, die man an die Mauern heranführt.

Lange herrschte totales Schweigen auf den Mauerkronen, aber dann ertönte es laut von den Zinnen: „Nein, nein, wir kämpfen weiter, lieber wollen wir sterben, als wieder unsere Freiheit zu verlieren, um in Schmach weiter zu leben"!

Die Bürger von Crema opfern tatsächlich ihre Landsleute und Kinder, in dem sie die Türme weiterhin bekämpfen. In dieser Verzweiflung und dem steigenden Hass gegen die Kaiserlichen, ihre eigenen Leute töten zu müssen, holten die Bürger von Crema ihre Gefangenen Deutschen und die von Lodi und Cremona aus den Kerkern, banden sie vor die Wurfgeschütze und zerschmetterten deren Glieder vor den Augen Kaiser Friedrichs.

Als folglich der vorher in den Diensten Cremas stehende Kriegsbaumeister Marchesa auf die Seite des Kaisers trat und einen 6 Stockwerke hohen Wandelturm mit mehreren

131

Fallbrücken schuf, geschützt gegen viele Machenschaften des Gegners von Crema, schien sich das Kriegsglück zu Gunsten der Belagerer zu wenden. So gelingt es einigen Deutschen, allen voran dem tapferen schwäbischen Ritter Berthold von Urach die erste Mauer zu überwinden und sich mit dem Schwert den Weg zum zweiten Festungsring frei zu kämpfen. Da verbreitet sich die üble Nachricht, dass der mächtige hohe Turm zerstört, und sich seine Besatzung zurückziehen müsse. Als sich der alleingelassene, zu weit an vorderster Linie kämpfende Ritter von Urach gegen eine umkehrende Übermacht zurückziehen will, wird er von einem Beilhieb tödlich getroffen. Die Überzahl seiner Feinde zerstückelte seinen Leib und warf die Körperteile zurück über die Mauer ins Lager ihrer verhassten Gegner.

Da sammelte Pfalzgraf Otto von Wittelsbach neue Kräfte und stürmte mit größter Wut wider die Stadt und Mauern von Crema. Dreimal wurde er mit seinen tapferen Männern zurückgeworfen, um am Abend dann die Verteidiger von Crema wiederholt zu zwingen, sich hinter die zweite, innere Festungsmauer ihrer Stadt zurück zu ziehen.

Nach dem nun ihre Todfeinde vor der letzten Bastion, ihrer inneren Mauer standen, begann in Crema die Angst vor den Folgen ihres langen Widerstandes gegen Kaiser Friedrich um zu gehen. In erster Linie Frauen, Mütter, Kinder, und die älteren Bewohner wünschten jetzt die Einstellung des Kampfes, in der Hoffnung durch dieses Friedensangebot Gnade vor Kaiser Friedrich zu erfahren.

Der Senat der Stadt schloss sich der Mehrheit der Bürger von Crema an und schickte eine Abordnung ins Zelt des Sachsen- und Bayernherzogs Heinrich, wie auch zu dem Bischof Pellegrin von Aquileia, damit sich beide für ihre jetzt demütige Stadt beim Kaiser verwenden mögen. Einzig bat man um das Leben der Einwohner und wollte auf keinen Fall der so verhassten Schwesterstadt Cremona unterworfen oder ausgeliefert sein. Friedrich versprach Gnade. Am 27.

Januar 1160 nach über sieben Monaten Belagerung und eines grausamen Kriegs von beiden Seiten, wurde Crema vom Senat der Stadt dem Kaiser übergeben. Dieser ordnete daraufhin an, dass die 20000 Einwohner mit Gepäck, soviel sie tragen können, die Stadt zu verlassen haben. Eine große Anzahl der jetzt ohne Heimat dastehenden suchte das mit Crema einst verbündete Mailand auf. Um aber Cremona selbst, der mit Friedrich kooperierenden Stadt entgegen zu kommen, erlaubte er ihr mit seinen Landsern Crema zu plündern. Zu spät kommende und enttäuschte Soldaten, die sich deshalb nicht mehr genug bereichern konnten, zündeten in ihrer Wut die tapfere Stadt daraufhin an, wodurch auch viele der Kirchen nicht mehr gerettet werden konnten.

Zusammen mit den Unterstützern aus Lodi wurde die Stadt dann bis auf die Grundmauern niedergerissen. Der Kampf um Crema war zu Ende, aber nicht der Krieg Friedrichs, um seinen Einfluss und seine Herrschaft in Oberitalien wieder zurück zu gewinnen.

Alexander oder Victor

Der Februaranfang 1160 stand dann ganz im Zeichen eines triumphalen Empfangs von Kaiser Friedrich in Pavia nach dem Sieg über die hartnäckigen Bürger von Crema. Aber zu gleich sah Kaiser Friedrich sich veranlasst, zu einem Konzil die Fürsten, Erzbischöfe und Bischöfe aus vielen Ländern Europas nach Pavia, seinem Hof einzuberufen, um das über Europa schwebende Schisma zweier den Papststuhl in Rom beanspruchenden Kandidaten zu lösen. Neben den hohen kirchlichen Vertretern aus den verschiedenen Ländern hatte Kaiser Friedrich auch Roland Bandinelli, der sich rechtens wie er verbreitet, Papst Alexander III. nennt und auch den anderen Kandidaten Octavian de Monticelli, der sich ebenso auch rechtens, wie er gleichfalls verbreitet, Papst Victor IV. nennt, nach Pavia gebeten. Von den beiden Päpsten reiste aber nur der von der kaiserlichen Fraktion gestützte und anerkannte Victor IV. nach Pavia, während Alexander III. in seinem selbst gewählten Exil in der Stadt Anagni blieb. Er sprach Friedrich das Recht ab, in dieser Angelegenheit überhaupt ein Konzil einberufen zu dürfen.

Die in Pavia anwesende Geistlichkeit unter dem Einfluss des deutschen Kaisers und seines Kanzlers Rainald von Dassel ließen daraufhin am 11. Februar Octavian Monticelli als Victor IV. zum allein rechtmäßigen Papst wählen.

Und postwendend bestätigte Victor IV. darauf hin in Pavia Rainald von Dassels Wahl zum Erzbischof von Köln, eine Bestätigung, die ihm vorher von Papst Hadrian IV. und auch von dessen Nachfolger Alexander III. verwehrt wurde. Alexander III. hingegen wurde in Pavia von Friedrich und von der versammelten Geistlichkeit zum Reichsfeind erklärt und folglich mit dem kaiserlichen Bann belegt. Alexander III. oder Roland Bandinelli, inzwischen von Agnani nach Toulouse in Frankreich geflohen, reagierte darauf mit einem

Bannfluch gegen alle Anhänger von Victor IV. und sprach alle Untertanen des Kaisers Friedrich von ihrer Pflicht frei, diesem zu dienen oder zu gehorchen. Das Dilemma für Friedrich aber ist, das Roland Bandinelli als Alexander III. von den Hauptmächten Europas wie Frankreich, England, Spanien, Sizilien, in Teilen Italiens und bald auch Irland, wie auch in Norwegen als der rechtsgültige Papst anerkannt wurde. Papst Victor IV. hingegen nur in Deutschland, in Österreich, Böhmen und Gebieten kaiserlicher Präsens und Einflussnahme.

Nur widerwillig mit kaum verhehlendem Abscheu hatte Rainald von Dassel seinen Sekretär und >Sohn< Kunrad von Hachen als Protokollführer zum Konzil im prächtigen Dom von Pavia zugelassen. Zu sehr und des Öfteren wie ihm lieb war, hatten ihn die Berichte Ludolfs von Kreiensen über Kunrads zweites Gesicht, oft auch in seinen Träumen beschäftigt. Am Tage ansonsten abgelenkt durch Arbeit und einer Vielzahl von Besprechungen, Audienzen, Vorträgen, strategischen Planungen bei politischem wie kriegerischem Einsatz, überfielen Rainald gerade nachts Gedanken an den zu einem ernsten Problem zu werdenden >Sohn<.

Er verachtet ihn jetzt zutiefst, diesen Nachkommen, dessen niedrige Instinkte, dessen Mordlust, die in unverständlicher Weise in diesem Menschen innewohnt. Und fragt sich zu Recht, wessen unseliges Erbe diese kranken Veranlagungen sein könnten. Waren sie in seiner Familie, seinen Vorfahren zu suchen oder doch bei der Mutter des so Ungeratenen? Wie hieß sie noch? Ach ja Katharina, die fesche Magd, die ihn so jung wie er war, verführt hatte. Lange hat er in der letzten Nacht schlaflos auf dem Bett gelegen. Ja, er würde Kunrad, seinen einzigen Nachkommen, von dessen Existenz nur seine Familie in Dassel und sein leider verstorbener Freund und Vertraute Wibald von Stablo noch wussten, schützen. Aber nur, solange es sich mit meiner Laufbahn vereinbaren lässt. Ja, Sentimentalität ist ihm ja sonst fremd,

135

aber ich werde das Risiko eingehen und mich auch nicht unter Druck setzen lassen, solange es nur eben geht. Und eine weitere Erkenntnis vor dem Einschlafen verfestigte sich in ihm: Kunrad von Hachen als meinen Sekretär und Ludolf von Kreiensen als meine zweite Kraft und Aufpasser werden mich von jetzt an bei meinen Dienstreisen begleiten, damit ich die beiden zum Risiko gewordenen Unwürdigen unter Kontrolle habe.

Im Laufe des nun schon zwei Jahre andauernden Krieges in Oberitalien waren dort viele Gebiete verwüstet worden. Die Felder ihrer Ernten beraubt, und es herrschte inzwischen großer Mangel an Nahrung und Unterkünfte für Friedrichs Heer. So beschloss er einvernehmlich mit seinem Kanzler Rainald, einen großen Teil der Ritter und Landsknechte aus dem Reich und den verbündeten Völkern über die Alpen zurück zu führen. Nur für die wichtig strategischen Burgen wie Rivoli, Trezzo oder Carcano blieben eine militärische Besatzung zurück. Natürlich auch die regionalen Statthalter und die Landvögte zur Aufrechterhaltung der kommunalen Ordnung in den Städten in Anlehnung an die von Kaiser und Kanzler geschaffenen Steuer- und Finanzstrukturen.

Aber auch das Jahr 1160 hindurch wurde das mailändische Gebiet in vielen wechselvollen Streitereien und Kämpfen durch Truppen von Cremona, Lodi, Pavia, Como, Novara und Deutschen weiter ruiniert. Aber die verbündeten Städte Mailands hatten sich in der Folge unter dessen Führung zu einer festen Allianz gegen den verhassten deutschen Kaiser formiert, Anhängern und vollstreckenden Organen Kaiser Friedrichs in Oberitalien immer erfolgreicher Widerstand leistend.

Ende Februar reist Rainald von Dassel in diplomatischem Auftrag der leidigen Papstfrage halber an den Hof Ludwig VII., des französischen Königs in die Normandie. Daran anschließend an den des englischen Königs Heinrichs II.

von Plantagenets zu überaus schwierigen Verhandlungen, um eine Anerkennung zu Gunsten von Papst Victors IV. zu erreichen. Es war nur eine kleine Delegation mit einer Schwadron Berittener, die Kanzler Rainald neben seinem Verwandten, Graf Adolf von Schauenburg mit Kunrad von Hachen und Ludolf von Kreiensen als den Chef der Kanzlei, nach Frankreich und nach England begleiten. Das Ergebnis der äußerst intensiven Besprechungen ist sehr enttäuschend. Beide Könige wollen nur Alexander III. als den für Alle gültigen Papst in Rom sehen und anerkennen.

Auch hier in Frankreich, abseits des kaiserlichen Hofes mit noch größerer Nähe zu Rainald von Dassel kam es zu keiner Verbesserung im Verhältnis zwischen >Vater und Sohn<, wie vielleicht von Kunrad von Hachen erhofft wurde. Das gerade Gegenteil ist eher der Fall. Zur Antipathie Rainalds gegen Kunrad kommt die Gereiztheit und Unduldsamkeit wegen des diplomatischen Misserfolgs hinzu. Hatte Kunrad von Hachen bisher aus verweigerter Zuneigung, ob einer Eifersucht oder Missgunst dem Kaiserreich durch bisheriges Verhalten allgemein geschadet, so war er jetzt mit sich im Reinen, den >Kanzlervater< Rainald von Dassel auch in >Persona grata< zu schaden und zu ruinieren.

Verrat, Intrigen und Mailand zum letzten

Als die schlechten Nachrichten aus der Lombardei sich mehr und mehr häufen und die Einnahme der auf Seiten Friedrichs stehenden strategisch so wichtigen Burg von Carcano durch Truppen von Mailand, Brescia und Piacenza nach Deutschland gemeldet wurde, entschloss sich Kaiser Friedrich, bestärkt durch seinen Kanzler zu einem erneuten Feldzug gegen die durch und durch treulosen Mailänder. Zur jeder sich bietenden Gelegenheit, wenn Rainald von Dassel um Audienz in der Sache Planung eines 3. Feldzugs nach Italien nachsucht, erinnert er Kaiser Friedrich daran, wie notwendig es ist, diesmal an dem aufmüpfigen Mailand ein empfindliches Exempel, ja eine Strafexpedition durch zu führen wäre, damit Mailand als potentieller Unruhestifter in Oberitalien ein für alle Mal von der europäischen Landkarte verschwindet.

Rachegedanken wegen des von den treulosen Mailändern begangenen Unrechts, bei der Ermordung seiner Geliebten Gabriella und vielleicht Schlimmeren, konnte er wohl bei diesem Wunsche, Rache zu nehmen, nicht unterdrücken. Seine persönlichen Revanchegefühle und ein Blick in sein Inneres ließ er aber nicht zu. Deshalb wurde bereits am 25. Juli im Jahr 1160 auf dem Fürstentag von Erfurt der erneute Feldzug nach Italien beschlossen. Im Frühjahr 1161 war es denn so weit, das der Kaiser mit einem Sohn des früheren Königs Konrad III., dem jungen Friedrich von Rothenburg, dem Pfalzgraf Konrad bei Rhein, dem Herzog Dietbold von Böhmen, Bruder des Königs Vladislav von Böhmen und Landgraf Ludwig II. von Thüringen, Rittern und Fußvolk zu dem avisierten Zug über die Alpenpässe aufbrach. Rainald von Dassel folgte dem Aufgebot mit 500 Rittern, mehreren tausend Landsknechten Fußvolk. Eduardo Della Torre, der reisende Händler und Sohn Enzio, als Spione und Agenten im Dienste Mailands, waren seit 1158 in Oberitalien tätig geblieben. Sie halfen den Widerstand gegen die deutschen Besatzer und deren korrupte Beamtenschaft, wie den sich unmäßig persönlich bereichernden Statthaltern und Vögten in Oberitalien aufzubauen und zu organisieren.

Und vor den Mauern Mailands war auch Eduardo Della Torre wieder präsent, als Friedrich Ende Mai hier mit dem Hauptheer eintraf. Eine Belagerung oder vielmehr einen Sturmangriff auf die weitläufigen und mächtigen Mauern Mailands machten keinen militärischen Sinn. So verfiel man auf die altbewährte Strategie. Die Infrastruktur der Region weitläufig um Mailand zu brandschatzen, was am Ende heißt, die landwirtschaftlichen Flächen im weiteren Umfeld der Stadt zu verwüsten, um die Ressourcen Mailands für die Versorgung der Stadt zu zerstören. Sie auszuhungern. Die Anbaugebiete unmittelbar um und vor Mailand schonte man, um die Versorgung des kaiserlichen Heeres zu sichern. Wasserleitungen, Transport- und Handelswege in und aus der Stadt wurden streng bewacht. Keine Nahrungsmittel oder andere Hilfe durften nach Mailand gelangen. Devise war das Aushungern der Bürger und war das gängige Mittel, mit dem man hoffte, dass die Stadt bald kapituliert.

Gelegentlich überraschende Ausfälle der Mailänder waren in der Regel zu ihrem Nachteil ausgegangen. Trotz all der Maßnahmen der Abschnürung, ließ sich der Rat Mailands bis in den Monat August hinein zu keinerlei Verhandlung über eine Aufgabe, noch weniger einer Übergabe ihrer Stadt ein. Nicht unerheblich waren dabei Verrat von strategischen Absprachen und Befehlen aus dem Heerlager in Cerro, die das Ohr des Rates von Mailand sehr oft erreichten. Allem verantwortlich sind dafür das verräterische Trio Kunrad, Eduardo und Enzio. Die Ortskenntnis der zwei geborenen Mailänder Della Torre, deren Wissen von Schleich- und Schmugglerwegen, die die Überwachung der Zugänge von und nach Mailand durch kaiserliche Soldateska umgingen, halfen dabei oft und nicht wenig, dass doch immer wieder Transporte von Waffen und Nahrungsmittel nach Mailand gelangten. Dies war ein Hauptgrund, dass man bei der doch aussichtslosen militärischen Gesamtlage Mailands, eine so lange Zeit des Ausharrens im Widerstand bis zu den ersten ernsthaften Bemühungen um Verhandlungen überhaupt zu erklären sind. Immer ungeduldiger und zorniger ist Kaiser Friedrich über die hoffärtigen und ungetreuen Bürger von Mailands seit nun bald mehr als zehn Jahren geworden, voll unterstützt darin von seinem Kanzler Rainald von Dassel.

Angelegentlich einer letzten brandneuen Information, die Kunrad, Rainalds Sekretär dem Händler Eduardo mündlich übermittelte, teilte ihm dieser mit, dass man seiner abermals in Mailand bedürfe, und ihn Giuseppe Valdano in der kommenden Nacht an der Mauer erwarten würde.

Bei dieser Nachricht von Eduardo Della Torre, plaudernd einen Spaziergang um die Festungsmauer Mailands vor zu täuschen, eröffnet ihm der Händler unauffällig eine Stelle an der Mauer, die sehr dicht mit Büschen und Zypressen umstanden ist, zu der und in die der Sekretär um 11 Uhr 30 in der Nacht sich einfinden und eindringen solle. Seinem Schlafgenossen Ludolf von Kreiensen erzählte Kunrad, wie viel Lust er wieder einmal auf ein Hurenweib habe: „Berta sei zwar nicht mehr zu haben, denn sie ist vor zwei Jahren von einem böhmischen Landser bei einem Disput um den Liebeslohn erschlagen worden. Aber für Berta, die es mir gut besorgt hatte, sind bestimmt andere schöne Weiber da, die ihr Handwerk verstehen", versucht er Ludolf leichthin wegen seines Weggangs zu überzeugen.

Aber seines Auftrags von Kanzler Rainald eingedenk, folgte Ludolf dem Sekretär mit einigem Abstand, sobald dieser spät am Abend ihre gemeinsame Unterkunft verlassen hat. Und tatsächlich suchte Kunrad den Wagen der Huren auf. Über eine geschlagene Stunde hielt sich Ludolf in Hecken aus Zypressen versteckt, die den Wagen der Liebesmädchen vom Heerlager abgrenzen.

Schon unduldsam, ob es noch Sinn mache, auf seinem Posten zu verharren, hört und sieht er von Hachen in diesem Augenblick aus der Tür des schwach beleuchteten Wagens treten. Dessen Weg führte für Ludolf dann überraschend nicht zum Lager zurück, sondern von diesem weg, weiter einen Umweg zur mächtigen Mauer laufend in Richtung Westen. Gut über eine halbe Stunde musste Ludolf dem Sekretär in der finsteren Nacht noch folgen, als von Hachen urplötzlich zwischen dichten hohen Büschen verschwunden ist. In seiner ersten Eingebung wollte Ludolf ihm folgen. Dann aber gedachte er der Worte des Kanzlers, kein Risiko einzugehen, damit seine Nachforschungen vom Sekretär nicht bemerkt werden können. Also versteckte sich Ludolf von Kreiensen in der Nähe des Buschwerks, in das Kunrad verschwunden war, um aufgeregt mit großer Spannung auf dessen Rückkehr zu warten.

Kunrad wusste von Eduardo, dass unter dem Wurzelwerk des dichten Grüns ein kleiner enger kaum wahrnehmbarer Durchgang unterhalb der Festungsmauer ins Innere von Mailand führte. Unter der Mauer, einem dunklen feuchten Gang erwartete ihn schon mit Pechfackel in den Händen Giuseppe Valdano. Ehe sie weitergingen, um am Ende des Ganges in die Stadt zu gelangen, tarnte Giuseppe Valdano flink noch den Einstieg mit Zweigen, die zusätzlich, selbst innerhalb des Buschwerks diesen Geheimgang von außen unbemerkbar machte. Diesmal wurde Kunrad keine Binde mehr angelegt. Wohl möglich traute man ihm jetzt nach bald vier Jahren Verrat. Einige Minuten dauerte es, bis Giuseppe und Kunrad durch enge Straßen auf einen mittelgroßen Platz trafen, der von einem mit sechs Säulen geschmückten hellen Palast beherrscht wird. Viele Stufen vor dem Palast galt es zu steigen. In der hohen mit Marmor an Wänden, Treppen, Fußböden und Balustraden ausgestatteten Halle mussten

141

weitere breite und gewundene Stufen erstiegen werden, um schließlich in den selben Saal wie vor fast drei Jahren zu gelangen. Es sind wohl die gleichen Gesichter, die Kunrad bei seinem Eintritt erwartungsvoll entgegenblicken. Und er verspürt Erleichterung, als er feststellt, dass Graf Guido di Biandrate fehlt, dem er hier auch nicht gern begegnet wäre. Da man ihn noch immer wie gebannt anblickt und keiner eine Frage an ihn richtet, glaubt er doch selbst etwas sagen zu müssen:

„Eminenzen, mit Neuigkeiten aus dem Heerlager kann ich nicht dienen, da sie den Edlen Herren durch Eduardo oder Enzio Della Torre schon bekannt sein müssten. Ausfälle, Attacken und Auseinandersetzungen aus den Toren und vor Eurer Stadt endeten immer mit Niederlagen und Verlusten unter Euren Kämpfern, wie ich erfahren habe".

Pikiert und ziemlich gereizt, dass man ihnen, dem Senat Mailands diese Realität auf den Kopf zusagt, von einem in ihren Augen zu sehenden Verräter und Unwürdigen, sahen sich Erzbischof Hubert von Pirovano, Capitanei Albericus de la Turre und die anderen Konsuln zwar ärgerlich, aber auch ratlos an. Mutig geworden durch die Verlegenheit des Senats über die eigene Schwäche im Widerstand gegen den deutschen Kaiser, ergriff Kunrad von Hachen weiter das Wort: „Wenn ich meine Einschätzung erläutern darf, dann ist Eure Lage und die Eurer Stadt ziemlich prekär, was schließlich bedeutet, dass sich Euer Edler Rat letztendlich auf Übergabeverhandlungen einlassen muss. Als zeitnahe Befreiung Eurer Stadt von der Vorherrschaft der Deutschen sehe ich nur eine Alternative: Vertrauensverlust und eine Uneinigkeit im Heerlager bei den hier anwesenden Fürsten und der stärksten Stütze bei Kaiser Friedrich, dem Kanzler Rainald von Dassel zu provozieren. Der Kanzler ist neben dem Kaiser der ärgste Feind Eurer Stadt, und er hat unter den deutschen Fürsten nicht wenige Feinde, die ihm seine Macht im Reiche und das so enge Vertrauensverhältnis zum

Kaiser missgönnen. Deshalb lasst mich weiter ausführen".

In den folgenden Details verriet von Hachen zum einen das Quartier Friedrichs und das seiner Fürsten und Heerführer in Cerro, wie auch die im Anschluss daran zu beziehende Unterkunft Rainalds von Dassel im Kloster von Bagnolo in der Nähe von Mailand. In diesem will Kanzler Rainald von Dassel anstehende kirchlich politische Fragen mit euren Bischöfen in Oberitalien beraten, beantwortet der Sekretär die Frage des Konsuls Hubert von Orto nach dem Grund des Umzugs des deutschen Kanzlers.

Voller Zweifel haben der Rat den Ausführungen Kunrads von Hachen gefolgt. Und einem nach auffälligen Sekunden von Schweigen fragt Konsul Hubert von Orto weiter: „Was ist nun euer Plan, um dies alles zu erreichen, was ihr hier vorschlagt"? Selbstbewusst nun Kunrad von Hachen, nach dem er in die angespannten Gesichter des Senats der Stadt Mailand sieht: „Den Plan mit Euch edlen Herren zu beraten, bin ich gerne bereit.

Bei den Deutschen, vornehmlich bei Fürsten und hohem Adel gelten ein gegebenes Ehrenwort und der anschließende Wortbruch als ein verachtungswürdiger Akt, der sogar einen Totschlag oder Mord rechtfertigt. Deshalb habe ich diesen Vorschlag zu machen, natürlich mit aller Eurer Eminenzen Einverständnis". Und so fuhr Kunrad fort: „Mailand sollte umgehend um Verhandlungen für einen Frieden bitten, denn zu präsent sind die Deutschen vor Euren Mauern. Wie von meiner Wenigkeit schon erwähnt, sollte man versuchen, den Zusammenhalt der Machtstrukturen im Umfeld des Kaisers zu schwächen. Konkret heißt das: Zuerst einmal sollte man Parlamentäre zum Kaiser und seinen Fürsten schicken, um das Ehrenwort für ein freies Geleit zu den Verhandlungen zu erlangen. Ich als der Sekretär, von Kanzler Rainald von Dassel werde selbst auch im Kloster von Bagnolo weilen und dafür sorgen, dass der Kanzler von dem Arrangement zwischen Euer Eminenzen und den Fürsten bezüglich des Ehrenworts für ein freies Geleit nichts erfahren wird. Die Konsequenz wäre, sollte der Plan gelingen, dass Mailands Gesandtschaft mit erhaltenem Ehrenwort auf dem Weg ins kaiserliche Lager nach Cerro von den Leuten des Kanzlers Rainald, der auch gleichzeitig Erzbischofs von Köln ist, unwissend der Abmachungen, provoziert und angegriffen werden wird. Der so mit Eurer Hilfe provozierte Wortbruch wird dann zum Zerwürfnis zwischen Rainald von Dassel und den Fürsten, aber vielleicht auch mit Kaiser Friedrich führen. Günstigere Voraussetzungen, sich vom Joch unseres Kaisers zu befreien, als es euch die augenblickliche Lage erlaubt, sehe ich nicht", schloss Kunrad von Hachen die längste Rede seines Lebens vor diesem erlauchten Kreis, mit einem Gefühl immenser Selbstzufriedenheit. Skeptisch, teils spöttisch sahen sich erst Senat an, um dann die Blicke auf den Sekretär zu richten.

Die anschließend einsetzenden regen Diskussionen und der Austausch der Meinungen aller Senatsmitglieder über den vorgeschlagenen Plan, denkt jetzt Kunrad für sich, dass er so schlecht nicht sein könne. Das Hin und Her für ein Für und ein Wider dauerte über zwei Stunden.

Zum Ende sahen Erzbischof und Konsuln auf Grund der vorherrschenden prekären Lage, keinen anderen Ausweg, der aus der Misere herausführen könnte. Mit der knappen Mehrheit von einer Stimme, beschloss man nun dem Plan Kunrads zu folgen. Ein Risiko für Mailand war wenig zu fürchten, eher noch für die Belagerer. Das war wohl auch der maßgebende Grund, warum man diesem Plan Kunrads jetzt sein Einverständnis gab. Es war schon sehr spät für Kunrad geworden, musste er unauffällig wieder ins Lager und weiter in seine Zeltunterkunft gelangen. Auf dem Weg zurück zur Mauer und dem darunterliegenden Geheimgang konnte er sich nicht zurückhalten, um Giuseppe wieder zu fragen, wie es sich mit der ihm versprochenen Entlohnung bezüglich eines ihm avisierten Landgutes in Italien verhält? Einige Zuwendungen von Geld, die er von Eduardo Della Torre ab und zu zugesteckt bekäme, sind zwar hilfreich, entsprächen aber noch nicht seinem Bedürfnis nach der ihm versprochenen Unabhängigkeit, die er in Italien anstrebe.

Mit seiner Übergabe eines weiteren Beutels Goldmünzen, versprach Giuseppe, mit seinem Vorgesetzten, Erzbischof Hubert nochmals zu reden. Mit den vertröstenden Worten: „Aber du musst verstehen, dass die momentane Lage in und um Mailand zu unübersichtlich ist, um eine Übereignung eines Gutes jetzt abzuwickeln", verabschiedet sich Valdano von Kunrad vor dem getunnelten Ausgang unter der Mauer.

Nachdem Kunrad von Hachen den Geheimgang verlassen hat, verharrte Giuseppe Valdano noch wenige Augenblicke, um der Ausstiegsöffnung unter der Mauer mit Zweigen eine Tarnung zu verschaffen. Einem diensttuenden bewaffneten Mailänder Bürger, den er bei dessen Rundgang für diesen Mauerabschnitt auf dem Heimweg begegnete, gab er nun Anweisung, dass das schwere Eisengitter, der Sicherung des Geheimgangs dienend, ab sofort wieder zu verschließen ist.

Nahezu drei Stunden musste Ludolf von Kreiensen bei nächtliche Kälte in unbequemer Lage sich versteckt haltend verbringen, um sehnlichst die Rückkehr des Sekretärs in dunkler Nacht zu erwarten. Schließlich hatte ihn Müdigkeit übermannt und er war eingeschlafen. Zwar war Ludolf auf Grund des Geräuschs beim Heraustreten Kunrads aus dem Dickicht erwacht, aber eine weitere Stunde ist nach seinem Dafürhalten notwendig, bis der Sekretär im Zelt dann auch eingeschlafen ist, damit er erst nach diesem unbemerkt sein Nachtlager aufsuchen konnte. Im Heerlager war es ruhig geworden, so dass Kunrad unbehelligt und unbeobachtet, wie er annahm, seine Unterkunft im Zelt erreichte. Nach einer knappen Stunde fand sich dann auch Ludolf ein, um am schlafenden Kunrad vorbei, im hinteren Bereich seinen Schlafplatz aufzusuchen. Ludolf von Kreiensen lag noch lange schlaflos danieder, dachte darüber nach, das für ihn noch nicht erklärbare Verhalten und die auffällige Aktion Kunrads für ein Ziel haben könnte. Die vielen Kontakte der letzten Jahre zum italienischen Kaufmann, die Ludolf als Freundschaft unter Männern definiert hatte, bekamen nun doch einen anderen Sinn. Bis zum anbrechenden Morgen fand Ludolf den Schlaf nicht, konnte er doch beim nächsten Rapport beim Kanzler über sensationelle Neuigkeiten, und sogar von seinem ungeheuren Verdacht berichten: Kunrad von Hachen betrieb Spionage und jetzt auch Landesverrat, da war er sich fast sicher. Was wird wohl dazu der Kanzler Rainald von Dassel sagen, wenn er seinen Bericht über die Umtriebe seines Sekretärs hört?

Eine Woche später nach Kunrads nächtlichem Besuch in Mailand und weiteren drei Tagen nach dem Umzug aus dem kaiserlichen Heerlager in das komfortable Kloster Bagnolo wurde Ludolf von Kreiensen während einer Konferenzpause nach Besprechungen mit den Bischöfen Oberitaliens vom Kanzler empfangen. Ziemlich gestresst fragt dieser: „Was gibt es denn so Wichtiges? Erzähle er fließend. Ich habe wenig Zeit". Nicht fließend, sondern sprudelnd kam es aus Ludolf von Kreiensen heraus. Sein Bericht über Kunrads undurchsichtigen Besuch nachts in Mailand, seine Ahnung Vermutungen und Schlussfolgerungen.

Mit unbewegtem, ja wenn auch nachdenklichem Gesicht hatte der Kanzler zugehört. Erst die Stirn in Falten, dann freundlicher zu Ludolf, seinem Kanzleileiter werdend. So als ob er sich zu etwas entschlossen habe, zog Rainald aus seiner Rocktasche einen gefüllten Beutel Dukaten, den er scheinbar immer bei sich trug und überreichte ihn Ludolf mit warmen Worten: „Ich vertraue weiter seiner geschätzten Diskretion, also kein Wort zu Niemandem", um Ludolf von Kreiensen freundlicher als gewöhnlich zu verabschieden. In gehobenster Stimmung, er fühlte sich zum ersten Mal im Leben von einer bemerkenswerten Persönlichkeit dieser Art ausgezeichnet, begibt sich Ludolf in seine kleine Zelle des Zisterzienserklosters, das ihm, wie auch von Hachen und den Schreibern für einen vorläufigen Aufenthalt zugewiesen wurde.

In nicht so guter dagegen Stimmung und alles noch einmal überdenkend, was er eben erfahren hatte, befahl Rainald, Kanzler des Reiches und Erzbischof von Köln einem der Diener, das sich Hauptmann Walther von Bechtholtsheim des erzbischöflichen militärischen Begleitkommandos und Adjutant sofort bei ihm melden solle. Als sein Adjutant bei ihm eintritt, um sich bei militärisch zu melden, unterbricht ihn Kanzler Rainald gleich harsch mit den Worten: „Es ist ein ausdrücklicher Befehl, und auch der Seiner Majestät des Kaisers lautet, einen Verräter in unseren Reihen, der schon länger Informationen von uns an die Mailänder weitergibt, zu entlarven und zu beseitigen. Ohne ein Gerichtsverfahren, da angesichts der militärischen Lage eine große Gefahr im Verzuge ist". Nach einigem Nachdenken verkündet Rainald weiter: „Für diese außergerichtliche Aktion ist angebracht, eine Waffe aus den mailändischen Diensten zu benutzen. Die Person, um die es geht, bekommt er noch genannt. Hat er mich verstanden"? „Jawohl Eure Eminenz, Euer Befehl wird ausgeführt", sind die Worte, die Rainald von Dassel noch hört, worauf er sich noch einen Moment der Ruhe bis zur Fortführung der Bischofskonferenz gönnt.

Den nächsten Tag war Ludolf von Kreiensen bester Dinge. Nicht nur deshalb, weil ihm der Kanzler einen Beutel mit Golddukaten überlassen hatte. Denn an persönlicher Not litt Ludolf von Kreiensen nicht. Auch wenn ihn Rainald von Dassel seinerzeit in Lutra bewogen hatte, seinen Anteil an unterschlagenem Geld der Kaiserlichen Kasse zu erstatten, hatte er einen Rest für sich zurückbehalten, da der größere Teil der Summe ja verschwunden blieb. Nein es war doch vielmehr die Freundlichkeit des Kanzlers, welche ihm jetzt wieder die Hoffnung verhieß, Nachfolger von Kunrad von

Hachen als Sekretär beim Kanzler des Reiches zu werden. Denn Ludolf konnte sich nicht vorstellen, dass mit diesem Wissen des Kanzlers über Kunrads Vergehen, angefangen beim Betrug, Morden bis hin zum Hochverrat an Kaiser und Reich ungesühnt bleiben würden. Sie konnten nur mit dem Tod Kunrads von Hachen enden. Euphorisch denkt Ludolf an sein bis zu diesem Zeitpunkt vergangenes Leben zurück, in dem sich doch alles noch so gut gefügt hat, sieht man von dem einen Fehltritt ab, den ihm der Kanzler Rainald von Dassel auf Grund seiner Dienste scheinbar verziehen hat.

Aus einer mehr verarmt zu nennenden Ritterfamilie mit erstgeborenem Bruder und zwei Schwestern stammend; auf einem kleinen landwirtschaftlichen Gut des Vaters Gernot und der Mutter Sybilla, geborenen Freiin von Bingenheim aufgewachsen, konnte er nicht auf das Erbe spekulieren, auf das sein älterer Bruder Leberecht Anspruch hatte. Ludolfs Lebensweg war der so vieler Spätgeborener innerhalb einer Familie: Die geistliche Laufbahn. So vermittelte ihn sein arbeitsamer Vater in die Klosterschule des Reichsklosters Fulda, dessen Gründung auf den Heiligen Bonifatius im Jahre 744 zurückging. Ohne geistliche Weihen, entwickelte sich Ludolf unter den Äbten des Klosters, Heinrich von Kemnaten, Bertho von Schlitz und Konrad I. zu einem sehr guten Schüler. Beeinflusst und durch die Empfehlung eines entfernteren Verwandten von Kämmerer Hartmann von Siebeneich im Gefolge König Friedrichs, verwarf der junge Ludolf von Kreiensen die geistliche Laufbahn mit einem öden Klosterleben. Denn durch Christian von Siebeneich ermöglichte sich für Ludolf das Unterkommen als Schreiber in die königliche Kanzlei von Kaiserswerth. Im Jahr 1155 hatte er einen vorläufigen Höhepunkt seiner beruflichen Laufbahn erreicht, als er zum Stellvertreter in der Kanzlei von Kaiserswerth durch dessen Leiter, den Grafen Albert von Sponheim ernannt wurde. Nächster Sprung auf seiner Karriereleiter war nach der Ernennung Rainalds von Dassel durch den Kaiser zum Reichskanzler 1156 erfolgt, wo ihn von Dassel zum Leiter der Kanzlei in der neuen Pfalz von Lutra bestimmte.

Ludolf von Kreiensen ist jetzt 38 Jahre alt und hatte bis zum heutigen Tag mit Frauen so gut wie gar keine Berührung bzw. Kontakte gehabt. Seine Karriere und die Arbeit hatten ihn davon abgehalten, obwohl ihn Neugier und Verlangen besonders in den Nächten manchmal peinigten. Animiert durch die Bordellbesuche von Kunrad in der Nacht hatten Ludolf dabei oft nicht schlafen lassen. Das augenblickliche Hochgefühl, alles erreichen zu können, jetzt sein Verlangen gepaart mit der Neugier auf eine Hure, wollte er gleich am nächsten Tage befriedigt sehen.

Spät abends des folgenden Tages verließ Ludolf lüstern den kleinen Hof des Klosters von Bagnolo und machte sich auf den Weg zu den Huren, die etwas außerhalb des riesigen kaiserlichen Heerlagers in ihrem geschlossenen Reisewagen kampierten. Kaum hat Ludolf das Klosterareal hinter sich, verließen auch zwei Kriegsknechte den Hof, die Ludolf von Kreiensen immer weiter hinter sich ließ. Wahrscheinlich, so kombinierte er, trafen die sich mit Saufkumpanen aus dem großen Heerlager, um sich wie so oft bei einem geselligen Abend zu betrinken. Schon von Weiten konnte Ludolf den mit nur zwei Fettfunzeln mager beleuchteten Wagen der Huren durch die mannshohen Hecken erkennen. Doch etwas verunsichert und auch erregt, daran denkend wie sich ein nackter Frauenleib anfühlen wird, passierte er gerade von linker Hand eine langgestreckte Ginsterhecke, die den Blick auf das Heerlager mit Gruppen laut grölender Landser um die Lagerfeuer versperrte. Aus der Hecke sprangen für ihn völlig überraschend zwei Gestalten hervor, von denen eine ihn blitzschnell von hinten packte und seine Arme auf den Rücken drehte.

Starr, erschrocken und völlig sprachlos mit ungläubigem Erstaunen sah er einen zweiten vor ihm stehenden Landser

149

einen langen Dolch ziehen, um ihm diesen wortlos bis an das Heft ins Herz zu stoßen. Immer noch fassungslos sah Ludolf seinem Angreifer ins Angesicht, um mit einem Laut: „Warum... " auf den Lippen, bald mit brechenden Augen sterbend auf den Boden zu sinken.

Die Mörder räumen dem Toten die Taschen aus, ließen dann auch einen typisch mailändischen Dolch im Brustkorb des bedauernswerten Ludolf stecken, um sich darauf lässig unauffällig wieder unter ihre Soldatenkameraden ins Lager vor den Festungsmauern Mailands zu mischen. Ungerührt kehrten sie spät in der Nacht Sturz betrunken ins Kloster von Bagnolo zurück. Die beiden Meuchelmörder hatten von ihrem Auftraggeber und Vorgesetzten Hauptmann Walther von Bechtholtsheim bei einem Gelingen der Mordaktion für den nächsten Tag dienstfrei bekommen.

Als man am nächsten Morgen die Leiche Ludolfs findet und untersucht, geht man sofort von einem Raubüberfall mit Todesfolge aus. Der typische Dolch, wie er in Oberitalien Verwendung findet und der dem Toten noch in der Brust steckte, ließ für Walther von Bechthotsheim als dem allein zuständigem Untersuchungsoffizier nur das eine Ergebnis zu: Der Kanzleileiter des Kanzlers von Dassel, Ludolf von Kreiensen ist von mailändischem Raubgesindel ermordet worden ist.

Die Trauer des Kunrad von Hachen um seinen ehemaligen Kanzleikollegen und Betrugskompagnon hielt sich sehr in Grenzen, denn er hatte Ludolf von Kreiensen schon eine ganze Zeit lang nicht mehr über den Weg getraut. Dessen Tod bedeutet für Kunrad sogar Erleichterung, wenn er sich, auch noch nach so vielen Jahren, an den wissend ironischen Ausdruck von Gesicht und Augen erinnert, mit denen ihn von Kreiensen bei der Hinrichtung des Fähnrichs Eckehard von Breitebner im Hof der Pfalz von Lutra beobachtet hatte.

In den heißen Tagen des Augusts, nur wenig später nach Kunrad von Hachens verräterischer Zusammenkunft beim

Senat der Stadt Mailand, überbrachten dessen Parlamentäre ein Verhandlungsangebot ins kaiserliche Hauptquartier von Cerro. Für alle die Personen, die auf Seiten Mailands die Friedensgespräche führen sollten, erbaten die Parlamentäre die Zusicherung und das Ehrenwort für ein ungehindertes und freies Geleit hin und auch wieder zurück nach Mailand. Das erhielten die Parlamentäre für Mailands Vertreter vom deutschen militärischen Kommando durch den Pfalzgrafen Konrad bei Rhein, dem Sohn des Königs von Böhmen, dem Herzog Friedrich von Rothenburg, ebenso vom Landgrafen Thüringens, Ludwig II, dem ehrenhaften ritterlichen Geist entsprechend zugesagt.

Selbstverständlich wurde nun der Administration gemäß durch einen Kurier diese Neuigkeit dem im Kloster von Bagnolo konferierenden Kanzler des Römisch-Deutschen Reiches und Erzbischof von Köln, Rainald von Dassel auch übermittelt. Ein Bote übergab die wichtige Kurierpost aus Cerro vertretungsgemäß einem Schreiber an Stelle des sonst zuständigen Kanzleileiters Ludolf von Kreiensen, der ja nun nicht mehr am Leben war.

Kunrad, durch den Kaufmann Eduardo, von dem bereits angelaufenen Plan der Mailänder unterrichtet, passte als der Sekretär des Kanzlers einen Augenblick der Abwesenheit des Schreibers ab, der die eben eingegangene Kuriertrolle mit der neuesten Nachricht für Kanzler Rainald zu vielen anderen auf den Tisch ablegte, die Kunrad dann hurtig an sich nahm. Die Nachricht nochmals zu lesen, ob es wohl die relevante an den Kanzler war und sie darauf zu vernichten, war ohne Zeugen schnell geschehen. Später, als die ganze Tagespost dem Kanzler zur Durchsicht überbracht wurde, fiel nicht auf, dass eine Kurierrolle fehlte.

Einen Tag danach im Auditorium von Kloster Bagnolo mit seinem Sekretär als Protokoller hinter sich, versucht Rainald von Dassel in einer sehr eindringlichen Rede die geistlichen Abgeordneten von Städten in Oberitalien, von Bergamo im

Westen bis nach Vicenza im Osten, in der wichtigen Frage des rechtmäßigen Papstes von der Richtigkeit seiner Sicht zu überzeugen versucht, Victor IV. als Papst, nicht aber den uneinsichtigen nach Frankreich geflohenen Alexander III. anzuerkennen.-

Zuerst weiter entfernt, ohne dass man darauf achtete, dann näherkommend, drang jetzt lauter Kampflärm durch die vier mit Säulen an den Seiten drapierten Fensteröffnungen des voll besetzten Auditoriums. Ein kurzer Blick aus einem der Fenster ließ Kanzler von Dassel erkennen, dass sich seine erzbischöflichen Dienstleute in ernsteren Schwierigkeiten mit mailändischen Soldaten und Rittern befanden. Eilig die Konferenz unterbrechend, und sein immer bereitliegendes Schwert ergreifend, stürmte Rainald auf den Kampfplatz nun schon unweit des Klosters, um seinen Mannen Führung und Verstärkung zu geben. Verstärkung brach nun aus den Toren Mailands hervor, um ihrer Gesandtschaft, die auf dem Weg ins kaiserliche Lager nach Cerro unterwegs ist, beizustehen.

Der sich steigernde wütende Streit, der sich bei den in der Unterzahl befindlichen erzbischöflichen Kölner Kämpfer Rainalds ungünstig aus zu wirken begann, wurde jetzt auch aus dem Lager des Kaisers beobachtet. Kurz entschließend schickt der Kaiser den Herzog von Schwaben, Friedrich von Rothenburg mit einigen Fähnlein zum Kampfplatz der sich Streitenden, um den Landsern des Kanzlers und Erzbischofs zu helfen. Die sich dann aber immer länger hinziehenden Kampfhandlungen drohte zu hohen Verlusten zu führen, so dass sich der Kaiser selbst auf sein Pferd schwang, um im Gefolge mit 150 seiner Ritter in den Kampf einzugreifen. Diese Verstärkung reichte den Kaiserlichen jetzt auch, die Mailänder mit ihrer Gesandtschaft bis vor die Mauern ihrer Stadt zurück zu treiben. 80 gegnerische Ritter und 266 Mann der Fußtruppen wurden gefangen genommen und als neue Geißeln festgesetzt. Viele Tote hatten die Mailänder zu beklagen, aber auch Mannen des Herzogs Friedrich von Rothenburg hatten große Verluste erlitten. Das Pferd Kaiser Friedrichs wurde bei dem verbissen geführten Gefecht dabei tödlich verletzt und Friedrichs Zorn auf Mailand wuchs, als ihm eine Lanze zwischen Leib und Schild durchfuhr, was sein Ende hätte sein können. Insgesamt waren auf beiden Seiten 600 Tote zu zählen.

Am Ende stand der Sieg über die Mailänder fest. Aber die Umstände, warum die Gesandtschaft von Mailand von den erzbischöflichen Dienstmannen des Kanzlers Rainald von Dassel angegriffen wurde, wo doch >Freies Geleit< von den Fürsten durch Ehrenwort besiegelt und auch garantiert war, wollten der Herzog Friedrich von Böhmen, der Pfalzgraf Konrad bei Rhein, wie auch der Landgraf Ludwig II. von Thüringen sofort geklärt wissen. Alle drei hohen Fürsten bedrängten jetzt den Kanzler mit gezückten Schwertern, um ernsthaft Rainald von Dassel zu töten, der ihr gegebenes fürstliches Ehrenwort missbraucht hätte. Ein Verbrechen in den Augen des hohen Adels, das den Tod verdiente. Nur durch die eilige Flucht des Kanzlers in das Feldherrnzelt des Kaisers und dessen Fürsprache retten ihm das Leben, einem Mann, der nicht unbedingt beliebt beim Hohem Adel war; aber in Kaiser Friedrich den treuen Fürsprecher findet. Der Kanzler beteuert vor Friedrich und den ihn anklagenden Fürsten sein völliges Unwissen über das Übereinkommen mit Mailand, was ihm natürlich niemand glaubt. Nur aus Respekt vor der Majestät zügelten und unterdrückten die Fürsten ihren Zorn. Stellvertretend für alle seiner Neider erkannte Rainald darin Missgunst, Eifersucht und verdeckte Feindschaft bei den drei Fürsten, die einem kleinen Grafen aus der Nähe von Northeim seine sich so emsig erarbeitete Machtstellung und das erworbene Vertrauen des Kaisers nicht gönnen. Und mehr unbewusst, aber mit einem Mal in dieser für ihn so gefährlichen Lage spürt er plötzlich viel stärker die Bedrohungslage, die ihm vom >Sohn< und dem

Sekretär aus her droht. Sein bisheriges Wissen von Kunrads kriminellen und verräterischen Machenschaften, die er als Kanzler bisher gedeckt hatte, kann für ihn jetzt zur Gefahr und Schadenfreude seiner Feinde werden. Rainald erkannte, auf welch dünnem Eis er sich nun bewegt, obwohl es keine direkten Zeugen für seinen Fehltritt aus der Jugend mehr gibt, ausgenommen Kunrad von Hachen selbst.

Kunrad selbst war zuletzt nur ein Zuschauer des von ihm angestifteten Planes gewesen. Vom Auditorium im ersten Stock des Klosters, zusammen mit den vielen Bischöfen konnte er die Auseinandersetzung der Kampfparteien gut beobachten. Obwohl er nicht zweifelte, dass am Ende die kaiserlichen Kontrahenten den Platz als Sieger verlassen werden, glitt doch Genugtuung über das Gesicht Kunrads. Sie steigerte sich noch, als er davon hörte, dass die Fürsten voller Zorn auch handgreiflich gegen den Kanzler wurden. Selbstgefällig bedauerte er nur den friedlichen Ausgang des Streites mit dem Schulterschluss der Kontrahenten durch die Vermittlung Kaiser Friedrichs, der dadurch leider den Erfolg seines Plans nicht vollends krönte. Der so intrigant inszenierte Zwischenfall sorgte in der Folge für eine weitere Verhärtung der Fronten. Die Belagerung Mailands und das Aushungern der Bürger durch verstärkt harte Anordnungen des Kaisers nehmen jetzt katastrophale Ausmaße an.

Den Belagerungswinter des Jahres 1161 nach 1162 wollten sich Friedrich, Kaiserin Beatrix, die den Kaiser auch wieder nach Italien begleitet hat, und auch Kanzler Rainald nicht antun. So schlug man seine >Zelte< erst kurz in Pavia, und dann im kaisertreuen Lodi auf.

Bevor Friedrich aber aufbrach, gab er an den Ministerialen Markward von Grumbach Befehle aus, alle Handelswege von Mailand nach Brescia und Piacenza, strengstens Tag wie Nacht überwachen zu lassen. Das Aushungern der Stadt blieb das wirkungsvollste Mittel, Mailand in die Knie zu zwingen. Erwische man Einwohner oder andere Personen, die Nahrungsmittel in die Stadt zu schmuggeln versuchten, solle ihnen die rechte Hand abgeschlagen werden, was zum Leidwesen der armen Sünder auch oft genug geschah. Der Entzug von Trinkwasser für Mailand, in dem man Quellen durch durstige Esel aufspüren ließ, bewachte oder auch gar vergiftete, bedeutete am Ende eine riesengroße Katastrophe für die Stadt. Ein weiteres Druckmittel wandte Friedrich in Lodi an, wo er die gefangenen Mailänder, die seine Gebote missachtet hatten, blenden und verstümmeln und sie zur Warnung bei weiterem Widerstand wütenden Mailändern überbringen ließ. Im Angesicht dieser Macht von Gewalt und Terror des Staufers nutzten auch die Spionage und der Verrat im Untergrund nichts mehr, das Schicksal Mailands abzuwenden. Ende Februar zwang die Not der Bürger von Mailand den bis dato uneinsichtigen Rat der Stadt endlich zum Einlenken. Nicht nur die Not, auch die große Angst der Einwohner vor Friedrichs angedrohter Vergeltung nach den unzähligen gebrochenen Schwüren und Eiden, verlangten die totale Unterwerfung unter Gebot des deutschen Kaisers Friedrich.

Am 1. März 1162 erschienen in Friedrichs Quartier in Lodi 16 Männer, Konsuln und Ritter mit entblößten Schwertern vor dem Kaiser und boten folgendes an:

Die Mauern der Stadt zu schleifen, die Wahl eines Podesta nicht mehr nach ihrem Gutdünken durchführen zu wollen und sich zur Zahlung eines Strafgeldes in Höhe von 10000 Mark in Gold und Silber zu verpflichten. Aber Friedrich schickte die Gesandten mit grimmiger Miene wieder fort und verlangte die Unterwerfung auf Gnade oder Ungnade.

Zwei Tage lang berieten Konsuln, Erzbischof und Ritter Mailands unter dem Einfluss des Grafen Guido di Biandrate und von Markgraf Wilhelm von Montferrat als einem der Vermittler. Um den Kaiser diesmal gnädiger und huldvoller zu stimmen, erschienen in Lodi diesmal 300 Ritter, die dem

Römisch-Deutschen Herrscher zu Füßen fielen. Übergaben ihm die Schlüssel aller Stadttore und 36 Fahnen mit vielen schriftlichen Bitten der Stadtbewohner um seine Gnade und Schonung. Schweigen von seitens Friedrich ist die Antwort. Links vom Kaiser auf seinem Thron steht sein Kanzler, der sich flüsternd zum Kaiser niederbeugt und spricht: „Majestät, denkt daran, dass wir an dem so oft wiederholt aufsässigen Mailand ein Exempel statuieren müssen, an das es ewig denken solle. Majestät sollte alle wieder nach Hause schicken, damit sie morgen mit noch mehr Demut und Volk um Verzeihung bitten".

In erregter Erwartung einer versöhnlichen und gnädigen Antwort blicken Ritter, Landsknechte, Volk aber auch die deutschen Fürsten auf den Kaiser und seinen Kanzler. Der Kaiser signalisiert Rainald von Dassel Einverständnis mit den Worten: „So soll es sein". Das den Abgesandten der Stadt Mailand zugewandte unbewegte Gesicht Friedrich ließ ahnen, dass ihm die zweite Unterwerfungsgeste Mailands noch immer nicht genügte.

Am 6. März dann ein erneuter Versuch, bei Friedrich und dem Kanzler Rainald Verzeihung und Gnade zu erlangen. Und so erschienen am nächsten Tage noch mehr Edle und Ritter mit über 1000 Landsknechten, den Konsuln letzter drei Jahre und sehr viel versammeltem Volk. So übergab man 100 Banner, fiel auf die Knie, neigte den Kopf, flehte um Gnade wie Barmherzigkeit und schwor für die Zukunft beständige Treue. Gleich darauf hoben das versammelte Volk ihre mitgebrachten Kreuze himmelwärts und erbaten in einem weithin zu hörenden Chor um Barmherzigkeit wie Gnade. Trotz aller dieser demütigen wie erniedrigenden Gnadengesuche zögerte Kaiser Friedrich noch immer, die Verzeihung zu gewähren. Als eine Willensbekundung von Friedrich weiterhin ausblieb, ließ sich der mit Mailand und dem Kaiser verbundene Graf Guido di Biandrate ein Kreuz eines Einwohners reichen und bat den Kaiser eindringlich nochmals persönlich, auch für seine Stadt um Schonung und Gnade. Dann aber wieder ein eindeutiges Nein vom Kaiser, die bedingungslose Kapitulation muss es sein. Jetzt ergreift Kanzler Rainald von Dassel das Wort, um Mailand laut zu fragen: „Ergebt ihr euch auf Gnade und Ungnade, und schwört ihr, euch völlig unterwerfen zu wollen"? Da wurde Rainald im Chor geantwortet: „Ja, das alles wollen wir für Euch tun"! Endlich schien Kaiser Friedrich befriedigt und er sagte, dass er sich mit seinen, Fürsten, Ratgebern und der Kaiserin besprechen wolle. Morgen sollen alle Treulosen wieder hierherkommen, und dann werde er seine Antwort verkünden. Nur vereinzelt war ein Murren aus der Menge zu hören, dann legten beim Verlassen des großen Platzes vor der kaiserlichen Loggia die Bewohner aus Mailand ihre Kreuze mit Demut vor dem Thron von Kaiserin Beatrix nieder, eine Geste wohl, dass sie sich bei ihrem Gemahl, dem Kaiser für ihre Stadt verwenden möge.

Auch Kunrad von Hachen, Sekretär, Verräter an Kaiser, Kanzler und Reich ist Zeuge alle der vielen Gnadenbitten von Mailand in den vorderen Reihen des Spektakels. Mit äußerst gemischten Gefühlen verfolgt er die ihn gleichfalls angehende demütigende Unterwerfung seiner heimlichen Verbündeten und seines künftigen Vaterlandes. So hofft er.

Aber erschrocken ist Kunrad dann über den Umstand, dass ihn ein zufälliger und dann nachdenklich werdender Blick des Grafen di Biandrate traf, der aber abgelenkt durch die Übergabe des Kreuzes durch einen Mann aus dem Volk, wieder von ihm abschweift.

Hat ihn nun der Graf als den Informanten seinerzeit in Mailand beim Rat der Stadt erkannt? Wenn er ihn erkannt hat, wird der Graf wegen eigener Solidarität mit Mailand gegenüber der kaiserlichen Obrigkeit über seine, Kunrads verräterische Tätigkeit Schweigsamkeit bewahren? Kunrad fühlte sich äußerst unwohl. Der größte Teil der Einwohner Mailands, die um Gnade bittend in Lodi erschienen waren,

157

sind an diesem 6. März nicht in ihre Stadt zurückgekehrt. Sie hatten sich für die Nacht auf dem Marktplatz Lodis ein Lager bereitet, um am folgenden Tage die Antwort vom Kaiser über ihr und über Mailands Schicksal so schnell wie möglich Auskunft zu erhalten. Und so standen sie in ihren ärmlichen Kleidern, Ritter und Konsuln, genauso wie der Erzbischof Hubert von Pirovano am Morgen des nächsten Tages wieder vor der verhassten Obrigkeit, dem Kaiser der Deutschen. Lange mussten die Geplagten warten, bis das Kaiserpaar neben Fürsten, Militär und Vertretern der Städte Lodi und Cremona, den Städten, die vor allen Dingen unter Mailands Aufmüpfigkeit in Abwesenheit von kaiserlicher Präsens so oft gelitten und überfallen worden waren, nun endlich erschienen. Vor allem Lodis Amtspersonen warfen ihre triumphierenden und selbstzufriedenen Blicke auf die Vertreter der verhassten Stadt, als der Kaiser zu sprechen anfing:

„Ihr Mailänder hättet alle den Tod verdient. Aber aus der Barmherzigkeit will ich euch Leben und Gut schenken". Als Friedrich eine Pause einlegt, brandet großer Jubel und auch Hochrufe auf den Kaiser auf. Als wieder völlige Ruhe auf dem dicht an dicht gedrängten Platz einkehrt, fährt Friedrich fort: „Ich fordere jetzt vom Senat und allen Konsuln der ungehorsamen Stadt von Mailand zu besagten 286 Geißeln weitere 114, also insgesamt 400 Geißeln aus dem Stande der Ritter. Zum anderen sind alle Stadttore und große Teile der Mauern und Gräben zu zerstören, damit meine Heere ungehindert in eure Stadt einmarschieren können. Zudem fordere ich von den Einwohnern den unbedingten Treueid, der mir durch Vertreter eurer Stadt vor sechs deutschen und sechs mailändischen Rittern oder Edlen zu leisten ist. Über eure weitere Zukunft werde ich mich erneut mit meinen Fürsten und Ratgebern besprechen, die mit mir und dem Hofstaat, wie auch die 400 Geißeln mit nach Pavia kommen werden". Drei Tage später, mm 13. März verließ Friedrich mit Kaiserin Beatrix und seinem gesamten Hofstaat Lodi, um seinen Hof in Pavia aufzuschlagen. Zur Entourage des Kaisers, die sich nach Pavia begaben, gehörten namentlich: Der Kanzler Rainald von Dassel, der Herzog Friedrich von Rothenburg, Herzog Theobald von Böhmen, der Markgraf Dietrich von Sachsen (Lausitz) mit seinen Brüdern, dem Markgraf Otto von Meißen und Graf Dedo von Groitzsch, den Grafen Ullrich von Lenzburg wie auch Rudolf von Pfullendorf, dazu weiteren Grafen, Rittern und anderen von einflussreichen Ratgebern.

Hier in Pavia sollten weitere Gespräche stattfinden, die die künftige Richtschnur für eine resolut zu führende Politik in Oberitalien sein wird, insbesondere aber, wie die Zukunft von Mailand aussehen soll. Bevor Beratungen im großen Kreise begannen, holte sich Kaiser Friedrich bei seinem Kanzler noch Rückendeckung und Rat, eine fürchterliche Strafe für Mailand betreffend. Hier traf der Kaiser beim Kanzler natürlich auf offene Ohren, denn auch Rainald hatte seine persönlichen Rechnungen zu begleichen, wenn er an den Affront und die Gefahr für Leib und Leben in Mailand im Januar 1159 zurückdenkt, in der sich seine Person mit Otto von Wittelsbach und Goswin von Heinsberg befanden, als sie sich dort zur Durchsetzung kaiserlicher Befehle für anstehende Bürgermeisterwahlen aufhielten. Zum anderen ist der Mord an seiner Geliebten Gabriella durch Mailand nicht zu vergessen. Schon bald waren sich Friedrich und Rainald einig, dass an Mailand ein Exempel zu vollziehen sei. Für die nun folgenden strengen, grausamen Maßnahmen gaben jetzt die deutschen Vertreter, unter dem Druck auch die Städte des Lombardischen Bundes ihre Zustimmung.

Diese Maßnahmen werden am 11. März 1162 den erneut vor Friedrich demütig knienden Einwohnern von Mailand durch Kaiser Friedrich selbst verkündet:

„Angesichts von Arglist, Frevel und Meineid und dafür, dass sie wiederholt meine treuesten Städte Como und Lodi überfallen und geplagt hat, muss die Stadt Mailand ihren gerechten Lohn finden. Mailand solle vom Anblick der Erde für immer verschwinden und damit Zeugnis ablegen für alle Zeiten. Ich bestimme zum anderen, dass ihre Einwohner ab dem 19. März, gleich welchen Standes, die Stadt innerhalb einer Woche zu verlassen haben". Alle Einwände und die Bitten der Abgesandten von Mailand um Milderung fanden beim Kaiser und Kanzler kein Gehör mehr.

Was Kunrad von Hachen auffiel ist, das sich seit dem 19. März Graf Guido di Biandrate nicht ein einziges Mal mehr für seine Vaterstadt verwandte. Sein von ihm bereits vorher gewonnenes Bild bestätigte den Eindruck, den er von di Biandrate beim ersten Zusammentreffen auf der Pfalz von Lutra vor vielen Jahren gewonnen hatte. Er ist ein Anhänger von Kaiser Friedrich und deshalb ein Verräter an Mailand geworden.

Graf Guido von Biandrate war der Dritte seines Namens in der Familie und war von jetzt an immer im Gefolge von Kaiser Friedrich zu finden. Seine Anbiederei an Friedrich hatte seinem Sohn Wido (Guido IV.) von Biandrate das Amt des Erzbischofs von Ravenna (1159-1169) als dem Nachfolger von Anselm von Havelberg eingebracht. Immer wenn Kunrad von Hachen den Grafen sah, bekam er einen trockenen und engen Schlund, als würde sich eine Schlinge um seinen Hals legen, die sich langsam zuzieht.

Am 26. März, einem Sonntag, dem letzten Tag des vom Kaiser befohlenen Verlassens ihrer Stadt, sahen das Volk von Mailand das Kaiserpaar mit all den Fürsten, auch dem verhassten Kanzler, den vielen Rittern, und die ihrer Feinde von Lodi, Como, Novaro, Cremona, Seprio und Pavia vor den niedergerissenen Abschnitten der vorher so mächtigen Mauern aufmarschieren. Bis zu diesem Tag der Ankunft des Kaisers harrten die Einwohner aus, auf einen Sinneswandel des Herrschers hoffend. Aber wer in das so unbewegte und ungnädige Gesicht des Herrschers blicken konnte und nun auch noch diese Worte vernahm, den verließ alle bisher gehegte Hoffnung: „Eure Stadt wird in Schutt und Asche zusammenfallen und dem Erdboden gleichgemacht. So wird ein Pflug kreuz und quer durch die Trümmer eurer Stadt ziehen, auf dessen zerstörte Erde Salz gestreut wird, zu dem Zwecke, das der Boden, auf dem Mailand stand, auf ewig verflucht sei und keine Ernten mehr zulasse".

Völlig fassungslos und verstört vernahmen die vielen vor den Mauern ihrer Stadt in Massen herbeigeeilten Einwohner die sich immer mehr in Rage steigernden Worte Friedrichs, um danach, vor allem von Frauen und Kindern in ein laut hallendes Jammern und Schreien auszubrechen.

Im Gegensatz dazu begann darauf das Siegesgeschrei des kaiserlichen Heeres, das im Begriff steht, durch die zum Teil schon niedergerissenen Festungsmauern ins Innere Mailands einzumarschieren. Posaunen und die Trommeln, wie das Geräusch der Marschkolonnen tat ein Übriges, das laute Beten und Flehen der Bürger Mailands zu übertönen.

Vor allem Kaiser Friedrichs Helfertruppen aus den von Mailand vorher wiederholt drangsalierten Städten waren dafür bestimmt, nun das grausame Vernichtungswerk in der Stadt durchzuführen. Alle die vielen Bauwerke, neben den Festungsmauern wurden niedergerissen. Das mit weißem Marmor und Säulen geschmückte Schloss, der Palast des Senats der Stadt und auch das Schauspielhaus. Verschont blieben aber die Kirchen St. Maria, St. Mauritius, St. Georg, und St. Ambrosius. In St. Georgs Kirche liegen jetzt die Reliquien der Heiligen drei Könige, die bei der Belagerung Mailands im Jahre 1158, aus der vor den Mauern der Stadt stehenden Sankt Eustachius-Kirche, ins sichere Stadtinnere verbracht wurden. Sechs Tage und Nächte hielt das Werk der Zerstörung Mailands an und die vier stehen gebliebenen Kirchen blickten wie Mahnmale in einer Wüstenei. 1)

Noch vorher aber mussten alle Einwohner Mailands ihre an gestammten Wohnungen verlassen. In Nachbarstädten oder in benachbarten Regionen auf dem Lande, die vom Kaiser Friedrich bestimmt wurden, konnten sie sich ansiedeln und eine neue Heimatstatt schaffen.

1) Das Ausmaß der Zerstörung und des Niederrisses von Mailand im Jahr 1162 ist durchaus strittig. So ist lt. Friedrich von Raumer in dessen Werk „Die Geschichte der Hohenstaufen und ihrer Zeit folgendes zu lesen: Zum 2. Male erschien der Kaiser am 26. März mit Heeresmacht und zog nicht durch ein Stadttor, sondern setzte an
einer Stelle der niedergerissenen Mauer über in die Stadt. Sie ist nicht geplündert, sondern alles bewegliche Eigentum ist den Bürgern wohl überlassen worden. Die Häuser waren nicht niedergerissen, die Kirchen nicht zerstört und auch kein Salz auf dem mit dem Pfluge aufgerissenen Boden als Zeichen der Verwüstung ausgestreut. Vielmehr ging der Befehl der Erlaubnis des Zerstörens nur auf die Mauern, Gräben und Türme. Aber auch ein Teil der äußeren- und der Großteil der inneren Befestigungsmauer blieb bestehen. Denn es wäre eine ungeheure Arbeit, der gleichen Werke mit den Händen niederzureißen, selbst Feuer hätte sie nicht zerstört. Obgleich übertriebene Berichte über die Zerstörung Mailands gemildert werden müssen, bleibt doch für die Einwohner der Verlust der bürgerlichen Gemeinschaft, die verlorene Unabhängigkeit ihrer Stadt.

Verhängnis und Ende

Rainald von Dassel kehrte zusammen mit dem Kaiser und seinem Hofstaat nach der erfolgreichen Niederwerfung und grausamen Bestrafung von Mailand an den Hof nach Pavia zurück. Friedrich I., im Volksmund „Barbarossa" genannt, besaß im Jahre 1162 seine größte Machtfülle, und die nun vordringlichste Arbeit von Kanzler Rainald galt nun, die sich jetzt verändernden administrativen und kommunalen Einschnitte in Oberitalien bzw. in den Städten zu festigen. Alle großen Städte in Oberitalien, die sich gegen Friedrich unter der Gefolgschaft Mailands verbündet hatten, Bologna, Piacenza, Ravenna, Brescia, Imola oder Faenza, erhielten nach ihrer Unterwerfung unter den kaiserlichen Willen, die Gnade seiner Majestät des Kaisers, unter den Bedingungen, dass sie ihre Festungsmauern, Wälle, Gräben und Türme sofort schleifen ließen. Zudem wurden in ihre Verwaltungen in der Regel deutsche Vorgesetzte als Befehlsgeber in den Regionen, wie Statthalter oder Landvögte eingesetzt.
Leider in sehr vielen Fällen zum Schaden des Kaisertums, denn Statthalter wie Vögte und deren Beamte nutzten ihre Befugnisse viel zu oft zur persönlichen Bereicherung und Vorteilsnahme aus.
Die auf Grund des Sieges über Mailand neue Lage und die Umwälzungen in Oberitalien hatten bei Kunrad von Hachen neben der Funktion als Sekretär beim Kanzler zu erhöhtem Arbeitseinsatz als kommissarischer Leiter der Kanzlei für Ludolf von Kreiensen geführt. Aber auch zu einem nötigen Umdenken in seinem bisherigen Verhalten. Die eindeutige Gewichtung der politischen Lage zu Gunsten des deutschen Kaisers nahmen Kunrad jede Hoffnung, die Früchte seines bisherigen Verrats und Verhaltens zu ernten. Dazu gesellte sich jetzt auch noch die Angst vor einer Entdeckung. Die für die Widersacher Friedrichs in Oberitalien sich mehr und

mehr verschlechternde Situation entwickelte einen Bruch bei Kunrads konspirativen Verbindungen, wie auch bei der Zusammenarbeit mit Eduardo und Enzio Della Torre.

Schon Wochen und Monate suchte Kunrad ein Schlupfloch. Sein andauerndes Lavieren und Intrigieren zwischen den Fronten wurde zu gefährlich, und da auch der versprochene Lohn für seine Arbeit durch den Erzbischof von Mailand, Hubert von Pirovano im Schutt und Staub des zerstörten Mailand zu verschwinden droht. Heute Nacht hatte er sich entschieden: Die ihm zur Gefahr werdende Tätigkeit eines Agenten für die Feinde Friedrichs und auch Rainalds von Dassel, wird er ab dem nächsten Tag beenden.

Dies bezüglich mit sich ins Reine gekommen, begab sich Kunrad zum Kanzler in dessen Kabinett im Schloss von Pavia, der ihn schon früh am Tage hatte rufen lassen. Es waren Ernennungen von Statthaltern und Vögten auf den Urkunden zu tätigen, deren Namen der Kanzler, Kunrad in die Feder diktierte. Bei der Person des Bischofs von Lüttich Heinrich II. von der Leyen, klopfte es laut vernehmlich an die Tür, worauf der Kanzler ärgerlich und gereizt reagiert:

„Ja, bitte! Muss das jetzt sein"! In die sich öffnende Tür tritt der Palastdiener ein, um zu melden: „Eure Eminenz, der Graf di Biandrate wünscht Euch zu sprechen. Der Graf beliebt im Vorzimmer zu warten". Ein Blick und Wink Rainalds zu seinem Sekretär, bedeutet Kunrad sich durch eine zweite Tür im Kabinett zu entfernen. Angesichts des beim Kanzler nicht immer angenehmen Arbeitsklima, freute sich Kunald über die unerwarteten Unterbrechungen dieser Art, wenn sich Persönlichkeiten zu ungeplanten Audienzen beim Kanzler von Dassel anmeldeten.

Eine Gemeinsamkeit, die >Vater< und Sohn, Rainald von Dassel und Kunrad von Hachen vereint, ist die Antipathie gegen den arroganten Grafen aus Mailand. Schleimerei und Opportunismus bei Kaiser Friedrich, immer zum Vorteil seines Grafenhauses und Clans, der sich im Laufe der Jahre durch immer neue Forderungen, Verleihungen, Pfründen, Besitz und Ehrungen durch den Kaiser ausdrückt, missfielen auch Rainald sehr. Deshalb empfing Rainald von Dassel den Grafen Guido di Biandrate zwar höflich, doch ohne jegliche Euphorie.

Mit einer ernsten Miene, die wohl die Wichtigkeit seines Erscheinens ausdrücken soll, und einem zurückhaltenden Kopfnicken von Seiten Rainalds, begrüßt Graf Guido den Kanzler. Rainald, als dem geborenen Diplomaten, fiel es nicht sehr schwer, seine Abneigung hinter der Maske von verbindlicher Höflichkeit zu verbergen, um anschließend die Begrüßung des Grafen übergehend zu fragen: „Nun, was gibt es Wichtiges, Graf Biandrate"? Etwas irritiert wegen des nicht gerade herzlichen Empfangs durch den Kanzler, wo der Graf doch meint, eine so enthüllende und wichtige Nachricht zu überbringen, wusste Graf Guido momentan nicht, wie er das Gespräch beginnen solle. Dann aber faste er sich:

„Eminenz, ich muss zu unserer aller Bedauern mitteilen, das es im engeren Umkreis unseres Hofes einen Spion und Verräter zum Nachteil des Kaisers und zu den Gunsten von Mailand gegeben hat und sicher auch noch gibt".

Obwohl Rainald ahnte oder doch sogar vielmehr wusste, was Graf Guido nun weiter ausführen würde, zog Rainald von Dassel zweifelnd die Stirn in Falten und fragt nur kurz:

„Graf, wer soll das denn sein"? Und unwillkürlich kam es Rainald von Dassel in den Sinn, dass hier ein Verräter den Verräter verrät. Dann sprach Guido di Biandrate schnell weiter: „Zu meinem großen Bedauern muss ich Eminenz mitteilen, dass es der Sekretär in euren Diensten ist".

Überlang spielte der Kanzler Sprachlosigkeit und ironischen Unglauben vor, so als müsste die Anschuldigung des Grafen wohl ein Hirngespinst, doch wohl ein Irrtum sein. „Weiß Er, Graf Biandrate genau, was er da äußert", antwortet der Kanzler weiter den Ungläubigen abgebend. Aber schließlich muss er sich im weiteren Gespräch mit dem Grafen doch überzeugen lassen, zumal dessen eigene Anwesenheit im Mailänder Rat im Jahre 1158, bei dessen Krisensitzung er Kunrad von Hachen als ein Überbringer von detaillierten Nachrichten aus dem kaiserlichen Heerlager erlebte und als ein Zeuge doch zu schwer wog. So fuhr Guido di Biandrate fort: „Wenn Eure Eminenz weitere Aussagen des letzten Senats von Mailand benötigt, der Euer Eminenz Sekretär vor einigen Wochen abermals empfangen hatte, so könne er diese Zeugen eilig vorladen. Laut Aussage eines Konsuls, dessen Name ich zugesagt habe, nicht ohne Bruch meines Ehrenwortes zu nennen, hatte der Sekretär sogar einen von ihm intriganten Plan vorgeschlagen, von dessen Details ich aber selbst nichts weiß".

Rainald, den jetzt völlig Überraschten und auch ernsthafte Wut auf Kunrad von Hachen vortäuschend, verabschiedet Rainald den Mailänder mit den Worten: „Ich danke Euer Ehren für den Hinweis und werde selbstverständlich dieser unangenehmen Geschichte nachgehen".

Schon die Berichte seines ehemaligen Zuträgers Ludolf von Kreiensen hatten ihn ja von der bösartigen Natur und den wahrscheinlichen Kontakten des Sekretärs zum Feind überzeugt. So war sich Rainald von Dassel auch bewusst, dass dieser Augenblick einmal kommen würde, an dem er den >Sohn< nicht mehr würde schützen können, ohne seine eigene Position und Stellung beim Kaiser und im Reich zu gefährden. Schon jetzt hatte er genug Neider und so viele Eifersüchtige, die ihm seine hervorgehobene Stellung am liebsten streitig machen würden.

Lange Minuten noch verharrte Rainald gedankenverloren vor den Karten der Reiserouten auf seinem Schreibtisch, die ihn bald wieder zu Verhandlungen nach Genua und Pisa führen werden. Genuas Flotte würde der Kaiser für einen geplanten Feldzug gegen das Königreich Sizilien unter dem König Wilhelm Hauteville benötigen. Nochmals abgelenkt, durch das zurückliegende Gespräch mit Graf di Biandrate, wiederholt die vertrackte Situation überdenkend, entschied Rainald von Dassel jetzt zügig. Rasch zog er mehrmals die Kordel, die sein Kabinett mit einer Glocke im Vorzimmer des Dieners verband. Dem sofort eintretenden befahl er: „Hauptmann von Bechtholtsheim soll sich sofort bei mir melden". Minuten später stand der Adjutant des Kanzlers und Erzbischofs, Walther von Bechtholtsheim vor seinem Vorgesetzten, um dessen Befehle entgegenzunehmen:

„Hauptmann, der Sekretär Kunrad von Hachen ist ohne Aufsehen noch in der Nacht, ich betone in der Nacht und nochmals, ohne jedes Aufsehen zu verhaften und in Arrest zunehmen. Weitere diesbezügliche Anweisungen erfolgen später", winkte Rainald seinen Adjutanten wieder hinaus.

Allzu eigenmächtig, gerade in dieser für ihn so heiklen, ja gefährlichen Angelegenheit bei seinem Verhältnis zu dem nun Anzuklagenden wollte er aber nicht vorgehen. Er ist sich aber doch sicher, für eine verdeckt geführte Anklage und Verurteilung Kunrads von Hachen die Rückendeckung Kaiser Friedrich zu erhalten. Die Anklage dürfe aber nur auf >Geheimnisverrat an den Feind< heißen. Anderen Straftaten dürften dabei nicht zur Sprache kommen, denkt Rainald für sich, da sie ihn als einen Mitwisser eventuell stark belasten würden. Also wird er bei der nächsten Audienz beim Kaiser diesen über den durch den Grafen di Biandrate angezeigten Spionagefall informieren.

Kunrad hatte nach Verlassen des Kanzlerkabinetts seine ihm im Schloss von Pavia zugewiesene kleine Schlafstatt aufgesucht, sich bereithaltend vom Kanzler wieder gerufen zu werden. Denn es war sicher vieles zu richten und noch zu packen, wenn er Rainald von Dassel in den nächsten zwei Tagen nach Pisa und Genua begleiten soll. Er wunderte sich zwar, das ihn Rainald nicht so schnell hatte wieder rufen lassen, dachte sich aber auch nichts dabei, denn Sitzungen und Besprechungen des Kanzlers konnten sich recht lang hinziehen, wie sich Kunrad an dessen Vorträge erinnert, die ihm der Kanzler gelegentlich länger hielt, als ihm lieb war. Es war nun schon spät und inzwischen auch recht dunkel geworden, so das Kunrad nicht mehr damit rechnete, zum Kanzler noch gerufen zu werden. Also bereitete er sich zum Nachtschlaf vor, doch sehr froh sich zu seinem Entschluss, das gefährliche Handwerk der Agententätigkeit, jetzt wegen des so hohen Risikos enttarnt zu werden, aufzugeben.

Erleichtert, war er nur wenige Minuten später in einen tiefen Schlaf gesunken. Sehr selten wurde Kunrad von Hachens Schlaf durch Träume belastet. Und noch weniger von bösen. Der Traum dieser Nacht aber hatte ihn das erste Mal in eine ungewohnte Angst versetzt:

Da versuchte Kunrad einem Mann aus dem Rathaus von Mailand zu entfliehen, der ihn mit aufgesetzter Maske und einem gezückten Schwert verfolgte. Obwohl Kunrad alle seine Kräfte mobilisierte und das Gefühl hatte, immer schneller zu laufen, kam die Gestalt immer näher. Ängstlich zurückschauend, sah Kunrad den Mann die Maske plötzlich wegwerfen, um daraufhin in die hinterhältige schadenfrohe Grimasse des Grafen Guido di Biandrate blicken zu müssen. Noch weit lag das geöffnete Tor in der Festungsmauer von Mailand vor ihm. Kurz bevor er es erreichte, schloss sich das Tor langsam und Graf Guido, der jetzt dicht hinter ihm war, holte zu einem tödlichen Schlag aus. Schweißgebadet schreckte Kunrad von Hachen aus seinem bösen Traum auf, der ein Trauma wurde. Nicht der schreckliche Traum am Ende hatte ihn aufwachen lassen, sondern ein überlautes, wiederholtes Pochen an die Tür seiner Unterkunft. „Sofort aufmachen", hörte Kunrad noch nicht ganz bei Sinnen, nur undeutlich Männerstimmen. Jetzt erst zu sich kommend, ist er orientierungslos und völlig durcheinander, um jetzt gleich zu wissen wo er sich befindet. Etwas später erst registrierte er, dass ihn ein Traum verängstigt hat und wollte sich schon erleichtert auf die Seite legen, um weiter zu schlafen, als ihn ein erneutes ungeduldiges Klopfen aus dem Halbschlaf riss, begleitet von zornigen und lauten Worten: „Sofort öffnen! Sonst brechen wir die Tür auf! Sofort aufmachen, ich bin Hauptmann von Bechtholtsheim, der einem Befehl folgen muss". Nun zornig wegen der nächtlichen Ruhestörung, erhob sich von Hachen jetzt, um die Tür zu öffnen. Hier blickt er fragend und verständnislos auf einen Offizier und zwei Landsknechte, deren rohe Gesichtszüge nicht gerade Vertrauen erwecken konnten. Mit strengem, unbewegtem Gesicht blickt ihn der Hauptmann in seinem Schlafgewand von oben bis unten an, um ihm mitzuteilen: „Zieh er sich etwas über, er ist verhaftet und zu arretieren". „Aber warum und aus welchem Grund, Herr Offizier", fragt Kunrad nun mit trockenem Mund und flackernder Angst in den Augen.

„Warum, das kann ich ihm nicht sagen. Kenne nur den Befehl, ihn festzunehmen, im Namen des Kaisers und des Kanzlers", antwortet ungeduldig und bestimmend darauf der Hauptmann von Bechtholtsheim.

Kunrad erkennt momentan die Aussichtslosigkeit seiner Lage, mit dem Offizier zu debattieren, warf sich Wams und eine Hose über, um sich darauf hin, von den Landsknechten in die Mitte genommen, abführen zu lassen. Mit sparsamer Fackelbeleuchtung ging es mehrere Etagen im Schloss von Pavia auf ausgetretenen Stufen in die Tiefe. Tiefer ging es dann nicht mehr, um anschließend über einen langen und feuchten finsteren Gang eine mit schwerer Eichentür und kleinem vergitterten Fenster verschlossene finstere Zelle zu erreichen. Roh stießen die Knechte Kunrad in die vor Nässe triefende kalte Kerkerzelle, um ihn an eine Wand zu ketten.

Kunrad ist zwar einsilbig geworden, aber Angst oder gar Verzweiflung empfand er noch nicht. Sicher ist er durch eine undichte Stelle in Verdacht geraten, den er aber mit Hilfe Rainalds von Dassel, seines >Vaters< hoffte, wieder entkräften zu können. Nach dem ihn der Hauptmann und die Landsknechte im Kerker ohne Licht zurückgelassen haben, gelingt es Kunrad trotz des bösen Traumes in der Nacht, der unsanften Verhaftung danach, wie der nicht bequemen Lage in Ketten, die letzten Stunden bis zum frühen Morgen in einen relativ ruhigen Schlaf zu fallen.

In den ersten Tagen des Monats April steht Rainald von Dassel vor seiner Majestät Kaiser Friedrich, um die letzten Direktiven für die Verhandlungen mit den Städten Pisa und Genua bezüglich Unterstützung für einen geplanten Feldzug nach Sizilien zu erhalten. Beiläufig, schon im Begriff sich wieder von Friedrich zu verabschieden und zu gehen, sagt er: „Majestät, da ist noch etwas zu entscheiden. In meiner Kanzlei ist vor Tagen ein Spion enttarnt worden. Dabei handelt es sich um einen Sekretär in meinem Amt mit dem Namen Kunrad von Hachen", verallgemeinert der Kanzler gleichgültig und reserviert, um nicht die zu vertrauensvolle Wortwendung mein Sekretär zu gebrauchen.

„Aufhängen", antwortet Friedrich ohne jede Umschweife.

„Majestät, sollten wir vorher nicht noch die Namen aller Mitwisser und ihre Mitverschworenen durch den Verräter erfahren", fragt Rainald von Dassel, um auch für sich jedes weitere Risiko damit zu beseitigen. Der Blick des Kaisers wendet sich nochmals dem Kanzler zu, ohne diesen jedoch wirklich wahrzunehmen, um wieder mit anderen Gedanken beschäftigt zu sagen: „Ja, natürlich, und wenn die Verräter überführt sind, sind sie alle ohne Ausnahme und Prozess hinzurichten. Sie sollen der Abschreckung halber auf dem höchsten Punkt der Wüstenei Mailands hängen. Kümmere er sich drum, und wie gesagt ohne Prozess, ohne langes Debattieren".

„Jawohl Majestät! Wie Ihr befiehlt. Alles das ist auch ganz in meinem Sinne", verabschiedet sich Rainald von Dassel von Friedrich. Und innerlich triumphiert er, seinen Herrn bei gleicher Meinung zu wissen und ihn in diesem Sinne beeinflusst zu haben. Sobald wieder im Kabinett, werde ich alles Notwendige veranlassen, denkt von Dassel befriedigt.

170

Dabei wiederholt Gefühle von großem Erfolg verspürend, welche dem ihm angeborenen diplomatischen Geschick zu zurechnen sind.

Auf dem Weg in sein Büro beauftragte Rainald seinen Bedientesten, der Hauptmann von Bechtholtsheim solle sich sofort bei ihm melden, ebenso einer von den Schreibern. Schon nach wenigen Augenblicken steht der Hauptmann vor dem Kanzler, um dessen Befehle entgegen zu nehmen:

„Als mein Adjutant wird er mich auf den Reisen nach Pisa und auch nach Genua begleiten, wie auch einen Schreiber, den ich dabei dringend benötige. Zwei Untergebenen erteile er den Auftrag, für den Fall, dass sie geeignet sind, während unserer Abwesenheit den arretierten vaterlandslosen Kerl von Hachen zu befragen, wer dessen Helfer bei dem Verrat am Kaiser und Reich waren. Namen will ich hören. Notfalls durch eine peinliche Befragung. Der Mann ist verdächtigt, Verrat zu Gunsten Mailands schon seit längere Zeit bis zum heutigen Tage begangen zu haben. Eine Verurteilung aller Beschuldigten wird nach unserer Rückkehr von Genua an den Hof nach Pavia stattfinden. Er kann jetzt gehen, und schicke man mir den Schreiber Hartmut her, der warten soll bis ich ihn rufe". Mit der Antwort „Jawohl Eure Eminenz, alles wird so ausgeführt, wie Ihr es wünscht", verlässt der Adjutant seinen Chef. Ohne von seinem Schreibtisch den Blick zu heben, befielt er dem jetzt eintretenden Schreiber, sich für eine Dienstreise nach Pisa und Genua bereit halten zu müssen, ohne diesem eine Erklärung über den Verbleib seines Sekretärs Kunrad von Hachen abzugeben.

Am 9.April, einen Tag nach einer erneuten Krönung des Kaiserpaares Friedrich und Beatrix im Dom zu Pavia durch den Gegenpapst Victor IV., empfing der Kanzler Rainald von Dassel eine Delegation aus Pisa zu Vorgesprächen für ein geplantes Friedensabkommen zwischen Genua und Pisa.

Die ersten Wochen Kunrads im Kerker verstrichen, ohne dass man ihn in irgendeiner Art noch belästigte. Wenn ihn

auch die sehr verrosteten Ketten an Händen und Füßen nach einer gewissen Zeit Schmerzen bereiteten, und diese zu Entzündungen an Hand- und Fußgelenken
führten, stieg jeden Tag die Zuversicht bei ihm, am Ende werde Rainald von Dassel seinen Einfluss geltend machen, um ihn hier wieder herauszuholen. Fast sieben Wochen sind vergangen, an dem er regelmäßig seine Verpflegung, bestehend aus einem Teller Suppe, dünn zwar, mit dem obligatorischen Kanten Brot erhielt. Jeden Tag länger in seiner Zelle, ohne dass sich etwas tat, hatte ihn am Anfang seiner Haft immer selbstbewusster gemacht.

So wagte er auch seinen Wärter, der ihm jeden Tag sein Essen auf dem Zellenboden servierte, herausfordernd zu fragen, wie lange er denn hier noch verweilen muss. Wisse er doch, wer sein Vorgesetzter ist, und den möchte er sofort sprechen. Aber der schon ziemlich alte Mann sah Kunrad nur ungläubig an, glaubte er wäre verwirrt und sagte:

„Gewöhnlich kamen die Leute, die sich in diesen Kerkern befanden, entweder nie mehr hier heraus, es sei denn tot oder man verurteilte sie zum Tode".

Jetzt starrte Kunrad den Kerkermeister fassungslos an, der aber gleichmütig und emotionslos die kalte, feuchte Zelle schnell wieder verließ. Des Sekretärs anfangs erwachtes Selbstbewusstsein und die Hoffnung auf ein gutes Ende seiner Situation wich nun einer immer stärker werdenden aufkeimenden Angst. Will man ihn eventuell absichtlich im Kerker vergessen und verrecken zu lassen?

Am Morgen, immer um die gleiche Zeit, das geräuschvolle Drehen des Zellenschlüssels im Schloss, um ihm das karge Essen für den Tag zu bringen. Aber heute war dem nicht so. Da stehen doch mit Randolf und Herwarth die zwei schon von Angesicht groben Landsknechte seiner Verhaftung vor Wochen in dem halbdunklen Kerkerloch. In ihren Gürteln stecken allerlei Werkzeuge, die Kunrad von Hachen anfangs gar nicht wahrnimmt und nur gleichmütig betrachtet. Aber die brutalen Visagen der zwei Knechte, in die Kunrad jetzt bewusster sieht, die in der Nacht seiner Verhaftung und in seiner Aufregung kaum auszumachen waren, verhießen nichts Gutes. Angstvoll Kunrad jetzt, als Randolf und sein Spießgeselle Herwarth provozierend langsam verschiedene, metallene, offenbar Folterwerkzeuge aus ihren Ledergurten ziehen.

„Was wollt ihr denn von mir? Ist mein Chef, der Kanzler Rainald von Dassel von all dem unterrichtet? Ich will ihn sprechen. Ihm werde ich alles sagen", wird Kunrad zum Ende seiner Worte immer hektischer, was sich die quasi Henkersknechte grinsend anhören. Angst steht Kunrad nun ganz offensichtlich im Gesicht geschrieben. Ohne auf die Argumentation des Sekretärs einzugehen, zeigt Randolf auf die Folterinstrumente in seiner Hand: „Damit sollen wir dem Herrn das Sprechen beibringen, und da du kein Kind mehr bist, wirst du es ganz schnell lernen, denken wir", dabei seinen Kompagnon ironisch anblickend, der den Kopf heftig nickend und bejahend sein vollstes Einverständnis signalisiert. „Wir wollen nur ein par Namen von dir hören, mit denen du deinen Verrat an unserem Kaiser geplant und durchgeführt hast", spricht Randolf ungerührt weiter.

„Ich weiß von keinen Namen", Kunrad nun fast schreiend, hilflos in den Ketten liegend, als sich Herwarth blitzschnell von der einen Seite näherte und den Sekretär an den Ketten hochzog, die dessen Arme fixierten hatten.

Eine Drehung Herwarths, während Randolf Kunrad von Hachen festhielt und die Arme sprangen aus den Gelenken. Dieses Geräusch der reißenden Sehnen und Muskelstränge, den furchtbaren, tierischen Schrei und sein fortwährendes Brüllen hörte Niemand in den Verließen, nachdem er in seinen Ketten zusammengebrochen war. Denn die Kerker des Schlosses von Pavia beherbergten im Moment nur die Ratten. Randolf, ohne jede Rührung auf das heulende Elend blickend: „Morgen kommen wir wieder, dann wollen wir

173

Namen wissen, sonst müssen wir doch noch unsere teuren Werkzeuge benutzen", waren letzte Worte, die Kunrad einer Ohnmacht schon nahe, noch vernahm.

Sein Essen, das ihm der alte Kerkermeister nach der Tortur etwas später noch hinschob, rührte Kunrad nicht an. Sein Appetit war ihm vergangen und die ausgekugelten Arme hätten das Essen nur unter größten Schmerzen möglich gemacht. Der Schmerz und die nun gestiegene Angst vor dem kommenden Tag, hatten den Sekretär erst zum Morgen hin einschlafen lassen.

Fortwährend musste er daran denken, dass ihm vielleicht nur die Hilfe von dem Menschen zukommen könnte, den er so hasste, gegen den er nun schon seit über fünf Jahren aus Gründen von Eifersucht und Missgunst agiert hat: Rainald von Dassel, Kanzler, Erzbischof und > Vater < in einem. Dann übermannte ihn Erschöpfung, Müdigkeit und in der Folge dann der gnädige Schlaf.

Das Drehen des Kerkerschlüssels im rostigen Schloss der schweren Tür hatte Kunrad gar nicht gehört. Die Fußtritte der beiden Unholde weckten ihn aus seinem Schlaf, der ihn erst gegen Morgen umfangen hatte. Voller Angst blickte der Sekretär in grinsende Visagen von Randolf und Herwarth, die plötzlich so unverhofft vor ihm standen. Hastig sprach er jetzt: „Ich werde die Namen nennen. Aber nur in einem persönlichen Gespräch mit dem Kanzler". „Dein Kanzler ist auf Reisen und ich glaube kaum, das Rainald von Dassel sich um einen Verbrecher, wie er einer ist, bemühen wird", antwortet ihm der ältere Randolf und Wortführer. „Also jetzt die Namen", fährt Randolf ungeduldig fort. Angstvoll sieht Kunrad, wie dessen Geselle mit einer Zange in den Händen spielt, indem er sie immer wieder hochwirft und lässig wieder fängt. Kunrads Blick nach der Zange nutzte Randolf, als er dem auf dem Boden sitzenden Sekretär beide Arme festhält, was bei den lädierten Schultern und Armen Kunrads kein Problem ist. Randolf hält dabei Kunrads linke

Hand fest im Griff, während Herwarth, der zweite Quälgeist dem tierisch brüllenden mit der Zange dessen Fingernägel herunterreißt. „Morgen ist deine rechte Hand an der Reihe, solltest du es noch weiter vorziehen, deine Komplizen zu schützen", ruft Randolf dem gequälten Elend noch zu, ehe er sich schadenfroh mit Herwarth zusammen auf den Weg zum morgendlichen Appell im Hof des Schlosses verfügt.

Dieser Tag und die folgende Nacht sind für von Hachen grauenvoll. Die beiden Schultergelenke schmerzten nach den erneuten rohen Behandlungen und die Finger der linken Hand waren zu blutigen knotigen Stümpfen geschwollen. Hinzu kam die Angst vor der Pein am nächsten Tag. Und tatsächlich, ohne ihm einen Tag der Erholung zu gönnen, standen die gefühllosen Schinder am frühen Morgen vor ihrem zu peinigenden Opfer. Erneut fragt Randolf, dabei die noch blutbefleckte Zange des gestrigen Gebrauchs vom Gurt nehmend, ohne auf eine eventuelle Aussage Kunrads reagieren zu wollen:

„Sind dir deine Freunde heute Nacht eingefallen"? Und diesmal versucht es Kunrad mit einem Geständnis, das er bisher noch keinem Menschen offenbart hat, die Rohlinge von ihrer grausamen Profession abzubringen:

„Der Kanzler des Kaisers, der auch der Erzbischof von Köln ist, Rainald von Dassel ist mein leiblicher Vater. Er muss mit mir, seinem Sohn reden". Natürlich konnte Kunrad die beiden Folterknechte mit diesem für sie so abenteuerlichen Geständnis überhaupt nicht überzeugen. Sie lachten nur und glaubten, es wäre sein letzter Versuch, um noch weiteren Folterqualen zu entgehen oder er sei bereits dem Wahnsinn schon nahe. Als diesmal Herwarth Kunrads rechten Arm packt und Randolf die gesunde Hand hinhält, schreit der Gepeinigte: „Meine Helfershelfer sind der Händler Eduardo und sein Sohn Enzio". Bas erstaunt sahen sich Randolf und Herwarth an, und Randolf: „Du lügst doch, Eduardo ist ein ehrenwerter Kaufmann, bei dem ich mir erst vor kurzem

175

neue Stiefel gekauft habe. Ein feiger Lügner der du bist, unschuldige Menschen zu denunzieren, nur um deine Haut zu retten". „Nein es ist die Wahrheit, was ich sage, berichtet das meinem Vater", ist noch alles was er darauf erwidern kann, denn Randolf hatte schon die Finger Kunrads gepackt, und ein zweites Mal musste er die Tortur des Ziehens seiner Fingernägel, diesmal aus den Fingern der rechten Hand über sich ergehen lassen. Seine Schreie hallen entsetzlich in dem halbdunklen untererdigen Kerkertrakt mit den vielen leeren Zellen. Bittend faltet von Hachen trotz der erlittenen Pein seine Hände aneinander und schluchzend stammelt er: „Ich habe euch wohl die Wahrheit gesagt, ich schwöre bei allem was mir heilig ist, es sind wirklich diese Namen, die ihr von mir wissen wollt". Hastig und schnell erzählt der Sekretär aus der Angst, Randolf und Herwarth könnten ihr Foltern fortsetzen, Einzelheiten und Fakten seines Verrats in den letzten Wochen, dass die zwei Folterknechte am Ende doch an die Wahrheit von Kunrads Geständniss glauben ließen. Die darauffolgenden zwei Wochen wurde der Geschundene dann in Ruhe gelassen. Einzige Unterbrechung im Ablauf der finsteren grauen Tage war das Bringen der mageren Kost durch den alten Kerkermeister. Seine Versuche, ihn in ein Gespräch zu locken, um den Stand in seiner Anklage zu erfahren, scheiterten bei dem wortkargen Alten.

Stupide äußerte dieser, der schon viel Leid in den Tiefen des Schlosses gesehen hat, wiederholt: „Davon weiß ich nichts, nur das wir alle sterben müssen". Nach diesen so wenig hilfreichen Worten fragt Kunrad nicht mehr nach neuen Nachrichten, die ihm vielleicht noch hätten Hoffnung verleihen können. Ende des Monats Juli ist die Delegation unter Führung Rainalds von Dassel von den Verhandlungen aus Pisa und letzlich von Genua nach Pavia zurückgekehrt. Durch eine geschickt geführte Argumentation und wagen Versprechungen ist es dem Kanzler gelungen, beide Städte zu gemeinsamem Handeln für einen Feldzug von Friedrich nach Sizilien zu gewinnen. Mit dem Ziel, den Normannen und Franzosen aus dem Hause Hauteville auf dem Thron Siziliens, Wilhelm I. zu vertreiben. Anlass dazu hatte ein Adelsaufstand im Lande gegeben, den Kaiser Friedrich bei entsprechenden Vorbereitungen bald ausnützen zu können hoffte, um eigene machtpolitische Pläne im Königreich von Sizilien voranzutreiben. Da aber Wilhelm I. Hauteville den Adel Siziliens niederhalten kann, wie auch die kriegerischen Auseinandersetzungen zwischen den Städten Genua und Pisa von Seiten des Kaisers und Kanzlers nicht mehr zu unterbinden und zu schlichten waren, gab Kaiser Friedrich das Unternehmen, auch noch eines durch Hoheitsgebiete von Papstes Alexander III. in Mittelitalien führenden Zuges nach Sizilien auf.

Nur wenige Tage nach der Ankunft in Pavia, erstattete der Adjutant Walther von Bechtholtsheim nach Rücksprache bei seinen Erfüllungsgehilfen Randolf und Herwarth beim Kanzler Rainald Bericht über den Fortschritt der Verhöre des Kunrad von Hachen: „Eminenz, die Namen von zwei Mitverschworenen wurden vom Beschuldigten gestanden. Weiter wurde mir berichtet, dass der Sekretär wohl irrsinnig geworden sei, denn er behauptet fest, und unbeirrt, Ihre Eminenz wäre sein Vater".

Nur mühsam kann Rainald von Dassel seine Erregung vor seinem Adjutanten verbergen. Bei einem Gesichtsausdruck, der Unglauben und wohl bittere Ironie vorspiegeln soll, gibt Rainald Befehl, den Händler und Kaufmann Eduardo und auch dessen Sohn Enzio sofort zu verhaften. „Eminenz, es dürfte nicht allzu schwer sein, ihrer habhaft zu werden, da bekannt ist, dass sie schon sehr lange in der Nähe unseres Ritterheeres einen sehr einträglichen Lederwarenhandel betreiben, so zurzeit auch in Pavia. Wohl schon immer eine Tarnung ihrer tatsächlichen Absichten", führt sein Adjutant und Hauptmann aus, und verabschiedet sich, um den Befehl von Kanzler Rainald ausführen zu lassen. Die Verhaftung

177

von Eduardo und auch Enzio Della Torre vollzog sich am frühen Morgen des nächsten Tages ohne viel Aufsehens auf dem Marktplatz von Pavia, als beide ihren Stand für den Verkauf ihrer Waren aufbauten. Widerstand leisteten sie nicht, und langes Lamentieren fand deshalb auch nicht statt. Die Kerkerhaft Eduardos und Enzios wurde gleichfalls im Schloss von Pavia veranlasst, nicht weit von der Zelle des Sekretärs Kunrad von Hachen entfernt.

Gleich am nächsten Tag beginnt ihre Befragung durch das gefühllose Duo Randolf und Herwarth. Aber irritiert durch die Anwesenheit des Hauptmanns von Bechtholtsheim als drittem Zeuge. Zusätzlicher Missmut machte sich dann bei den beiden Landsknechten breit, als Eduardo und auch der Sohn die ihnen zur Last gelegten Verbrechen gegen den Kaiser nicht bestritten. Sie seien sehr stolz auf ihre Taten, welche sie schon viele Jahre von 1154 an für die Befreiung Mailands und anderer Städte ihrer Heimat im Kampf gegen den deutschen Kaiser geleistet haben. Gerne werden ich und mein Sohn, so Eduardo, für die Ehre ihrer Heimatstadt von Mailand und in der Hoffnung seiner baldigen Freiheit zu sterben wissen.

Für Kanzler Rainald von Dassel galten mit diesen letzten freiwilligen Geständnissen die Untersuchungen quasi als abgeschlossen. Ein Militärgericht sollte der Legalität halber ein Urteil sprechen, das auf Befehl des Kaisers von Anfang an feststand. Auf Anordnung von Kanzler Rainald werden für das Gericht der junge Gebhardt II. von Leuchtenberg, Walther von Bechtholtsheim, und noch der Mailänder Graf Guido III. di Biandrate bestimmt. Letzterer wohl aus einem Grund von persönlicher Abneigung des Kanzlers Rainald und einer Genugtuung geleitet, einem fiesen Opportunisten und Speichellecker zu zumuten, zwei seiner Landsleute und dazu noch Mailänder zum Tode verurteilen zu müssen.

Die Urteilsfindung des Militärgerichts war eine Farce, denn der Befehl des Kaisers im Einvernehmen mit dem Kanzler musste befolgt werden. So lautete das Urteil nach Verlesen der protokollierten Geständnisse durch den Vorsitzenden des Militärgerichts Graf Guido di Biandrate in Abwesenheit der drei Beschuldigten Kunrad von Hachen, Eduardo Della Torre und Enzio Della Torre wie folgt: Tod durch Erhängen auf dem höchsten Punkt des zerstörten Mailands. Das Urteil ist am 8. August 1162, morgens in der Frühe um 6 Uhr zu vollstrecken.

Nach der Urteilsfindung war es die Aufgabe Walthers von Bechtholtsheim, die Delinquenten in ihren Verließen von dem gefällten Urteil des Gerichts in Kenntnis zu setzen. Eduardo und Enzio Della Torre nahmen das Todesurteil mit bemerkenswerter Ruhe und patriotischen Stolz auf. Kunrad von Hachen dagegen gebärdete sich ungläubig, weil er bis zuletzt immer wieder fest an ein Eingreifen des Kanzlers zu seinen Gunsten geglaubt hatte. Der Sekretär aufgelöst, den Offizier in der Pflicht, der Verkündung des Urteils immer wieder unterbrechend, schreit: „Rainald von Dassel ist mein Vater. Ich weiß es schon seit Jahren. Ich will meinen Vater sprechen". Mit den Worten: „Ich werde dem Kanzler von seinem Wunsche Mitteilung machen", und in der Absicht damit den offensichtlich doch Wahnsinnigen zu beruhigen, verlässt Walther von Bechtholtsheim stracks den dunklen Kerker des Sekretärs Kunrad von Hachen.

Rainald von Dassel schreitet eilig über den Innenhof des Schlosses nach einer Audienz bei Kaiser Friedrich. Letzte politische Verhaltensmaßnahmen waren dabei besprochen worden, bevor der Kaiser mit seiner Gemahlin Beatrix nach Deutschland zurückreisen wird. Sehr nahe muss der Kanzler dabei am bewachten Schlosstor vorbeigehen, um in das Tor des linken Flügels im Schlosses zu gelangen, in den Bereich seiner Räume in Pavia. Dabei bemerkt er, dass die Wachen eine erregte junge Frau festhalten, die sich Einlass in Hof und Schloss mit Nachdruck erzwingen will. Den Hin und Her springenden lauten Wortwechsel kann Rainald zwar im

Zusammenhang nicht verstehen, aber sein Name wird von der jungen Frau immer wieder genannt. Und so rief er den Wachsoldaten zu: „Lasst die Dame los", und geht neugierig geworden auf die Frau am Tor zu. „Hat die junge Frau...", unterbricht er sich plötzlich innehaltend und erschrocken, als die hübsche Frau jetzt nahe vor ihm steht. Nur an ihrem Blick, den Augen erkannte Rainald von Dassel Gabriella, seine tot geglaubte Geliebte und Haushälterin wieder. Er meinte zu träumen, und glaubte doch seinen Augen nicht zu trauen. Da stand doch tatsächlich Gabriella vor ihm. Oder nein halt, denkt er. Ist es vielleicht eine Schwester von ihr, die von Rainald wusste, um an ihn eine Bitte zu richten? Gabriella muss seine Gedankengänge in seinem Gesicht abgelesen haben, denn jetzt spricht sie Rainald an: „Ja ich bin es, Gabriella! Eure Eminenz, ich komme zu Euch, da ich Eure Hilfe benötige", sagt sie immer noch ganz atemlos. Ohne auf ihre Frage einzugehen, fragt Rainald aber: „Aber wieso lebt sie noch? Ich hatte doch vor Jahren die Meldung erhalten, das sie auf der Burg von Trezzo zu Tode kam", Rainald von Dassel ist immer noch fassungslos. Dann zum >Du< übergehend: „Komme bitte mit mir, du musst mir alles erzählen, was geschehen ist, wie es dir die ganze Zeit ergangen ist, warum hast du mich nicht früher aufgesucht", sprudelt es aus dem doch sonst so gefassten und abgeklärten Rainald von Dassel in ehrlicher Freude vom unverhofften Wiedersehen heraus. Und wie ein frisch Verliebter bringt Rainald von Dassel Gabriella wie seine >Braut<, ohne auf die Gaffer um ihn herum zu achten, auf seine Zimmer ins Schloss.
Aufgeräumt glücklich dann: „Möchte meinen Begleitern für meine Reise nach Frankreich zu König Ludwig VII. nur noch schnell letzte Anweisungen geben. Dann sprechen wir über alles. Alles will ich dann wissen. Und ruhe dich so lange aus". Sprach es, und verließ sehr eilig und euphorisch Gabriella. Dennoch daran denkend, was ihm noch Kaiser

Friedrich aufgetragen hat, den König von Frankreich in der Frage der Papstfrage, Alexander III. oder Victor IV. auf die Seite des Kaisers, das heißt für Papst Victor einzunehmen. Keine jetzt ihn begeisternde diplomatische Aufgabe, denkt Rainald, da er doch Gabriella wieder bei sich hat, und er für sie gern etwas Zeit erübrigt hätte.

Erst nach geschlagenen drei Stunden kehrt Rainald von Dassel wieder zurück. Gabriella war wohl eingeschlafen. Ziemlich erschrocken fuhr sie hoch, als sich Rainald bei Gabriella für ihr langes Warten auf ihn entschuldigte. „Jetzt habe ich viel Zeit für dich, denn für heute sind alle Termine abgesagt, es sei denn der Kaiser ruft mich. Nun erzähle", bat er. Alles hatte sich in Gabriella aufgestaut, denn bis dahin war es immer nur Rainald, der gesprochen hatte. Denn jetzt sprudelte es aus Gabriella heraus, ihm ihr Überleben nach der Trennung auf Burg Trezzo zu erzählen. Das ihr Vater von dem Überfall der Mailänder auf die Burg wusste, und er sie deshalb Tage vorher zu Verwandten nach Arona hatte bringen lassen. Rainald von Dassel, der äußerst interessiert zugehört hat, unterbricht sie jetzt und fragt: „Wer ist eigentlich dein Vater, und wieso, woher wusste er von dem bevorstehenden Überfall der Mailänder auf die Burg von Trezzo "?

Gabriella war es recht, das Rainald gerade jetzt diese Fragen stellt. Sie hat Rainald von Dassel aufgesucht, um sich ihm zu erklären, zu beichten, ihm zu sagen, dass sie ihn liebt und gekommen ist, für ihren Vater und Bruder um Gnade und Fürsprache zu bitten. Und weiter antwortet sie auf Rainalds folgende forschende Fragen freimütig: „Ich bin eine Tochter meines guten Vaters Eduardo Della Torre und Schwester von Enzio Della Torre, die beide von eurem Kaiser wegen ihres Eintretens und Handelns für unsere Stadt Mailand um Unabhängigkeit und Freiheit zum Tode verurteilt wurden".

So schnell konnte Rainald von Dassel sonst nichts aus der Ruhe bringen. Diesmal half aber auch sein sonst so eiskaltes

Kalkül für die realen Dinge nicht, dieses überraschende Geständnis Gabriellas gewohnt beherrscht zu verarbeiten. Erst Sprachlosigkeit, dann das Begreifen des Zwiespalts, in den er jetzt hinein zu fallen droht. Unendliche Traurigkeit überfiel ihn. Erst die pure Freude, seine lange tot geglaubte Geliebte wieder bei sich zu haben und jetzt die furchtbare Offenbarung Gabriellas. Er wusste, dass er die Bitte von Gabriella für ihren Vater und den Bruder Enzio nicht mehr erfüllen konnte. Sehr lange sah Rainald in ihr trauriges und erwartungsvolle Gesicht, dass die ganze Hoffnung einer für sie befreienden Antwort von ihm ausdrückte. Aber Rainald schüttelte den Kopf mit der Frage: „Warum hattest du kein Vertrauen zu mir gehabt, wir waren uns doch so nahe. Du hättest mich früher ins Vertrauen ziehen müssen, da hätte ich noch etwas für deinen Vater und Bruder tun können. Aber jetzt ist das Verfahren abgeschlossen und die Urteile von einem Militärgericht bereits gefällt. Dein Vater und dein Bruder, beide haben ihren Verrat bereits eingestanden und mein Respekt: Sie haben ihr Urteil ohne Klage und mit Stolz hingenommen. Dies alles ist nicht mehr rückgängig zu machen, es würde gegen meine eigenen Prinzipien und ich gegen den Befehl des Kaisers handeln".

Und trotz all der Hoffnungslosigkeit, die diese Worte ihres Geliebten ausdrückten, versuchte es Gabriella Della Torre dennoch weiter zu bitten: „Wenn du mich liebst, wie du sagst, sprehe bitte mit deinem Kaiser Friedrich. Erkläre ihm die, nein unsere Not und bitte ihn um Gnade. Vater und Bruder sind doch die einzigen von meiner Familie, die mir noch geblieben sind. Meine Mutter ist bei meiner Geburt gestorben, und jetzt willst du mir noch den Vater und den Bruder nehmen ", flehte sie weiter. „Bitte"! Selbst unsagbar traurig, schüttelt Rainald von Dassel erneut den Kopf: „Es geht nicht Gabriella, aber ich bitte dich bei mir zu bleiben. Es soll dir an nichts mangeln, und ich werde immer für dich sorgen. Ich liebe dich so sehr, es täte mir weh, wenn du…"

Wenn Rainald von Dassel glaubte, Gabriella mit seinen Worten ihre Courage genommen, und sie damit beruhigt zu haben, täuschte er sich doch sehr. Zornig und laut weinend brach bei ihr das italienische Temperament hervor: „Ich bin nicht deine Hure, das du mir solch ein unwürdiges Angebot für das Leben von meinem Vater und Bruder machst. Ich kann dich nur verfluchen und möchte dich nie mehr sehen". Schluchzend und in großer Erregung stürzt Gabriella darauf aus dem Raum. Rainald von Dassel nun selbst konsterniert über diese so urplötzliche Wendung von großer Freude und Seligkeit am Anfang dieses Wiedersehens zu einem Drama am Ende, wollte Gabriella erst nachlaufen.

Aber ehe er sich gefasst hatte, hörte er nur noch die sich hastig entfernenden Tritte Gabriellas auf den Stufen der riesigen Eingangshalle des Schlosses. Sie hatte sich für Rainald schon zu weit entfernt, so dass ein Nachlaufen und Rufen nur mit Aufsehen verbunden gewesen wäre, dass er sich in seiner Stellung und diplomatischem Umgang nicht leisten wollte. Aber selbst ihn, einem mit allen Wassern gewaschenen Menschen hatte diese Geschichte nicht von Gefühlen verschont und unberührt gelassen, und der Fluch seiner Geliebten hatte ihn hart getroffen. Rainald brauchte einige Zeit, um sich von dieser Frau wieder zu lösen, die ihm viel bedeutet, aber mehr zu geben als er ihr angeboten hatte, nicht bereit war. Schon am nächsten Morgen war Rainald von Dassel wieder der Diplomat und Kanzler des Römisch-Deutschen Reiches, der sich nur eine ganz kurze Zeit in Sphären von Gefühlen verirrt hatte. Dann hatte die Realität den Kanzler Rainald wieder eingeholt. Noch bevor er nach Frankreich zu König Ludwig reist, bestimmt er die vom Kaiser angeregten Regelarien zur Hinrichtung der drei Verräter. Als einen der Zeugen für die Exekution ist der Graf Guido di Biandrate bestimmt. Als einen der Beisitzer fordert er den Grafen Siegfried von Morle-Peilstein an, ein Ritter aus der Wetterau bei Friedberg, einem strategisch gelegenen Ort, dessen Burg mit einem riesigen Areal auf einem sehr hohen Basaltfelsen platziert werden wird. Im Auftrag von Kaiser Friedrich soll die Burg unter dem Ritter Kuno I. von Hagen-Arnsburg-Münzenburg entstehen, fällt dem Kanzler Rainald gerade in diesem Zusammenhang ein.

Zur Bedeckung des Trupps sollen zehn Landsknechte den Transport der Delinquenten von Pavia her in das ca. 35 Meilen entfernte zerstörte Mailand begleiten. Gleichzeitig sind die Leute für die Errichtung der Galgen zu verwenden.

Am Vorabend der Abreise Rainalds nach Frankreich, zu der ihn auch sein Adjutant Walther von Bechtholtsheim begleiten wird, macht ihm der Offizier Meldung über die bevorstehende Hinrichtung der drei Delinquenten, und dass für den Ablauf alles geregelt wäre. Die Frage Rainalds, wie sich die Verurteilten zu ihrem Schicksal stellen, kann sein Adjutant gar nicht beantworten, denn Rainald von Dassel fährt umgehend fort: „Meinem Sekretär noch einen letzten Besuch abzustatten, verbietet sich ihm von selbst, hat dieser mich doch jahrelang hintergangen und betrogen. Ich bin maßlos enttäuscht worden".

Mit dieser Feststellung glaubte Rainald von Dassel sein Gewissen zu beruhigen, und seiner in vergangenen Jahren vernachlässigten Aufsichtspflicht für den ungeratenen Sohn Genüge getan zu haben. Menschliche Nähe ist trotz des gleichen Blutes zwischen ihnen nie entstanden. Die nicht konvergierenden menschlichen, charakterlichen, wie auch die visuellen Eigenschaften zwischen Rainald von Dassel und Kunrad von Hachen waren zu unterschiedlich, um auf dem kleinsten Nenner ein erträgliches miteinander zu leben. Hinzu kam das gegenseitig sich nicht öffnende Wissen auf Gegenseitigkeit, das einem Kalkül eigener Vorteile willen geschuldet ist und von beiden verheimlicht wurde. Erst in der Gefahr zum denkbar schlechtesten Zeitpunkt und Anlass offenbart sich der Sohn, zu spät, schließlich ungehört und verlassen. Der Tag des 7.August 1162 war sehr untypisch für einen Spätsommertag, an dem ein berittenes Kommando den Henkerswagen, mit den drei Todeskandidaten in einem verrosteten Eisenkäfig eingesperrt, von Pavia nach Mailand begleitet. Der feine Nieselregen, der bei Tagesbeginn nun einsetzt, sorgt neben dem an sich schon traurigen Transport zusätzlich für große Übellaunigkeit bei allen Beteiligten des Kommandos.

An der Spitze ritt Graf Guido di Biandrate und neben ihm Siegfried von Morle-Peilstein, ein Graf und Ritter aus den deutschen Landen, der Wetterau. Beide Grafen sprachen so gut wie kein Wort miteinander. Die einseitige Unkenntnis von Sprache und der nicht gerade ehrenvolle Auftrag des deutschen Kanzlers, diesen Zug zu begleiten, trägt nicht unwesentlich dazu bei, einsilbig und den eigenen Gedanken nachzuhängen. Auch die Verurteilten in ihrem Käfig mit Ketten an Händen und Füßen gefesselt, bieten ein Bild des Jammers. Einzig Eduardo und sein Sohn Enzio Della Torre zeigen Stolz in ihrer Haltung und begegnen Kunrad von Hachen bei dessen Apathie mit völliger Gleichgültigkeit. Kunrads sichtbare Spuren von Folter lassen die Della Torre ahnen, wer sie wohl verraten hat. Der feine Regen wurde stärker und dieser Umstand führte dazu, dass die Soldaten des Kommandos unter sich die doch absurde Anordnung des Kaisers und seines Kanzlers kritisierten, den Aufwand einer Hinrichtung im so fernen Mailand anzuordnen und vollziehen zu lassen. Wenn es nach dem Dafürhalten der Landser ginge, würden sie die drei Ganoven vom Wagen zerren und am nächsten Baum aufhängen. Aber Befehl ist Befehl und sie hatten sich ja freiwillig dazu gemeldet mit einem Versprechen ihres Vorgesetzten auf zusätzlichen Sold in mailändischen Silbermünzen. Für die 35 Meilen bei Dauerregen und den sich dadurch verschlechternden Wegen benötigte man nahezu elf Stunden bis zu der eingeplanten Übernachtung auf der Burg, eher einem Schloss von Trezzo. Nass, klamm und Müde wurden die Delinquenten für ihren

185

letzten Schlaf in die Kerkerzellen des riesigen Schlossturms gesperrt, während das Begleitkommando noch in der Nacht auf einem von Mailands Trümmerbergen bei wärmenden Feuer die drei Galgen für die morgige frühe Hinrichtung um 6 Uhr zusammenzimmerten. Der kleine Graf von Morle-Peilstein beaufsichtigte dabei die Landser. Graf Guido di Biandrate war derweil auf dem Schloss von Trezzo geblieben.

Am nächsten Morgen 5 Uhr wurden die Delinquenten von der Burg nach Mailand gekarrt, wo sie am Ort ihrer letzten Minuten sofort zu den Galgen geführt wurden. Eduardo und Enzio ruhig und gefasst die Vollstreckung erwartend, wirkte Kunrad zwar niedergeschlagen, aber sein Glaube an eine Begnadigung in letzter Minute, die Graf Biandrate durch seinen Vater Rainald von Dassel veranlasst, doch noch aus der Tasche ziehen würde, hielt ihn noch aufrecht. Erst als alle Drei auf den Stufen zum Galgen hoch geführt wurden, sie die Schlinge des Stricks um den Hals spürten, der Graf Siegfried von Morle-Peilstein ihnen dann erlaubte, mit Gott ihren Frieden zu machen, spätestens da wurde auch Kunrad von Hachen bewusst, dass es kein Entrinnen mehr gab. Eduardo und Enzio Della Torre bekreuzigten sich statt eines Gebets und riefen dann laut vernehmlich: „Verflucht sei der deutsche Kaiser und sein Kanzler! Verflucht sei Guido di Biandrate, ein Verräter von Land und Freiheit! Freiheit für Mailand, Freiheit für Italien"! Kunrad von Hachens Fluch dagegen galt dem Kanzler Rainald von Dassel: „Verflucht sei mein Va...", aber da hatte Biandrate den Henkern schon das Zeichen gegeben, die drei Stufen unter den drei Galgen wegzuziehen. Kunrads Fluch verhallte unvollendet. Beendet aber wurden dagegen die Leben der Della Torres, gelebt und geprägt von freiheitlichen Idealen. Das des Mönchs, Sekretärs und Sohn des deutschen Kanzlers Rainald von Dassel, Kunrad von Hachen dagegen, gelebt und geprägt von Eifersucht, Neid, Missgunst, Gewalt und Gier.

Nichts ist mehr wie es war

Der 7. August 1167 im kaiserlichen Heerlager vor Rom ist der letzte Tag, an dem der mächtige deutsche Kanzler des Heiligen Römisch-Deutschen Reiches, der Erzkanzler von Italien und Erzbischof des Erzbistums von Köln, Rainald von Dassel noch einmal aus seiner stundenlangen und tiefen Bewusstlosigkeit erwacht.

Im Feldlager Kaisers Friedrichs vor Rom liegen tausende von Landsern, Rittern, Fürsten weltlicher wie auch viele der geistlichen Würdenträger danieder, die durch ein furchtbar grassierendes Fieber von Malaria niedergeworfen sind und mit dem Tode ringen. Viele sind bereits hingerafft worden.

Am Tage der feierlichen Kaiserkrönung von Friedrich und Beatrix durch Papst Paschalis III. im Petersdom ist Rainald von Dassel von einem Feldarzt des kaiserlichen Lagers über die bedrohliche Situation des Ritterheeres durch ein sich schnell ausbreitendes Fieber informiert worden. Einen Tag nach der Krönung, am 2. August hat ein Fieber auch den Kanzler Rainald von Dassel erfasst.

Ja, jetzt erinnert er sich deutlich. Wie stolz die kaiserlichen Befürworter und er selbst die Krönung des Kaiserpaares, den Tränen nahe, mit erlebt und verfolgt haben. Ein zuvor schon fast verloren geglaubter Kampf bei Tusculum in den Albaner Bergen vor den Toren von Rom gegen vielfache Übermacht von fast 35.000 Mann römischen Fußtruppen, als man selbst nur 1600 Ritter in den eigenen Reihen besaß. Und trotz all der Tapferkeit der deutschen Ritter, die eigene mit eingerechnet, wäre aller Einsatz doch umsonst gewesen, hätten den tapfer Kämpfenden nicht im letzten Moment der Erzbischof Christian I. von Mainz, Bischof Alexander von Lüttich und der Domdechant Philipp von Heinsberg aus dem Heerlager des Kaisers eilends von Ancona kommend, geholfen. Rainald von Dassel auf dem Krankenlager nieder liegend, wird nun sehr müde, denn das furchtbare Fieber beginnt in seinem Körper verstärkt zu wüten. Mit einer nur größten Willensanstrengung formuliert Kanzler von Dassel immer leiser werdend: „Wir dürfen nicht sterben, gerade jetzt nicht, wo der Erfolg für das Reich doch so nahe ist".

Es waren seine letzten verständlichen, zusammenhängenden Worte. Dann schwanden ihm die Sinne und bis zu seinem Tode am 14. August äußert sich der Kanzler nur noch in Fieberfantasien, Wortfragmenten und Gemurmel mit sehr langen Pausen, aus denen man nur bei genauem Hinhören dicht am Munde wiederholt die Worte wie „Gabriella" und „Kunrad" mit sehr viel Fantasie deuten könnte.

Seltsamer Weise schien der so schwer Kranke in seinen Träumen von höchstem Fieber nur die letzten fünf Jahre seines Lebens zu durchwandern. Kunrad von Hachens Tod und der Verlust seiner Geliebten Gabriella Della Torre im Jahre 1162 schienen eine Zäsur in ihm erzeugt zu haben.

Ab dieser Zeit sind seine Erfolge auf dem diplomatischen Parkett in ein mehr oder weniger großes Dilemma geraten. Politische, auch kriegerische Fehlentscheidungen häuften sich, deren Konsequenzen die Anzahl seiner Neider und Feinde im In- und Ausland vermehrten. Einzig Kaiser Friedrich hielt weiter zu ihm, wenn auch nicht immer mit der Begeisterung, die Rainald am Anfang seiner Karriere bei Friedrich entfachte. Auch Friedrich bemerkte manche Fehleinschätzung und politischen Fehler in letzten Jahren bei Rainald von Dassel, aber ihm war wichtiger die absolute Integrität und seine Treue zu ihm, auch im Streit gegen die Machtansprüche der deutschen Fürsten.

Als Rainald Ende August 1162 zu König Ludwig VII. nach Frankreich reiste, um im Papststreit den König auf die Seite des Kaisers zu manövrieren, damit dieser dem Papst Alexander III. untreu werden soll, endet es für Rainald von Dassel mit einer totalen diplomatischen Niederlage.Den von ihm und dem Kaiser ausgearbeiteten Plan eines Treffens zwischen Friedrich mit König Ludwig, Papst Alexander wie dem Gegenpapst Victor auf der alten Brücke über die Saone in Saint Jean de Losne lehnte der von König Ludwig VII. unterstützte Alexander III. ab. Und in einem anschließenden Konzil in der gleichen Stadt konnte sich Kaiser und Kanzler mit ihrer Parteinahme für Victor nicht durchsetzen.

Im Herbst des gleichen Jahres kehrte Rainald von Dassel gestärkt durch die Position eines Erzkanzlers von Italien in die Lombardei Oberitaliens zurück, um mit unbeschränkten Vollmachten Friedrichs ausgestattet, die Neuordnung der Verwaltung auf Grundlage der Roncalischen Beschlüsse zu festigen und mit Autorität durchzusetzen. Alle Personen in uneinsichtigen Kommunalverwaltungen von Städten und in Regionen wurden durch ihn verfolgt und ausgewechselt, um deren Besitz und Güter neuen oder alten Treuergebenen als Lohn und Ansporn zu übereignen.

Am 20. September im Jahre 1163 feiert Rainald von Dassel im Dom zu Pisa bei einem Dankesfest mehr sich selbst bei seinen Worten: „Froh zu sein, das Gott ihm diese herrlichen Erfolge beschieden habe".

Als sich am 20. April 1164 die überraschende Nachricht aus Lucca vom Tod Papst Victors IV. verbreitet, glauben viele der maßgebenden Repräsentanten von Politik und der Kirche an ein Ende des unleidigen Papstschismas.

Da begeht Rainald von Dassel völlig übereilt erneut einen politisch-diplomatischen Fehler, der die Zahl seiner Feinde abermals vermehrt. In Eigenmächtigkeit, ohne sich mit dem in Pavia weilenden Kaiser abzustimmen, ließ Rainald zwei Tage später von einem relativ unbedeutenden Wahlgremium in Lucca den völlig farblosen Kardinal Wido von Crema als Paschalis III. zum neuen Papst wählen. Das eigenmächtige Vorpreschen Rainalds hat dadurch zu einer neurn Periode im unleidigen Papstschisma geführt. Nämlich abermals zu einem Gegenpapst, verbunden mit allen seinen Nachteilen für den deutschen Kaiser und das Reich auf europäischer

189

Bühne. Friedrich war erst wütend, erklärte sich später aber, nach dem ihn Rainald von seinem Vorpreschen überzeugt hat, mit dem Kanzler konform. In der Folge aber wurde fast überall in ganz Europa, auch in Burgund, bei der deutschen Geistlichkeit und großen Teilen des fürstlichen Lagers im Kernreich jetzt Alexander III. als der allein gültige Papst akzeptiert. Rainald war jetzt praktisch der einzige deutsche Kirchenfürst als der Erzbischof von Köln, der Paschalis III. seine Anerkennung erwies. Rainalds Phasen von politischen Fehlentscheidungen werden jetzt auffällig.

Liegen die Gründe wohlmöglich in den Schuldgefühlen bei der Mitwirkung am Tod seines >Sohnes< oder belastete ihn die ungute Trennung von seiner Geliebten Gabriella Della Torre? Beeinträchtigte es die Konzentration bei den täglichen Aufgaben des politischen Geschäfts?
Oder waren es vielleicht die frühen Wechseljahre eines etwa 47- jährigen Mannes? War es eine Lebenskrise oder doch sein oft übertrieben wirkender Ehrgeiz, der ihm selbst zum größten Feind wurde?
Wer weiß es wirklich? Wer kennt die wahren Gründe?

Jedenfalls schwand während dieses letzten Zeitabschnitts die Anerkennung und Beliebtheit Rainalds von Dassel bei Fürsten, Geistlichkeit und Volk rapide. Da halfen selbst die Überführung der Gebeine der >Heiligen drei Könige< und derer des heiligen Nabor und Felix mit viel Pomp wenig, das ihn die Stadtbevölkerung von Köln frenetisch feierte. Das Rainald schon viele Gegner im Reich hat, zeigt sein Abweichen vom direkten Weg von Italien in seine Diözese Köln, sondern ein Umweg über Burgund und Lothringen, um beispielsweise seinen Feinden wie Konrad von Staufen, Pfalzgraf bei Rhein, Landgraf Ludwig II. von Thüringen oder Herzog Friedrich von Rothenburg nicht zu begegnen. Selbst sein Erzbistum von Köln wollten ihm die besagten Fürsten u. a. nehmen, was aber sein tapferer und treuester Anhänger Domdechant Philipp von Heinsberg verhindern konnte. Wie schon erwähnt blieb die Stimmung von Fürsten und Geistlichkeit gegen den Papst von Kanzlers und Kaisers Gnaden, Paschalis III. trotz von Dassel eindringlichem Rat und Fürsprache auf dem Fürstentag von Vienne in Burgund bestehen. Kaiser Friedrich ist jetzt fast so weit, das leidige Thema ohne weitere Diskussion und Absprache mit seinem Kanzler zu beenden und Papst Alexander III. anzuerkennen.

Da ergab sich die Situation, dass Englands König Heinrich II. wegen seines Disputs von kirchlichen Grundsätzen mit seinem Lordkanzler und dem Erzbischof Thomas Beckett zu Verhandlungen über eine Anerkennung von Paschalis als Papst bereit war.

So reiste der Kanzler im April 1165 nach Rouen, handelt zwei Verlobungen mit Töchtern des Königs für Friedrichs Sohn Heinrich und auch Heinrich den Löwen aus. Zudem brachte er das Einverständnis der Anerkennung des Königs für Papst Paschalis III. mit. Aber der scheinbare Erfolg des Rainald von Dassel beim englischen König entwickelt sich auf dem Würzburger Reichstag zu einem folgenschweren Fehler.

Es fehlte Rainald in seiner persönlichen Hingabe für den Kaiser und im Übereifer vielleicht manchmal an Weitsicht am politischen Horizont, wenn er auf dem Reichstag die Fürsten und Geistlichkeit einen Schwur leisten lässt, der die Anerkennung von Papst Alexander III. auf ewig verhindern soll. Dieser Schwur wurde auch nur von den Kandidaten geleistet, die den Reichstag noch nicht verlassen hatten, zu dem der Kanzler spät von Rouen aus kommend anreiste.

Am Ende des Jahres 1165 wurde dem Kaiser und Kanzler aus Italien gemeldet, das der seit drei Jahren in Frankreich sich aufhaltende Papst Alexander III. wieder nach Italien und Rom zurückgekehrt ist. Weiterhin meldeten Agenten, Statthalter und Vögte dem Kaiser aus vielen Regionen von Oberitalien die verschwörerische Unterstützung von Papst Alexander gegen den Kaiser, die sich in der Bildung eines

Lombardei Bundes oder des Veroneser Bundes ausdrückte. Anlass genug für den Kaiser, um auf dem Hoftag in Ulm vom März 1166 einen notwendigen Vierten Italienfeldzug einzufordern.

Seinen vierten Fehler, und den damit verhängnisvollsten beging der Kanzler in einer persönlichen Entscheidung, die ihm letztendlich das Leben kosten sollte, zumindest dazu beigetragen hat, dass sein geschwächter Körper nach einer nicht genügend auskurierten Krankheit von Wechselfieber, einem Seuchenfieber später in Rom nicht widerstehen kann. Von schwerer Krankheit noch nicht genesen, brach Rainald mit einem kleinen Haufen von 100 Rittern hastig gen Italien auf, nur um seinem Herrn gefällig zu sein, diesem wieder das Feld zu bereiten und erneut zu zeigen wie unentbehrlich er ist. Jeder Zeit bereit! Denn Kaiser Friedrich selbst würde erst später wieder mit einem großen Heer folgen.

Rainald von Dassel hatte sich merklich verändert. Er ist ein Getriebener geworden. Seine Diplomatie, oft jetzt zu unpräzise oder fehlerhaft. Seine Souveränität hat gelitten, was sich als Indiz in der viel zu kleinen Anzahl von Rittern aufzeigt, die ihm ins Krisengebiet Italien folgen wollen. Der viel zu hastige Aufbruch mit ungenügender Bedeckung, vielleicht auch Ausdruck, dass er nur ein Mensch ist, der Sehnsucht und Hoffnung verspürte, die einzige Liebe seines Lebens wieder zu sehen, mit einem vertrauten Menschen (Gabriella) zu reden. Vielleicht zu reden über ein Warum und Wieso seines Ich bezogenen Handelns an Kunrad von Hachen und seiner Geliebten Gabriella Della Torre.

Auch bei der Beinahe-Katastrophe von Tusculum im Mai 1167 brachte sich der Kanzler durch eine ungenügende Vorbereitung und eine verkehrte Einschätzung der Lage in Schwierigkeiten, aus der ihn nur das entschiedene und taffe Einschreiten der Bischöfe Christian von Mainz, Alexander von Lüttich und des Domdechanten Philipp von Heinsberg im allerletzten Augenblick rettete. Dabei sind Tapferkeit von Rainald von Dassel und sein Einsatz im Kampf um Tusculum vor den Toren Roms unbestritten. Wenn es nach den deutschen Fürsten auf dem anderen Kriegsschauplatz vor Ancona gegangen wäre, hätten sie Rainald von Dassel bei Tusculum im Stich gelassen. Ein weiterer Hinweis ist, sieht man von Kaiser Friedrich ab, dass sich der deutsche Kanzler immer mehr in eine Isolation manövriert hat.

Aber noch einmal kann Rainald den Erfolg des Kaisers, der auch seiner war auskosten, denn Papst Alexander III. musste hastig als armer Pilger verkleidet aus Rom vor den deutschen Truppen nach Benevent fliehen. Das Kaiserpaar Friedrich und Beatrix wurden feierlich von Papst Paschalis III. im Petersdom gesalbt und gekrönt.

Das Deutsch-Römische Kaiserreich stand strategisch so gut da, als jemals zuvor. Umso tragischer und unfassbarer ist der Umstand, der diese hervorragende Ausgangsposition des Herrschers und Kaisers Friedrich "Barbarossa" aus dem Hause Hohenstaufen innerhalb von wenigen Tagen in ein Gegenteil umkehrte. Das Schicksal schlug zum Vorteil von Papst Alexander III. zurück.

In der Bruthitze von Rom brach ein Seuchenfieber aus, das im kaiserlichen Heerlager vor den Toren Roms mit seinem Gifthauch von Ansteckung tausende von Rittern, Fürsten und Landsern das Leben kosten wird.

Des Kanzlers Rainald von Dassel geschwächter Körper, von einer Wechselfieberkrankheit vor Monaten noch nicht wiederhergestellt, dazu noch die bis zur höchsten Ermattung geführten Schlachten von Civitavecchia und Tusculum, war dann schnell ein Opfer der Malariaepidemie, die ihm keine Überlebenschance ließ. Nur in den ersten Tagen auf seinem Krankenlager konnte er das ganze Grauen beobachten, wie die vielen Toten um ihn herum fortgetragen wurden. Zwei Tage, bevor Rainald in eine tiefe Bewusstlosigkeit stürzte, veranlasste er seine irdischen Angelegenheiten und lässt sich anschließend die Sterbesakramente reichen. Eine tiefe

193

Bewusstlosigkeit umfängt dann Rainald von Dassel am 5. August, aus der er nur noch einmal, zwei Tage später, am 7. desselben Monats kurz erwachen wird. Eine Woche vor seinem Ableben.

Gabriellas Sehnsucht

Fünf Jahre sind es nun her, seit Gabriella Della Torre nach der Auseinandersetzung mit Rainald von Dassel im Schloss von Pavia, den Geliebten im August 1162 flüchtend verließ. Sie war danach zurück zu ihrer Tante, einer Schwester ihrer so früh verstorbenen Mutter nach Arona am Lago Maggiore gegangen. Lange hat es gedauert, bis sie den Kummer über den Verlust von ihrem Vater und dem Bruder überwunden hatte. Auch wenn dieser große Verlust zwar nicht vergessen ist, verblasst er aber immer mehr im Laufe der Zeit. Und je mehr die Trauer um Eduardo und Enzio in den Hintergrund rückte, je öfter kehrte das Antlitz Rainald von Dassels vor ihr auf, je mehr musste Gabriella an ihn denken. Den Fluch, den sie seinerzeit in ihrer Wut und großen Enttäuschung im Schloss von Pavia gegen ihn ausgestoßen hatte, bereute sie schon bald. Nie aber hatte Gabriella später bei Rainald von Dassels Aufenthalten in Italien den Mut und die Courage besessen, ihn zu finden, viel weniger ihn aufzusuchen, obwohl sie ihm inzwischen längst verziehen hatte. Schlaflose Nächte quälten sie zuletzt. Die Sehnsucht, ihn wieder zu sehen, wuchs ständig in ihr. Als Gabriella sich dann endlich durchgerungen hatte, Rainald trotz aller Ungewissheit und Unwägbarkeiten zu finden und zu sehen, war er überall, nur nicht mehr in Italien.

Als aber Gabriella dann im Frühjahr 1167 vernahm, dass der deutsche Kanzler Rainald und sein Kaiser abermals in ihre Heimat Italien einmarschieren würden, entschloss sie sich endgültig, Rainald von Dassel wieder zu begegnen. Sie würde nach Ancona gehen, da sie von Gerüchten hörte, dass sich ein deutsches Heer und Kaiser Friedrich auf die stark befestigte Stadt Ancona an der Adria zu marschierte, die dort nun schon wochenlang belagert wird. Zwei Kaufleute eines Holzhändlers aus Arona sollen nach Pesaro reisen, um dort bestellte Hölzer für Palisaden abzuliefern. Gabriella kannte die beiden Handelsleute aus Arona von Angesicht, und so wagte sie die nicht ungefährliche Reise, um dann von Pesaro aus Ancona zu erreichen. Die Fahrt nach Pesaro verlief ohne große Zwischenfälle, sieht man von dem einen zusätzlichen Tag Aufenthalt ab, der durch eine Ladung von verrutschten Rundhölzern in Folge eines Radbruchs in Kauf genommen werden musste.

In Pesaro angekommen, verabschiedete Gabriella sich von den beiden Kaufleuten, um sich einer dort vorbereitenden Wallfahrt anzuschließen, deren Ziel Loreto in der Nähe von Ancona ist. „Dort ist doch Krieg", richtet Gabriella unsicher die Frage an einen der Teilnehmer der Wallfahrt. Aber der schüttelt den Kopf: „Jetzt nicht mehr. Ancona hat sich mit einer gehörigen Summe Geldes freigekauft. Das Heer der Deutschen ist nach Rom gezogen, nachdem ein Rainald von Dassel die Römer bei Tusculum geschlagen hat".

Gabriella jetzt zwar etwas ratlos, aber auch froh endlich zu wissen, wo der Geliebte sich genau aufhielt. Aber wie nun nach Rom kommen, fragte sie sich. Doch wohl nur über das Gebirge, denkt sie. So macht sie sich auf die Suche nach einer neuen Fahrgelegenheit, einem Bauern vielleicht, der am Fuße des Apenninengebirges lebt. Es gab zwar einige Bergbauern, die sie ansprach, aber erst der vierte, den sie fragte, vertrauenswürdig, älter und sich mit der Entlohnung einverstanden erklärt, ist dann bereit, sie über sichere Pfade durchs Gebirge zu führen. Am Ende hatte dem Bergbauern die schöne und junge hilflose Frau in ihrer Ausweglosigkeit leidgetan, obwohl er jetzt zur Erntezeit genug Arbeit zu Hause hätte, wie ihm beim Abschied vom Hof seine Frau nachruft. Nach drei Tagen und zwei Übernachtungen auf Almen mit Höfen von Schaf- und Ziegenhaltern, öffnete sich die Landschaft mit Blick auf eine eben gelegene und weite Fläche. Mit freudiger Erkenntnis blickt Gabriella vom Ort Carsoli aus auf ein riesiges ausgedehntes Militärlager vor den Toren von Rom. Nach weiteren zwei Stunden Marsch bedankt sich Gabriella bei dem freundlichen Alten, bezahlt ihn, um sich dem nicht mehr all zu weiten Heerlager alleine zu nähern. Gabriellas Herz schlägt plötzlich nicht mehr ruhig, macht Freudensprünge und ihre Aufregung wuchs mit jedem Schritt, dem sie dem Lager nähertritt. Sie sehnte sich jetzt beinahe unbeherrschbar nach dem schönen und mächtigen Mann, der hier einen so großartigen Sieg errungen haben musste.

Auffallend war nur, als sie erste Details des Lagerlebens wahrnahm, dass es so wenige Soldaten zu entdecken gab, umso mehr Sanitäter oder Ärzte, die es scheinbar immer sehr eilig hatten. Am Rande des Heerlagers angekommen, dachte Gabriella besorgt, das Rainald von Dassel vielleicht schon wieder weitergezogen oder anderwärts beschäftigt sei, und ihre Odyssey somit noch nicht beendet schien.

Ihre besorgte nachdenkliche Miene betrachtend, sprach sie ein Arzt oder auch Helfer an: „Was sucht eine Dame hier in einem pestverseuchten Lager? Sie sollte den gefährlichen Ort so schnell als möglich verlassen". Verständnislos geht Gabriella auf die Frage und den Hinweis des gutmeinenden Menschen nicht ein und sagt ihrerseits: „Ich bin Comtesse Gabriella Della Torre und möchte den Kanzler Rainald von Dassel sehen, um ihm eine wichtige persönliche Nachricht zu überbringen". Verwundert und mitleidig blickt der Mann die ahnungslose Gabriella von oben bis unten an und sagt:

„Dann komme Sie bitte einmal mit, Comtesse". Langsam beginnt Angst in Gabriella hoch zu steigen, die sich auf dem Weg zu einem prunkvollen Zelt noch steigert, als ihr der Mann die Situation und die Misere des deutschen Heeres und seiner Führer schildert: „Ich warne Comtesse deshalb noch einmal, ehe wir das Zelt betreten. Hier herrscht die Pest. In den hier rundum stehenden Zeltreihen sterben alle paar Stunden abermals hunderte von fiebernden Landsern. Und in diesem prächtigen Zelt, das wir betreten wollen, sind

197

noch viele Herren von Adel, die noch sterben werden, egal ob Ritter, Bischof oder Herzog. Die Armee, das heißt alles was davon noch übrig ist, hat Rom fluchtartig verlassen. Hier in diesem Zelt, das die Comtesse lieber doch nicht betreten sollte, liegt der von der Comtesse gewünschte Herr, neben seinem älteren Bruder Ludolf. Auch der Herzog Friedrich von Rothenburg, Graf Berthold von Pfullendorf, sogar der Bischof von Verden, alle liegen hier leider dem Tode nahe danieder. Der Kanzler Rainald von Dassel ist nicht mehr ansprechbar".

Vieles hatte die junge Gabriella erwartet, beispielsweise wie schwer es vielleicht sein würde, Rainald in den Tagen von Kriegswirren zu finden und zu sehen. Jetzt nach dem grandiosen Sieg Rainalds bei Tusculum, von dem man sich überall erzählte, und dem daran anschließenden triumphalen Einmarsch des Kaisers mit seinem Kanzler Rainald und den vielen fürstlichen Hoheiten, konnte sie diese furchtbaren Nachrichten überhaupt nicht begreifen, viel weniger noch so schnell verarbeiten.

Und trotz aller dieser schockierenden Nachrichten, bringt Gabriella nur noch hervor: „Ich muss zu ihm"!

„Eigentlich Comtesse, darf ich Niemanden mehr zu ihm lassen. Wenn es Comtesse beruhigt, kann ich ihr sagen, dass Rainald von Dassel seine irdischen Angelegenheiten durch den Notar von Sponheim hat regeln lassen. Auch hat er die Heiligen Sakramente bereits erhalten", erzählt ihr der Arzt weiter, der sich inzwischen als ein solcher vorgestellt hat. Gabriella hat nicht mehr zugehört, bitte nur noch einmal ihn sehen, ihn sprechen und ihm ihre Liebe gestehen. Nur das ist es, was sie will. Der Arzt hat ein Einsehen, da ihn ihre Verzweiflung selbst rührt und führt sie nun zum Sterbelager Kanzler Rainalds. Rainald war nicht mehr von dieser Welt. Die Augen geschlossen, die Wangen eingefallen, die vorige Bräune seines Gesichts war einer weißen fahlen Blässe, ähnlich schon einer Totenmaske gewichen. Die durch das

Fieber gelittenen, aufgesprungenen Lippen bewegten sich nur zu unartikulierten leisen Wortfetzen. Weinend, und nicht auf die Warnung des Arztes achtend, sich eventuell zu infizieren, wirft sich Gabriella über den Körper Rainalds und streicht ihm über die Stirn, immer wieder. Mit einem Tuch trocknet sie wiederholt sein schweißnasses Gesicht. Schließlich nimmt sie seine Hände in die ihren, um sie nicht mehr loszulassen. Gabriella weiß nicht mehr wie lange sie schon Rainalds Hände hält, es sind aber bereits Stunden, unterbrochen nur, wenn sie ihm die Stirn und die ausgetrockneten Lippen mit einem Tuch befeuchtet.

Plötzlich ein ganz zarter Druck, den sie in ihrer linken Hand verspürt. Sie mag es kaum glauben. Mit der größten Anstrengung von Rainald dann sein Versuch, immer wieder bruchstückhaft Worte zu artikulieren: „Gabrrr..., Ku..., d... Rei..."! Ganz dicht richtet Gabriella ihr Ohr an die Lippen Rainalds. Aber wieder Stille. Mit ihrer Hand seine Finger drückend, versuchte sie Rainald von Dassel zu weiteren Sinnesäußerungen zu veranlassen. Umsonst! Seine Lippen öffnen sich nicht.

Bis jetzt ist Gabriella Della Torre stark geblieben. Nun öffnen sich bei ihr die Schleusen und haltloses Schluchzen überfiel sie, ihren Schmerz zu offenbaren. Den Schmerz und ihr Schluchzen nun unterbrechend, sprach Gabriella weiter auf Rainald ein: „Ich bin wieder bei dir. Gabriella, die dich liebt! Hörst du"! War es jetzt Einbildung oder wahr, als sie wieder so etwas wie den leichten Druck seiner Hand spürt. Aber nun keine Einbildung mehr, denn die zarte Andeutung eines Lächelns war auf Rainalds Gesicht deutlich zu lesen. Wieder drückte sie von Hoffnung erfüllt seine Hand und versucht ihm etwas Flüssigkeit einzuflößen, die auf einem dreibeinigen Hocker neben dem Sterbelager, von dem sie beobachtenden Arzt in einen Becher gegossen worden war. Der Arzt merkte der jungen Frau an, dass die sich völlig unberechtigte Hoffnungen macht, sah ihr in die zum Arzt hingewandten Augen und schüttelt den Kopf. Am späten Nachmittag des 13. August war Gabriella an Rainalds Lager getreten. Von da ab hatte sie sich nicht mehr von dem geliebten Sterbenden fortgerührt und hielt unentwegt seine Hände, immer in Anspannung, eventuell doch Reaktionen über ihre vergangene gelebte Zweisamkeit von Rainald zu erhaschen.

Gabriella hat von Rainalds Sterbelager direkten Blick auf den Aus- und Eingang des Lazarettzeltes, in dem sie sich mit den vielen Sterbenden befand. Plötzlich drangen Laute von mehreren Personen an ihr Ohr, die im Begriff stehen, das riesige Zelt der Kranken und Sterbenden zu betreten.

Kaiser Friedrich, den erkennt Gabriella sofort, steuerte mit seiner Begleitung und einem Arzt auf das Bettlager seines Kanzlers zu. Mit dem Blick dorthin unterbricht der Kaiser seinen Gang zu Rainalds Liegestatt und fragt den Arzt, wer die Person am Krankenlager des Kanzlers ist? Noch ehe der Mediziner antworten kann, wendet sich der Dechant Philipp von Heinsberg 2) an den Kaiser:

„Majestät, soweit ich unterrichtet bin, handelt es sich wohl um die frühere Haushälterin des Kanzlers".

Friedrich jetzt doch verwundert: „So viel große Trauer und Anhänglichkeit, da wollen wir also die Zweisamkeit nicht stören". Wendet, und schreitet mit den undurchdringlichen Mienen der Wenigen aus seiner Suite, die von der Affäre des Kanzlers wussten, weiter zum Krankenlager seines noch jungen Neffen, des Herzogs Friedrich von Rothenburg und

---

2) Der Domdechant des Erzbistums von Köln und auch Dompropst von Lüttich, Philipp von Heinsberg, geboren um 1130 gestorben an der Pest am 13.08.1191 vor Neapel, war nach dem Tode Wibalds von Stablo engster Vertrauter von Kanzler und Erzbischof Rainald von Dassel geworden. Nach dem Tode Rainalds wurde Philipp von Heinsberg von Kaiser Friedrich zu dessen Nachfolger im Reichskanzleramt und zum Erzkanzler von Italien ernannt. Auf Vorschlag von Friedrich wurde er 1168 auch in das Amt des Erzbischofs von Köln gewählt, und trat hier ebenfalls die Nachfolge Rainalds von Dassel an.

den weiteren Todeskandidaten, um sich für deren Treue im Kampf für ihren Kaiser und das Reich zu bedanken und zu verabschieden.

Aus Rainald von Dassel schien das Leben gewichen zu sein. Besorgt und unruhig schaut Gabriella nach dem Arzt. Der hat die ganze Zeit den Blick auf den sterbenden Kanzler und die schöne traurige Frau gerichtet, die auch jetzt mit besorgtem Blick nach ihm schaut. Sofort eilt er zu Rainalds Krankenlager, um einer nach kurzer Diagnose verneinend den Kopf zu schütteln. Rainald von Dassel ist tot. Noch eine volle Stunde ließ der Arzt Gabriella della Torre vom Toten Abschied nehmen. Daraufhin kamen gleich die Krankenhelfer, um Rainalds Leichnam schnellstens wegen der weiterhin drohenden Pestilenz abzuholen.

Dieser Tag, und die Nacht vom 13. zum 14. August 1167 hatte aus der jungen Gabriella eine reife Frau gemacht. Als der Arzt später nach ihr sah, um ihr vielleicht seine Hilfe und Unterstützung anzubieten, denn ein Gefühl von großer Sympathie oder gar mehr hatte ihn für Gabriella Della Torre eingenommen, war sie schon verschwunden. Ab da verliert sich die Spur der Comtesse Gabriella Della Torre.

Das Heer des Kaisers hatte durch die Fieberpest, die weiter vor und in Rom wütet, schon weit über Zweitausend Ritter und viele weitere Anhänger des deutschen Kaisers im Adel und der Geistlichkeit verloren. Die Pest griff jetzt auch voll auf das gemeine Fußvolk im kaiserlichen Heer über, deren es so viele waren, dass man an die weitere Siebentausend vor Hilflosigkeit und Verzweiflung in den Tiber warf. Und so blieb dem Kaiser mit den Resten des dezimierten Heeres nur noch ein einigermaßen ordentlich organisierter Rückzug übrig.

In der aufsässigen Lombardei, die der Kaiser mit seinen Truppen dann durchqueren musste, lauerten jetzt überall

201

seine Feinde im organisierten Widerstand des Veroneser Bundes. In unzähligen Überfällen musste man sich der Feinde in erbitterten Kämpfen erwehren. Selbst Kaiserin Beatrix hatte sich bewaffnen und bewehren müssen. Auf diesem Rückzug starben in der Lombardei nochmals 2000 Mann Ritter und Fußvolk, auch noch an den Folgen der furchtbaren Pest von Rom. So auch ereilten Gebhard von Leuchtenberg und auch sein Bruder Marquard während des Rückzugs in der Lombardei noch der Tod. Am Ende konnte der Kaiser selbst noch froh sein, Italien fluchtartig über den 2083 m hohen Pass des Mont Cenis verlassen zu können, um lebend sein Kernreich in Deutschland zu erreichen.
Begleitet von zweien seiner Diener, flieht Friedrich in Knechtskleidern aus der Stadt Susa. Durch eine List, die Herzog Berthold von Zähringen vorgeschlagen hat, und unter der Mithilfe des Ritters und Kämmerers Hartmann von Siebeneich, der eine frappante Ähnlichkeit mit dem Kaiser aufwies, konnte Friedrich selbst Susa unbehelligt verlassen. Die Kaiserin ließ Friedrich bei den Resten des heimkehrenden Heeres zurück.

Der Traum Friedrichs, des Kaisers der Deutschen hatte nun einen argen Dämpfer erhalten, zwei Länder einschließlich eines Papstes zu beherrschen. Es sollen noch weitere Zehn und nochmals weitere Sechs Jahre vergehen, bis es endlich zur Entspannung und zu einem Ausgleich zwischen Papst Alexander III. und Kaiser Friedrich kommt, der schließlich 1183 im Friedensvertrag von Konstanz die Ansprüche und Kompetenzen des Kaisers und Papstes in Oberitalien bzw. Italien neu regelt.

Unter den glücklich heimkehrenden Resten des Heeres nach Deutschland ist auch der Ritter Graf Siegfried von Morle-Peilstein aus der Wetterau, ein Zeuge, der die Hinrichtung durch Erhängen eines Sekretärs im Amte des Kanzlers

Rainald von Dassel, einem Kunrad von Hachen und seiner Kumpane auf den Trümmern des ausgelöschten Mailands im Jahre 1162 beobachten musste.

Einen ungewollten, ungeliebten und psychopatischen Sohn eines Mannes mit ungeheurem Ehrgeiz, vielleicht maßlosem Ehrgeiz, der ihm fortwährend weitgehend im Wege stand. Zweifelsohne, die auch bei Rainald von Dassel angelegten Gefühle zu ihm nahstehenden Menschen zu leben oder zu dulden, gelang ihm scheinbar nicht.